KB052322

21세기 중국이 지향하는 통치방향은?

키워드로 중국 알기

21세기 중국이 지향하는 통치방향은?

키워드로 중국 알기

초판 1쇄 인쇄 2022년 08월 11일
초판 1쇄 발행 2022년 08월 14일
옮 긴 이 김승일(金勝一)
발 행 인 김승일(金勝一)
디 자 인 조경미
출 판 사 구포출판사
출판등록 제 295-91-00964호

잘못된 책은 바꿔드립니다.
가격은 표지 뒷면에 있습니다.

ISBN 979-11-90585-02-6 (03820)

판매 및 공급처 구포출판사

주소: 서울시 도봉구 도봉로117길 5-14 **Tel:** 02-2268-9410 **Fax:** 0502-989-9415
블로그: https://blog.naver.com/jojojo4

※ 이 도서의 국립중앙도서관 출판시 도서목록(CIP)은 서지정보유통지원시스템 홈페이지(http://seoji.nl.go.kr)와 국가자료공동목록시스템에서 이용하실 수 있습니다.

21세기 중국이 지향하는 통치방향은?

키워드로 중국 알기

인민일보해외판〈학습을 위한 소그룹〉 지음 | 김승일(金勝一) 옮김

contents

내용요약

중국공산당 제18차대회 이래 중국은 거대한 변화를 가져왔으며, 그렇게 된 데에는 모두 다 이유가 있었다. 최근 4년간 시진핑 총서기를 핵심으로 하는 당 중앙은 일련의 새로운 이념, 새로운 사상, 새로운 전략을 제시하였다. 이런 '새로운' 것은 일련의 키워드로 요약할 수 있다. 어떤 의미에서 얘기할 때 이런 키워드를 읽고 이해하는 것은 중국의 내정과 외교를 이해하는 지름길이라고도 할 수 있다. 또 이런 단어를 이해하는 것은 중국의 치국이정(治國里政)[1]의 새로운 실천을 이해하는 것이라고도 할 수 있다. 인민일보 해외 판은 2016년 1월부터 "시진핑 총서기 치국이정의 키워드"라는 시리즈물을 출범하였고, 취지는 시진핑 총서기 총서기의 중요 연설(문장)중의 키워드에 대해 정리하여 이런 단어 뒤에 숨어 있는 '무엇인가?' '왜?' "어떻게 할 것인가?"등의 문제를 이해하기 위함이었다. 이 책은 바로 "학습을 위한 소그룹(學習小組)"이 해당 시리즈에 대한 보도를 기초로 해서 정리하여 만든 것이며, 그 내용은 총론, 전면적인 샤오캉(小康) 건설, 전면적인 개혁의 심화, 전면적인 의법(依法)치국, 전면적으로 엄격하게 당에 대한 통치, 국제관계와 외교 등 6개 부분이다.

1) 치국이정(治國里政) : 국가 통치와 정책 운영.

머리말

중국공산당 제18차 대회 이래 시진핑 총서기 총서기를 핵심으로 하는 당 중앙은 중국특색의 사회주의를 지속 발전시키는데 필요한 일련의 새로운 이념, 새로운 사상, 새로운 전략을 제시하였으며, 일련의 새로운 실천, 새로운 탐색, 새로운 창조를 진행해야 한다는 일련의 치국이정을 위한 키워드를 제시하였다. 이러한 키워드는 제18차 대회 이래 중국 거버넌스, 중국의 서사(敍事),[2] 중국의 실천을 이해할 수 있는 중요한 비밀 키워드이다.

이러한 새로운 관념에 대해 상응하는 것은 더욱 심도 있는 현실정치, 경제, 사회 등 체계적인 변천과 진보이다.

이 4년 동안 어떤 '키워드'를 제시하였는가?

이 4년을 돌아보면 시진핑 총서기가 이끈 중국은 매우 큰 변화를 가져왔다. 오늘날 중국의 각 영역, 각 방면에서는 모두 여러분이 익숙한 '키워드'들이 존재하며, 그것들은 세계에서 제일 큰 마르크스주의 정당, 제일 큰 신흥국가 지도자의 큰 전략, 큰 담당을 나타냈다.

전략적 측면에서 이런 '키워드'는 '두 개 백년', '중국의 꿈', '5위1체',

---

2) 서사 : 사실을 있는 그대로 적는 것, 특정한 사건을 줄거리로 이야기하는 서술방법인데, 즉 사건의 진행 과정이나 인물의 행동 변화 과정을 시간의 앞뒤 흐름에 따라 이야기하는 서술 방법이다.

'4가지 전면', '5대 발전이념', '공담오국, 실간흥방(空談誤國, 實幹興邦)'[3] '국가 거버넌스 체계와 거버넌스 능력의 현대화'등이 있다.

경제적 측면에서는 '뉴노멀(신 상태)', "공급 측 구조개혁", "혁신이 발전을 이끈다."등이 있다.

정치적 측면에서는 "정치생태의 정화", "전면적으로 의법치국을 추진한다."등이 있다.

사회적 측면에서는 '만족감', "빈곤퇴치 공격전", "단점을 보완한다." 등이 있다.

문화적 측면에서는 '핵심가치관'이 있다.

생태문명 적 측면에서는 '아름다운 중국', '녹색 화'[4]등이 있다.

당의 건설 측면에서는 '8가지 규정', '3엄3실', '정치규칙', "'호랑이'와 '파리'를 함께 척결해야 한다."등이 있다.

외교와 국제관계, 글로벌 거버넌스 측면에서는 '운명공동체', "신흥 대국과의 관계", '친성혜용'[5], '의리관', '일대일로', '아시아인프라투자은행' 등이 있다.

이상의 키워드는 부분적인 예시일 뿐이다.

이러한 '키워드'는 중국에게 있어서 무엇을 의미 하는 것일까?

이런 '키워드'는 '이념', '사상' 내지 '전략', '방법론' 등으로 시진핑 총

---

3) 공담오국 실간흥방(空談誤國, 實幹興邦) : 공허한 담론은 나라를 망치고, 실질적인 행동이 국가를 부흥시킨다.

4) 녹색 화 : 산업, 경영, 교통, 생활 따위 인간의 삶과 관련된 모든 부분에서 환경 친화 적인 형태로 변화거나 그렇게 되도록 하는 것.

5) 친성혜용(親誠惠容) : 친밀한 관계를 유지하고 성의를 다하며 상대방을 포용한다는 의미로 중국 외교의 기본원칙이다.

서기를 핵심으로 하는 당 중앙의 치국이정의 이론혁신과 실천혁신을 심도 있게 내포하고 있는 것이다.

'두개 백년'의 분투목표는 중화민족의 위대한 부흥인 '중국의 꿈'이며, 모든 중국인민의 소원과 꿈이며, 전 국민이 꿈을 따라 열심히 일하는 열정과 힘을 매우 강하게 불러일으킬 수 있는 것이다.

'5위1체'의 총체적인 배치, '4가지 전면'의 전략적 배치, '5가지 발전이념'은 새로운 시기에서 중국 거버넌스를 이끌고 있다. 이는 전 국면과 관련되는 큰 변혁이고, "인간의 전면적인 발전"을 목적으로 한 하나의 새로운 구도이며, 모든 중국인에게 혜택을 주는 전략적인 사고이다. 중국은 적극적으로 뉴노멀(新狀態)[6]을 인식하고 뉴노멀에 적응하고, 뉴노멀을 이끌며, 공급측 구조개혁을 힘써 추진하고, 경제구조의 최적화를 밀고 나아가며, 동력전환을 발전시키고, 방식 전환을 발전시켜 성장이 지속가능하도록 함으로써 인민이 부유하고 국가가 강성하도록 촉진케 하자는 것이다.

이는 곧 정치생태를 정화하고 사회주의 협상민주를 힘써 발전시키며, 법치중국을 건설하고, 인민의 정치 참여를 증강시키며, 인민 민주를 추진하고, 진일보 적으로 사회공평주의를 촉진케 한다.

끊임없이 인민들의 '만족감'을 증강시키고, 단점을 힘써 보완하며, 빈곤퇴치 공격전에서 싸워 이겨 예정대로 전면적인 샤오캉사회를 실

6) 뉴노멀(신상태) : 새롭게 보편화된 사회·문화·경제적 표준을 의미하는 시사용어. 2004년 처음 사용되기 시작했으며, 초기에는 경제 상황 변화에 따른 진단과 대응을 위해 제시된 경제 용어였으나 2020년 전 세계로 확산된 코로나바이러스감염증-19 사태 이후로는 전 시대와 달리 새롭게 변화된 사회적·문화적 변화를 포괄하는 개념으로 의미가 확장되었다.

현하는 것은 어느 한 사람도 잊어서는 안 된다는 것을 의미하며, 이 모든 것은 집정당과 시진핑 총서기가 자나 깨나 생각하는 '근심사'이다. 시진핑 총서기를 핵심으로 하는 당 중앙의 제일 큰 특징 중 하나는 바로 "선비는 마음이 넓고 굳세지 않으면 안 되는 것이니, 이는 자신에 부여된 임무가 무겁고 이를 위한 갈 길이 멀기 때문이다."라는 강력한 역사적 의무를 가지고 있다는 것이며, 정치적 약속을 하고, 군령장(軍令狀)[7]을 체결하며, 또한 이것을 위하여 실천하는 것에 노력하고 있는 것이다.

이는 곧 사회주의 핵심가치관을 양성하고, 널리 알리며, 중화의 우수한 전통을 숭상하고, 또한 이것의 창조적 전환과 혁신적인 발전을 밀고 나아가야 하며, 사회주의 중국문화의 소프트파워를 증강시켜 중국인민의 문명수준과 문화에 대한 자신감을 향상시키고, 중국인민의 민족적 긍지를 더욱 향상시키겠다는 것이다.

"아름다운 중국"을 건설하고 '녹색 화' 발전을 이룩하며, 생명을 대하듯이 생태환경을 대하는 중국에서는 지금 생태혁명이 일어나고 있다. 'PM2.5'라는 오염된 물과 토양이 모두 줄어들고, 청산녹수가 다시 돌아오도록 하여 예전에 대한 '향수'를 달랠 수 있게 할 수 있을 것이라고 믿는 것이다.

또한 중앙의 '8항 규정'을 출범시키고, '3엄3실'의 주제교육을 전개하며, 당의 정치기율과 정치규칙을 엄격히 지키고, '호랑이'와 '파리'를 함께 척결하는 등의 전면적이고 엄격한 당 관리에 대한 조치를 지속

7) 군령장(軍令狀)예전에, 군대의 명령을 적은 문서를 이르던 말.

하여 끊임없이 중국인민의 만족감과 집정 당에 대한 믿음을 향상시키자는 것이다.

이런 '키워드'는 세계에 대해 무엇을 의미하는 것일까?

제18차대회 이래 시진핑 총서기는 국내·국외 두 개의 대 국면을 통합하고 대세를 살피면서 큰일을 도모하였고, 외교의 고층설계를 강화하였으며, 일부 중대한 대외전략사상을 제시하면서 전 방위적인 외교를 전개해 왔다.

그는 '운명공동체'를 제시하여 세계가 중국이 글로벌 거버넌스에 참여해야 하는 필요성과 실효성을 깨닫게 하였다.

그는 '신형 대국관계'를 제시하여 중미 등 대국 사이가 '투키디데스의 함정'[8]에 빠지는 것을 힘써 피하게 하였다.

그는 '친성혜용'의 주변국에 대한 외교이념을 제시하여 중국 주변의 국가들이 평화롭고 사이좋게 지낼 수 있도록 하였다.

그는 '정확한 의리관'을 제시하여 글로벌 거버넌스 체계와 국제관계를 위하여 참고할 수 있는 길을 제공하였다.

그는 '일대일로'의 건설을 제시하고 '아시아인프라투자은행(AIIB)'의 구상을 제시하여 글로벌 경제의 융합 개방발전과 세계 기타국가들이 중국의 경제발전에 무임승차할 수 있도록 플랫폼을 제공하였다.

---

8) 투키디데스 함정 : 투키디데스 함정은 신흥 강국이 부상하면서 기존 패권국가와 충돌하는 상황을 의미한다. 신흥 강국의 부상에 기존 패권국가가 두려움을 느끼고 무력을 통해 이를 해소하려 하면서 전쟁이 발생한다는 것이다. 고대 아테네의 장군이었던 투키디데스는 『펠로폰네소스 전쟁사』에서 신흥 강국으로 떠오른 아테네가 기존 강국 스파르타에 불러일으킨 두려움이 펠로폰네소스 전쟁의 원인이라고 지목했다. 마찬가지로 신흥 강국 독일과 영국의 견제는 두 차례의 세계대전으로 이어졌다.

여기서 특히 알아야 할 것은 시진핑 총서기 주석이 제시한 '중국의 꿈'은 '국가의 꿈'이고, '민족의 꿈'이며, 모든 '중국인의 꿈'이라 할 수 있으며, 내포되어 있는 것은 국가의 부강, 민족의 진흥, 인민의 행복이며, '미국 꿈', '아프리카 꿈' 등 기타 국가 또는 지역의 꿈과도 서로 상통하는 것이다. 따라서 외부에서 중국이 민족주의와 패권주의를 드러내지 않을까 우려하는 것은 전혀 잘 못된 것이다. 즉 시진핑 총서기가 말한 것처럼, "'중국의 꿈'은 평화, 발전, 협력, 공영의 꿈"인 것이다. 2016년 10월 27일 제제18차 6중전회가 성공적으로 폐막하였다. 제18차 대회 이래 연이어 개최한 제18차 3중, 4중, 5중전회는 전면적으로 개혁을 심화시키고, 전면적으로 '의법치국'하며, 전면적으로 '샤오캉사회'를 건설하는 것을 계획하였고, 6중전회는 전면적인 엄격한 당 관리를 전적으로 연구하였다.

이것은 당 중앙이 '4가지 전면적인' 전략배치에 착안하여 내린 전략정책과 전체적인 설계이며, 당 중앙의 치국이정 전략의 점진적인 전개와 심도 있는 추진이기 때문에, 이러한 전략적 사고는 감탄할만한 가치가 있는 것이다.

'중국의 꿈'

- 13억 인의 부흥을 향한 꿈 -

처음 제의한 시간

2012년 11월 29일

국가박물관『부흥의 길』전시

언급한 회수

시진핑 총서기 총서기의 공개 연설과 취재 중 200회 이상 언급

끼친 영향

전 당과 전국 인민의 공통된 인식을 최대로 응집시켰고,

중화의 아들딸들이 국가 발전, 민족 진흥의 열정을 강하게 불러일으켰다.

시진핑 총서기의 연설과 문장을 검색해 보면, '중국의 꿈'은 그가 가장 많이 언급하는 단어 중의 하나이다. 국내에서 중요한 연설을 발표하든, 해외순방 때 외국친구들 앞에서든, 그는 언제나 그 꿈에 대해 이야기하기를 좋아했다.

13억 인구를 가진 이 동방대국에서 '꿈'이 최고지도자의 키워드가 될 수 있었던 것은 반드시 그럴만한 이유가 있기 때문이다.

역사 속에서 나온다

시진핑 총서기는 '중국의 꿈'을 언급한 것은 국가박물관에서 『부흥의 길』 전시회를 참관하면서였다. 수많은 관람자를 끌어당긴 이 전시회는 근대이래 중국인민이 민족부흥을 위하여 걸어왔던 역사과정을 회고하는 전시였다.

"험난하고 머나먼 길"이든 "쇠붙이처럼 강했던 과거"이든, 인간이 걸어가는 올바른 길에는 온갖 풍파가 밀려오는 오늘 이든, 혹은 거센 바람을 타고 높은 파도를 깨뜨리는 날이 반드시 올 내일 이든 중화민족은 항상 민족의 부흥에 대한 꿈이 있었다.

"외국 사람들은 종종 중국이 왜 이렇게 빠르게 발전했는지, 중국 사람들이 발전을 진행하는 열정이 왜 이렇게 강한지"를 이해하지 못한다. 이를 위해서는 먼저 중국의 역사를 알아야 한다. 중국은 역사적으로 매우 눈부신 적도 있었지만, 근대이래 매우 비참하고 온갖 굴욕을 당했기에 그 차이는 너무나 컸다."고 중앙문헌연구실 주임 렁룽

(冷溶)은 개탄하였다. 중국 사람들은 언제나 민족부흥에 대한 마음의 응어리와 열정이 있었으며, 이것은 하나의 정신적인 동력이었다.

링롱(冷溶)은 "1840년의 아편전쟁부터 중국은 굴욕의 역사가 시작되었고, 이때부터 역으로 민족부흥의 역사가 시작되었다."고 하면서, 이는 다시 말해서 "'중국의 꿈'에 대한 역사가 시작된 것이다."라고 말했다. 처음에 쑨중산(孙中山)은 '진흥 중화'를 제창하였다. 중국공산당 창립 이후 인민을 이끌고 '진흥 중화'라는 신성한 사명을 짊어졌고, 역대 지도자들은 모두 민족의 부흥에 대하여 수없이 논하였다.

시진핑 총서기는 중국공산당 창립 100주년 때, 전면적인 샤오캉사회의 건설이라는 목표를 반드시 실현하고, 새 중국이 건국된 지 100주년 때 "부강, 민주, 문명, 조화"의 사회주의 현대화 국가를 건설한다는 목표를 반드시 실현하며, 중화민족의 위대한 '부흥의 꿈'은 반드시 실현될 것임을 굳게 믿는다고 말했다.

인민에 의지하여 실현해나가야 한다

'중국의 꿈'은 결과적으로 '인민의 꿈'이며, 반드시 인민에게 확고히 의지하여 실현해야 하고, 반드시 끊임없이 인민을 이롭게 해야 한다.

시진핑 총서기는 "'중국의 꿈'은 모든 사람들이 '중국의 꿈'을 위해 분투하는 가운데 '자신의 꿈'을 실현하는 것을 의미한다."고 말했다.

'인민의 꿈'이란 무엇인가? 시진핑 총서기는 "우리의 인민은 더욱 좋은 교육, 더욱 안정적인 일자리, 더욱 만족스런 수입, 더욱 믿을 수 있는 보장, 더욱 높은 수준의 의료위생서비스, 더욱 쾌적한 거주조건, 더욱 아름다운 환경을 희망하며, 자녀들이 더욱 잘 자라고 더욱 잘 일하고 더욱 잘 살아가기를 바라는 것이다."라고 말했다.

'인민의 꿈'은 '국가와 민족의 꿈'과 어떤 관련이 있나? 시진핑 총서기는 "국가가 좋고 민족이 좋아야 여러분도 비로소 좋을 수 있다."고 말했다. 중국사회과학원 원장, 당위서기 왕웨이꽝(王伟光)은 "신 중국은 우리들을 일어서게 했고, 개혁개방은 우리들을 부유하게 했으며, 국가와 민족의 강성은 인민의 행복이 견고한 지주가 되게 하였다."고 말했다. 중국공산당 제18차대회 이래 4년 동안 중국은 역사의 물결 위에 서있으며, 꿈을 향한 전력질주를 위하여 모든 준비를 마쳤다. 18기 3중전회[9]는 전면적인 개혁심화의 고층설계를 완성하였고, 18기 4중전회는 전면적인 '의법치국'의 청사진을 그렸으며, 18기 5중전회는 함께 전면적인 샤오캉사회로 내딛는 나팔을 울렸다. 반부패투쟁의 압도적인 태세는 형성되고 있으며, 당 풍기의 청렴건설은 큰 보폭으로 전진하고 있다. 이번 중앙지도자들이 제창한 치국이정의 총체적인 틀인 '4가지 전면적', '5가지 발전이념"은 하나하나 세상에 드러났으며, 꿈이 순조롭게 진행되도록 보호해주었다.

'세계의 꿈' 과 공명共鳴해야 한다

중국의 발전은 세계를 떠날 수 없고, 세계의 번영과 안정도 중국

9) 3중전회(3中全會) : 중국공산당 중앙위원회 전체회의의 3번째 회의를 말한다.

에게는 필요하다. '중국의 꿈'과 '세계의 꿈'은 동일한 주파수(周波數)로 공명해야 한다. 순방 중에 시진핑 총서기는 '중국의 꿈'을 언급하는 것을 좋아했고, 또 '중국의 꿈'과 '각 나라 꿈'의 융합을 언급하기를 좋아했다. 모스크바 국제관계학원에서 그는 우리가 실현하려는 '중국의 꿈'은 중국인민을 이롭게 할뿐만 아니라 각 나라의 인민도 이롭게 한다고 말했고, '평화공존 5원칙'[10] 발표 60주년 기념대회에서, 그는 '중국의 꿈'은 세계 각 나라 인민의 '아름다운 꿈'과 서로 상통한다고 말했다. '중국의 꿈'과 '세계의 꿈'은 어떤 관련이 있을까? 시진핑 총서기는 아프리카에서의 연설은 매우 대표성을 띠고 있다. 그는 "13억이 넘는 중국인민은 중화민족의 위대한 부흥인 '중국의 꿈'을 실현하기 위해 온 힘을 다하고 있다. 또 10억이 넘는 아프리카 인민들도 연합 자강을 실현하고, 발전 진흥의 '아프리카의 꿈'을 이루는데 온 힘을 다하고 있다. 따라서 중국과 아프리카의 인민은 단결합작을 강화하고, 상호 지지와 도움을 강화해야 하며, 우리 각자의 꿈을 실현하기 위하여 노력해야 한다. 우리는 또 국제사회와 함께 지속적인 평화, 공동번영이라는 '세계의 꿈'을 실현할 수 있도록 추진해야 한다"고 말했다. 그러면서 주변 외교업무 간담회에서 그는 '중국의 꿈'을 주변 각 나라 인민의 아름다운 삶을 원하는 바람과 지역발전의 비전과 연결하여 운명공동체 의식이 주변 나라에서 뿌리가 내리게 해야 한다

---

10) 평화공존 5원칙 : 1954년 중국이 인도와의 관계 수립을 계기로 발표한 외교노선 원칙. 당시 총리이자 외교부장이었던 저우언라이가 제시했다. 그 내용은 "평화적 공존, 호혜적 상호협력, 상대방의 주권 및 영토 존중, 내정 불간섭, 상호 불가침이다. 지금까지도 이어지고 있는 중국 외교노선의 근간이다.

고 강조하였다. ‘중국의 꿈’과 ‘세계의 꿈’은 상대방을 위하여 서로에게 기회를 제공하고 있다. “중국발전의 열차”는 질주하고 있고, 2016년 1월 16일 아시아기초시설 투자은행을 정식으로 오픈하였다. 이와 동시에 ‘일대일로’, ‘브릭스 신개발은행’ 등 ‘중국의 방안’은 끊임없이 개념에서 현실로 걸어가고 있으며, 세계에 대해 중국으로부터 나오는 기회와 성의를 보게 하였다. 이처럼 ‘중국의 꿈’은 ‘중국의 복’일뿐만 아니라 또한 ‘세계의 행운’이라는 것을 역사는 결국 증명할 것이다.

두개 백년

- 앞에서 이끌고 전진하는 시대의 호소 -

언급한 시간

2012년 11월 당의 제18차대회 이후
고정적으로 키워드가 됨.

언급한 회수

시진핑 총서기의 공개 연설과 문장에서 100회 이상 언급됨.

끼친 영향

'중국의 꿈'과 함께 중화민족을 이끌고 앞으로
전진하는 시대적 호소가 됨.

오늘날 중국의 억만 민중은 씩씩하게 '두개 백년'의 분투목표를 실현하는 길에서 전진하고 있다.

'두개 백년'[11]이라는 단어는 시진핑 서기의 제18차대회 이래의 역대 공개연설과 문장에서 100회 넘게 등장했고, 그 중요성은 보통과 달랐다. '두개 백년'의 분투목표는 '중국의 꿈'과 함께 중국을 이끌고 전진하는 시대의 호소가 되었다.

고정적인 키워드가 되다

2012년 중국공산당 제18차 대회는 전면적으로 샤오캉사회를 건설하고 사회주의 현대화를 빠르게 추진하는 웅대한 청사진을 그렸으며, 중국인민에게 '두개 백년'의 분투목표를 실현토록 하기 위해 진군하는 시대적 호소가 되었다. '두개 백년'은 이때부터 고정적으로 키워드가 되었으며, 전국 인민 공통의 분투목표가 되었다.

2012년 11월 29일 국가박물관에서 〈부흥의 길〉 전시회를 참관할 때 시진핑 총서기는, '나는 중국공산당 창립100년 때는 전면적으로 샤오캉사회의 건설을 반드시 실현할 수 있고, 신 중국 건국 100년 때에는 "부강·민주·문명·조화"의 사회주의 현대화 국가를 실현하는 목표는 반드시 실현될 것이며, 중화민족의 위대한 '부흥의 꿈'은 반드시 실현

11) 두개 백년 : 중국 공산당 창당 100년인 2021년과 신중국 건국 100년인 2049년을 의미한다. 2021년 전면적인 샤오캉사회를 만들고, 2049년에는 사회주의 현대화 강국을 건설하겠다는 목표를 말한다.

될 것이라고 굳게 믿는다."고 밝혔다. 시진핑 총서기는, '현재 우리는 역사상 어떠한 시기보다 중화민족의 위대한 부흥의 목표와 아주 가깝게 있으며, 역사상 어떠한 시기보다 이 목표를 실현할 자신감과 능력이 있다."고 말했다.

'두개 백년'과 '중국의 꿈' 사이에는 어떤 관계가 존재하는 것일까? 시진핑 총서기는, "'중국의 꿈'을 실현하기 위해 우리는 '두개 백년'의 분투목표를 확립했다."고 밝혔다.

'두개 백년'을 위해 어떻게 인민을 이끌고 전진할 것인가? 시진핑 총서기는 "이것은 현재 전 당·전국 인민이 이것을 위하여 함께 분투해야 하는 목표이며, 중화민족의 위대한 목표일뿐만 아니라 또한 모든 사람, 모든 가정, 각 방면 군중의 소원과 이익을 결합시켜야 한다."고 밝혔다. 이러한 비전의 격려 하에서 모든 중국 사람들은 '두개 백년'의 분투목표를 실현하기 위한 실천과정에서 자기에게 속하는 빛나는 인생을 창조할 수 있게 되는 것이다.

강력한 인도력을 발휘하다

'두개 백년' 분투목표의 확립을 상징으로 하는 중국공산당 제18차 대회 이후 중국의 일련의 전략과 노력은 모두 명확한 방향이 생겼다.

현재의 중국은 안정가운데 발전을 추구하고, '4가지 전면'이라는 전략배치를 조화롭게 추진했을 뿐만 아니라 또한 일련의 중대한 전략을 제시했다. '일대일로'에서 아시아인프라투자은행의 발의까지, 중국·아프리카의 합작을 업그레이드한 배경을 만드는 것에서 아태(아시아태평양)자유무역구의 과정을 추진하는 것까지 이들 모두의 웅대한 전략은 '두개 백년' 분투목표를 실현하기 위해 견고한 기초를 다지고 있는 것이다.

> 시진핑 총서기는
> "중국인민은 행복한 삶을 살려면, 아직은 계속해서 노력을 해야 한다. 발전은 여전히 현재 중국의 첫 번째 중요한 임무이며, 중국 집정자의 첫 번째 중요한 사명은 바로 힘을 합쳐 인민의 생활수준을 향상시키고, 점차적으로 함께 부유함을 실현하는 것이다. 이를 위하여 우리는 '두개 백년'의 분투목표를 제시하였고, 우리가 현재 하는 모든 것은 이 확정된 목표를 실현하기 위함이다. 전면적인 샤오캉사회의 건설을 실현하려면 반드시 전면적으로 개혁을 심화하고, 전면적으로 법에 의거하여 나라를 다스리며, 전면적으로 당을 엄격히 다스려야 한다. 이것이 바로 우리가 제시한 '4가지 전면'이라는 전략이다."라고 해석한 적이 있다.

또한 지금은 '두개 백년'의 첫 번째 백년 목표의 기한이 이미 다가와 있다. 이 전면적인 샤오캉사회 건설의 마지막 단계에서 중국의 '십삼오(十三五)규획'[12]은 곧 오픈될 것이고, 혁신·조화·녹색·공유의 '5대 발전이념'은 수립되었으며, 중국은 이념혁신의 발전으로 발전방식의 전환을 이끌고, 발전방식의 전환으로 발전의 품질과 효율의 향상을 밀고나아가 많은 인민 군중들이 개혁발전의 성과를 공유하게 될 것이다.

광범위한 세계적 공명을 불러일으켜야 한다

역대 순방 중 시진핑 총서기는 '두개 백년'을 여러 차례 언급하였고, 세계를 향하여 중국의 분투목표를 설명하였으며, 세계적인 범위에서 광범위한 공명을 불러일으켰다. 네덜란드 순방과 제3기 핵안보 정상회의에 참가할 무렵 시진핑 총서기는 네덜란드의 「뉴 노틀담 비즈니스 데일리」에 서명하는 석상에서

> "현재 중국은 '두개 백년'의 분투목표를 향하여 전진하고 있으며, 유럽도 '유럽2020' 전략을 빠르게 추진하고 있다. 나라가 더욱 부강하고 사회가 더욱 공평 정의롭게 변하며, 인민의 삶이 더욱 아름답게 되는 이것은 중국인민이 지치지 않고 추구하는 이상이며, 또한 유럽인민의 공통된 소원이다. 우리는 유럽 각 나라와 함께 호혜공영 합작을 심

12) 십삼오계획(十三五計劃) : 중국의 2016~20년까지 5개년 계획인 국민경제와 사회발전 13차 5개년 규획 강요를 말함. - 출처 : 이코노믹리뷰(https://www.econovill.com)

화시키고, 기회를 공유하며, 번영을 함께 창조하기를 원한
다."고 밝혔다.

매번의 순방, 매번의 교류에서 시진핑 총서기는 언제나 현지 국정과 결합하여 중국은 세계 각 나라와 함께 각 나라 인민이 자기의 꿈을 더욱 잘 실현할 수 있도록 추진할 것이라고 강조하였다. 이는 중국이 세계에서 더욱 많은 이해와 지지를 얻게 하였으며, 이렇게 '중국의 꿈'과 함께 연결되어 서로 도와주고 이끄는 '두개 백년'의 분투목표는 강력한 매력을 발산하였다.

'40여 년 전에 처음으로 중국에 왔었고, 최근에 중국을 방문했던 미국 전 국무장관 키신저 박사는 언제나 중국에 대하여 새로운 느낌이 든다고 말했다.

키신저는
"현재 중국은 새로운 시기에 들어서고 있고, 바로 '두개 백년'의 분투목표를 실현하는 시기에 있다. 40여 년 전에 중국이 현재의 모습으로 발전할 것이라고는 전연 믿지를 못했지만, 앞으로 수 십 년 후에는 중국이 이 목표를 반드시 실현할 것이라고 믿는다."고 했다.

4가지 전면

- 전체적인 국면을 통솔하는 시정전략 -

언급한 시간

2014년 12월 장쑤(江蘇)성 연구조사에서

언급한 회수

시진핑 총서기의 공개연설과 문장에서 60회 이상 언급

끼친 영향

새로운 당 중앙의 치국이정의 총체적인 방향전략과 총체적인 틀을 제시했고, 현재의 세계적인 문제해결을 위하여 중국의 경험과 지혜를 통해 공헌하였다.

2014년 12월부터 오늘날까지 1년여의 시간에 중국공산당 총서기 시진핑 총서기의 공개연설과 문장에서 '4가지 전면'은 60여 차례 나타났다. 이 1년여의 시간에 '4가지 전면'은 제시라는 차원에서 '전략적인 조치'로 향상되었고, 또한 중국이 발전하는 길을 가리켰으며, 새로운 당 중앙의 총체적인 전략방향과 총체적인 틀을 나타냈다.

전략적 배치로 높이다

마르크스주의 중국화의 길에서 2014년 12월은 상징적인 시기였다.

그 때 장쑤(江蘇)성에서 시찰하던 시진핑 총서기는, "전면적인 샤오캉사회의 건설, 전면적인 개혁의 심화, 전면적인 의법치국의 추진, 전면적인 엄격한 당 관리를 조화롭게 추진해야 한다."고 강조하였다. 이것은 공개 보도에서 시진핑 총서기가 처음으로 '4가지 전면'을 제시한 것이며, 이때부터 마르크스주의 중국화의 중대한 혁신적인 성과를 거두기 시작하였다.

'4가지 전면'을 제시하기 2년 전에 마찬가지로 관건적인 시간이 하나 더 있었다.

2012년 11월 시진핑 총서기는 처음으로 '중국의 꿈'의 개념을 자세히 해석하였다. 국내외 연구가들이 볼 때 '4가지 전면'은 바로 '중국의 꿈'을 실현하는 행동지침과 전략지침이었다. "4가지 전면'은 서방 관찰가들 사이에서도 커다란 관심을 일으켰고, 그것은 중대한 전략적인 의미를 가지고 있으며, '중국의 꿈'은 구상에만 머물러 있는 것이 아니라 반드시 점차적으로 현실이 될 것이라는 것을 의미한다."고 '영국 런던 경제와 상업정책 부서'를 담당하던 전 부서장 루오시이가 말했다. '4가지 전면'을 제시한지 2개월 후인 2015년 2월 성부급 주요 고위층 간부의 4중전회 정신을 배우고 관철하며, 전면적인 의법치국을 추진하는 전문 연구 토론반 시업식에서 시진핑 총서기는 '4가지 전면'을 '전략적으로 배치할 것"을 확정지었다. 중앙 당교 부교육장 겸 철학부 주임 한칭샹(韩庆祥)은 이 전략적 배치는 실질적으로 바로 어떻게 사회주의 현대화와 중화민족의 위대한 부흥을 실현시킬 것인가에 대한 문제에 대답한 것이며, 그것은 사회주의 현대화와 중화민족의 위대한 부흥을 실현하는 이론지침 및 행동지침과 총체적인 전략방향이라고 여긴 것이다.

상호 관통하는 체계의 구축

'4가지 전면'은 왜 함께 제시할 수 있었는가? 그 내면에 어떤 논리적인 관계가 있는 것인가? 시진핑 총서기가 내린 답안은 "전면적인 샤오캉사회의 건설은 우리의 전략목표이고, 전면적인 개혁심화, 전면적인 의법치국, 전면적인 엄격한 당 관리는 3대 전략조치이다."라는 것이었다. 시진핑 총서기는 "4가지 전면'이 상호 보완, 상호 촉진, 상호 유익이 되도록 노력해야 한다."고 강조하였다.

구체적으로 이야기하면 발전은 시대의 주제와 세계 각국의 공통적인 추구이며, 전면적인 샤오캉사회의 건설은 발전목표이고, 전면적인 개혁의 심화는 사회발전을 밀고 나아가는 근본적인 동력이며, 전면적인 의법치국은 국가 관리체계와 관리능력 현대화의 중요한 보장이며; 전면적인 엄격한 당 관리는 집정 당이 자체 건설을 강화하는 필연적인 요구인 것이다. 분명한 것은 이 네 가지는 간단한 병렬관계가 아니며, 유기적인 연결, 상호 관통하는 고차원의 설계라는 점이다.

중앙 당 학교 마르크스주의 이론 교무부 상무부주임 류하이타오(刘海涛)는 '4가지 전면'은 강렬한 문제의식, 선명한 목표의 방향성과 전면적인 전략적 조치를 나타내는 것이라고 하였다. 한칭샹은 "현재 중국은 전체적인 전환과 업그레이드하고 있는 새로운 역사기점에 처해 있다. 치국이정의 방향전략에서 실천과 탐색을 중시하는 '돌다리도 두드리며 건너는 것'으로부터 고층설계까지 중시하는 '4가지 전면'의 전략적 배치로 나아가고 있다."고 본 것이다.

전체적인 국면을 통합하는 시야

'4가지 전면'이 제시된 지 1년여 사이에 국내외에 대해 중대한 영향을 끼쳤다. 대내적으로 '4가지 전면'은 새로운 당 중앙의 치국이정의 총체적인 방향전략과 총체적인 틀을 나타낸 것이고, 전체적인 국면을 이끄는 시정전략이 되었으며, 대외적으로는 국제사회가 중국발전의 길, 발전방향 전략을 이해하는 중요한 창이 되었으며, 나아가 현재 일어나고 있는 세계적인 문제를 해결하기 위하여 중국의 경험과 지혜를 통해 공헌하자는 것이었다.

2015년 3월 아시아 보아오(博鰲)포럼[13] 2015년 총회에서 시진핑 총서기는 "중국인민은 전면적인 샤오캉사회의 건설, 전면적인 개혁의 심화, 전면적인 의법치국, 전면적인 엄격한 당 관리의 전략배치에 따라 힘을 합쳐 '두개 백년'의 분투목표를 실현하고, 중화민족의 위대한 부흥인 '중국의 꿈'을 실현하기 위하여 분투해야 한다."고 장엄하게 선포하였다.

2015년 9월 미국을 공식 방문할 때, 첫 번째 지역인 시애틀에서 시진핑 총서기는 소박한 언어로 생동적이면서도 상세하게 '4가지 전면'을 설명했으며, 이를 통해 국제사회에 대해 중국공산당의 집정이념에 대한 이해와 공감을 얻었다.

케냐의 케냐타대학 국제관계연구소 아프리카센터 주임 코르디아가는 '4가지 전면'의 전략적 배치는 전 국면을 통합하는 전략적인 시야와 안목을 가지고 있음을 나타낸 것이며, 중국 발전사의 흐름에서 중요한 한 획을 그을 것이고, 또 다른 국가들이 배우고 참고할 만한 것이라고 평가했다.

13) 보아오포럼 : 보아오포럼은 매년 4월 중국 하이난(海南)성 총하이(瓊海)시의 휴양지인 보아오(博鰲)에서 열리는 아시아 지역 경제 협력과 교류 모임이다. 매년 1~2월 스위스의 고급 휴양지 다보스에서 세계의 지도자들이 모여 토론을 펼치는 다보스포럼[세계경제포럼(WEF, World Economic Forum)]과 비슷한 성격으로서 '아시아판 다보스포럼' 이라고 한다.

5위 일체

- 위대한 사업의 총체적인 배치 -

언급한 시간

2012년 11월 제18차대회 보고

언급한 회수

시진핑 총서기의 공개 연설과 문장에서 30회이상 언급

끼친 영향

사회주의 현대화와 중화민족의 위대한 부흥의 총체적인 배치를 완성하고 분투 목표의 실현을 위하여 청사진을 계획하고 노력해야 하는 영역과 방향을 명확히 하였다.

'5위 일체'란 '전면적으로 경제건설, 정치건설, 문화건설, 사회건설, 생태문명건설을 추진"하는데 대한 포괄적인 표현이다.

시진핑 총서기는 중국공산당 제18차대회 이후의 여러 차례 공개 연설과 글에서 '5위 일체 및 전체 내용에 대하여 총 30회이상 언급하였다. 중국특색 사회주의의 위대한 사업에 대한 총체적인 배치로 그것은 '두 개 백년'의 분투목표와 '중국의 꿈'을 실현하기 위해 노력해야 하는 영역과 방향을 명확히 한 것이었다.

'두 가지 문명' 에서 '5위 일체' 까지

'5위 일체의 총체적인 배치는 당의 제18차대회에서 언급되었고, 중국공산당이 인민을 이끌고 중국특색의 사회주의를 건설하는 실천 속에서 인식하고 끊임없이 심화시킨 결과이다.

어떻게 중국특색의 사회주의를 건설할 것인가? 개혁개방 초기 덩샤오핑(邓小平)은 '한손으로 정신문명을 붙들고, 다른 한손으로는 물질문명을 붙들어야 한다."는 '두 가지 문명' 건설을 언급하였다. 그 후에 제16차대회보고에서의 경제, 정치, 문화건설 '3위일체'에서 제17차대회 보고에서 언급한 경제건설, 정치건설, 문화건설과 사회건설의 '4위 일체'에서 또 다시 제18차대회보고의 '5위 일체'까지 중국발전의 총체적인 배치는 점차적으로 또한 끊임없이 완성되었다.

생태문명건설은 '5위 일체'에 내포된 뜻을 더욱 풍부하고 완벽하게 하였다. "'우리나라 경제사회의 발전이 끊임없이 심화됨에 따라 생태문명건설의 지위와 작용도 날이 갈수록 뚜렷해 졌다. 당의 제18차대회는 생태문명건설을 중국특색의 사회주의 사업의 총체적인 배치에 올려 생태문명건설의 전략적 지위도 더욱 명확하게 했고, 생태문명건설을 경제건설, 정치건설, 문화건설, 사회건설의 각 방면과 전체적인 과정에 융합시키는데 유리하게 하였다." 2012년 11월 17일 시진핑 총서기는 18기 중국공산당 중앙정치국 제1차 집체교육에서 생태문명건설의 중요한 의미를 이야기하였다.

'분투목표' 를 위한 청사진을 설계하다

당의 제18차대회는 중국특색의 사회주의를 건설하는데 총체적인 근거는 사회주의 초급단계이고, 총체적인 조치는 '5위 일체'이며, 총체적인 임무는 사회주의 현대화와 중화민족의 위대한 부흥을 실현하는 것이라고 강조하였다. 총체적인 배치는 바로 청사진을 규획하고 총체적인 목표를 실현하기 위한 것이다.

"더욱 좋은 교육, 더욱 안정적인 직업, 더욱 만족스러운 수입, 더욱 믿을만한 사회보장, 더욱 높은 수준의 의료위생서비스, 더욱 안락한 주거조건, 더욱 아름다운 환경, 자녀들이 더욱 잘 자라고, 더욱 잘 일하고, 더욱 잘 사는 것" 이것은 시진핑 총서기가 인민들의 꿈에 대한 요약이다. 하지만 이런 꿈의 실현은 '5위 일체의' 총체적인 조치를 떠나서는 안 되는 것이다.

세계각지를 순방할 때 시진핑 총서기는 '5위 일체'가 중국인민의 분투목표를 실현하는데 필요한 의미를 여러 차례 언급하였다. 2013년 브릭스 정상 제5차 회담 및 2015년 싱가포르 국립대학에서 연설할 때, 시진핑 총서기는 중국은 '두 개 백년'의 분투목표를 실현할 것이라고 이야기하였다. 그는 이 두 가지 목표를 실현하기 위하여 "전면적으로 경제건설, 정치건설, 문화건설, 사회건설, 생태문명건설을 추진하고, 현대화건설의 각 방면, 각 과정이 상호 협조하는 것을 촉진하여 아름다운 중국을 건설해야 한다"고 강조하였다.

구체적인 실천으로 조치를 실행하다

총체적인 조치가 총체적인 목표의 실현을 가져올 수 있을지에 대한 관건은 구체적인 실천에 있다.

2015년 12월 31일 시진핑 총서기는 전국 정치협상회의 신년 다과회에서 "2015년은 당과 국가사업발전에 있어서 매우 특별한 해였다. 중국공산당은 전국 각 민족을 단결시키고 이끌어 국내외 발전의 대세를 파악했고, '4가지 전면'의 전략적 배치를 조화롭게 추진했으며, 경제성장은 계속 세계의 선두에 섰고, 경제건설, 정치건설, 문화건설, 사회건설, 생태문명건설과 당의 건설은 새로운 진보 발전을 거두었다."라고 하였다.

경제운행은 전체적으로 안정되고 또한 비교적 빠른 성장을 유지하였으며, '125'계획은 성공적으로 완성하였고, 반부패업무는 끊임없이 추진하였으며, 2015년 중앙전면심화개혁지도소조에서 확정한 101개 중점적인 개혁임무는 기본적으로 완성하였고, 중앙 관련부서는 153개 개혁임무를 완성하였으며, 각 방면에서 총 415조항 개혁성과를 위해 출범하였고… 생태문명건설 방면에서 「대기오염예방행동계획」과 「수질오염예방행동계획」의 반포 실시는 역대 제일 엄격한 환경보호법의 출범이며, 환경보호부는 심각한 오염이 있는 도시 시장과 대화하였고, 생태환경 보호의 강도는 강해졌으며, 생태환경 개선의 추세가 나타나고 있다.

'5위 일체'의 총체적인 조치는 전면적인 개혁을 심화시키는 과정에서 전 방위적으로 나타났다.

5가지 발전이념

- 발전의 실천을 이끄는 '지휘봉' -

언급한 시간

2015년 10월 18기 5중전회

언급한 회수

제18차대회이래 국내 조사연구에서 시진핑 총서기는 '5가지 이념'을 50여 차례 언급했다.

끼친 영향

중국의 경제발전이 뉴노멀에 들어서고, 세계경제를 불경기에서 회복하시키 위한 처방이며, 현시점에서 중국발전의 실천을 이끄는 '지휘봉'이 되게 하였다.

2016년 1월 29일 중국공산당 정치국 단체교육에서 시진핑 총서기는 다음과 같이 '5가지 발전이념"을 요약하였다.

> "혁신, 조화, 녹색, 개방, 공유의 발전이념은 '십삼오계획', 심지어 더욱 긴 기간 중국의 발전사고, 발전방향, 발전착력점을 집중적으로 나타냈으며, 전 국면을 관리하고, 근본을 관리하며, 미래를 관리하는 방향이다."

5가지 발전이념을 이해하면 전환중인 중국을 더욱 잘 이해할 수 있을 뿐만 아니라 또한 미래의 중국을 정확히 파악하는데도 유리하다.

새로운 이념, 새로운 설명

통계에 따르면 제18차대회이래 국내 조사연구에서만 시진핑 총서기는 50여 차례나 '5가지 발전이념'을 언급하였고, 이는 경제·민생·생태·과학기술 등 여러 영역에 관련되며, 또한 당의 18기 5중전회에서 전체적인 개념으로 나타난 후 시진핑 총서기는 중앙정치국회의, 중앙정치국 단체교육, 중앙재경지도자회의, 20개 나라 정상포럼, APEC포럼, 기후변화파리포럼, 세계인터넷포럼, 2016새해축사발표, 아시아투자은행 개업식, 총칭(重慶)시 현장조사 방문, 부장급 주요 고위층 간부 특정 조사연구반 등의 장소에서 지속적으로 10여 차례 '5가지 발전이념'을 말했다.

이뿐 아니라 총칭시를 현장조사 할 때, 시진핑 총서기는 또 '5가지 발전이념' 가운데 들어 있는 모든 단어에 동사를 붙였다. 혁신을 존중하고, 조화를 중요시하며, 녹색을 선도하고, 개방을 강화하며, 공유를 추진한다는 것이 그것이다.

왜 이렇게 5가지 발전이념을 중시한 것인가? 발전이념은 전략적, 원칙적, 선도적인 것이며, 발전이념이 옳으면 목표임무를 잘 정할 수 있으며, 정책조치도 따라서 잘 정할 수 있다고 시진핑 총서기는 말했다.

5가지 발전이념은 절대로 근거 없이 생긴 것이 아니고, 그것은 국내외의 발전경험과 교훈을 요약한 기초위에서 형성된 것이며, 또한 국내외의 발전대세를 분석한 기초 위에서 형성된 것이고, 우리당의 경제사회 발전규칙에 대한 심화를 반영한 것이며, 우리나라가 발전하는 가운데 드러난 모순과 문제에 맞추어 제시한 것이다.

마찬가지로 주의할 점은 '5가지 발전이념'은 이미 현재 중국발전의 실천을 이끄는 '지휘봉'이 되기 시작하였으며, 각 급 간부들이 뉴노멀에 적응할 수 있는지, 아니면 뉴노멀을 이끌 수 있는지를 시험하는 것이다.

새로운 태세, 새로운 방향

왜 새로운 이념을 제시했나? 이는 시대의 추세이다.

2015는 '125'의 마지막 해이고, 2016는 '십삼오계획'이 시작하는 해였다. 이것은 앞뒤가 연결되는 역사적인 시기이며, 한편으로는 미래 5년간 중국은 전면적인 샤오캉사회를 건설해야 하기 위해 임무가 막중하며, 다른 한편으로는 세계 경제성장을 떠받치는 힘이 없으므로 중국 전통의 발전형식도 커다란 시험에 직면하였다.

시진핑 총서기의 말에 의하면 '5가지 발전이념'은 바로 "우리나라 경제발전이 뉴노멀시대에 들어서고, 세계경제가 불경기에서 회복하는 것에 맞추어 내린 처방이다."라는 것이다.

내부적으로 보면 중국은 "인구 보너스"가 없어지는 전환점을 맞이하였고, 전통적인 높은 투자, 높은 에너지소비 발전형식의 한계효과는 줄어들고, 이로 인해 가져오는 경제, 사회, 생태문제도 증가하고 있으며, 외부적으로 보면 세계경제의 회복은 느리고 높은 수출의 경제에 대한 촉진도 약해졌으며, 반면에 세계범위 내의 경쟁은 더욱 심해져 새로운 발전형식을 통하여 경쟁력을 향상시켜야 한다.

이 모든 것은 중국이 더욱 좋게 변하게 하기 위함이다. 5가지 발전이념을 제시한 것은 현시점의 문제를 해결하는 계획일 뿐 아니라 나아가 중국의 장기적인 발전을 밀고 나아가는 전략계획인 것이다.

새로운 임무, 새로운 실천

커다란 대국은 발전하는 것이 쉽지 않다. 이러한 이념을 잘 관철시키려면 아직도 매우 먼 길을 가야하며, 매우 많은 일을 해야 한다.

예를 들어, 혁신의 경우, 중국은 비록 이미 제조업 대국, 무역제일 대국이지만 제조와 무의 강국은 아니다. 국민은 충만한 구매력으로 해외로 나가 변기뚜껑, 전기밥솥, 분유, 건강보조식품 등을 구매함으로써 중국에 매우 현실적인 혁신적 요구를 제시하였으며, 나아가 일용 첨단기술영역에서 중국은 선두적인 기술과 혁명적인 혁신이 여전히 부족하다. 그렇기 때문에 '인터넷+'이나 빅데이터,그리고 '중국제조 2025' 등은 모두 창의력 부족문제를 해결하기 위하여 제시한 장기적인 계획들이다. 예를 들어 녹색의 경우, 북방의 초미세먼지는 이미 인민들이 '호흡하는 데의 아픔"이 되었고, 토양·물·중금속오염도 중국을 시험하는 중대한 과제이다. 창장경제벨트를 이야기할 때, 시진핑 총서기는 "대 보호를 함께 움켜쥐고 대 개발을 하지 않는다"고 특별히 이야기하였듯이 역사적으로 제일 엄격한 환경보호법의 출범도 금산·은산과 청산녹수에 모든 배려와 균형을 이루도록 해야 한다.

예를 들어 개방의 경우, 중국은 세계경제성장의 중요한 엔진이기에 수많은 층면에서 세계와 더욱 많이 연결되어야 한다. 중국에서 대외개방수준이 높은 지역에서 먼저 자유무역구 '압력테스트'를 진행해야 하고, '일대일로'·아시아투자은행·인민폐의 국제통화기금의 특별인출권 가입 등은 중국이 글로벌 거버넌스에 참여하고, 대국의 책임을 책임지며, 운명공동체를 함께 건설하는 결심을 나타낸 것으로 경제 합작뿐만 아니라 정치, 문화, 사회, 군사 등 각 영역에서의 합작도 있어야 한다. "혁신을 존중하고, 조화를 중시하며, 녹색을 선도하고, 개방을 강화하며, 공유를 추진"하는 것이 전 당과 전 사회의 풍기가 될 때, 우리는 필연적으로 더욱 좋고, 더욱 건강하며 나아가 더욱 활력있는 중국을 기대할 수 있게 되는 것이다.

일대일로

- 호혜공영, 세상을 이롭게 하다 -

언급한 시간

2013년 9월에서 10월까지 시진핑 총서기는 카자흐스탄과 동남아연맹국가들을 순방할 때 각각 '실크로드경제벨트'와 '21세기 해상 실크로드'를 함께 건설하는 구상을 이야기하였으며, 후에 '일대일로'라고 하였다.

언급한 회수

시진핑 총서기의 공개연설과 문장에서
여러 차례 언급됨.

끼친 영향

중국의 전 방위적인 대외개방의 새로운 구도를 열었고, 주변국가의 공동발전을 촉진하였으며, 글로벌경제 거버넌스를 위하여 새로운 방향을 제공하였다.

2013년 9월 중국국가주석 시진핑 총서기는 카자흐스탄 나자르바예프대학에서 연설을 할때 고대 실크로드의 장첸(张骞)을 언급하였고, 실크로드의 산시(陕西)성을 이야기하였으며, 또한 '실크로드경제벨트'를 함께 건설하자는 꿈을 제시하였다. 같은 해 10월 시진핑 총서기는 동남아연맹국가를 순방하였고, 중국은 동남아연맹국가들과 해상 합작을 강화하고, '21세기 해상실크로드'를 함께 건설하기를 희망한다고 말하였다. 중국외교의 새로운 제시방법으로 '실크로드경제벨트'와 '21세기 해상실크로드'는 '일대일로'의 발의를 함께 구성하였다.

국가전략으로 상승시키다

'일대일로'는 제시된 후 부터 각종 중대한 장소에서 시진핑 총서기에 의해 언급되었다. 2013년 11월 중국공산당 18기 3중전회에서 통과한 「중국공산당 중앙의 전면적인 개혁심화의 몇 가지 중대한 문제에 관한 결정」에서는 '주변국가 및 지역과 기초시설의 상호연결 건설을 가속화하고, 실크로드경제벨트, 해상실크로드의 건설을 추진하여 전방위적인 개방의 새로운 패턴을 형성한다."고 명확하게 밝혔다. 같은 해 12월 시진핑 총서기는 중앙경제업무회의에서 실크로드경제벨트의 건설을 추진하고 21세기 해상실크로드를 건설한다고 말하였다.

2014년 11월의 중앙재경지도소조 제8차 회의에서 본격적으로 실크로드경제벨트와 21세기 해상길크로드의 계획을 연구하였고, 아시아인프라투자은행을 만들고 실크로드기금을 설립할 것을 발의하였다.

2015년 3월 시진핑 총서기는 아시아보아포럼에서 취지연설을 발표할 때, '일대일로' 건설이 고수하는 것은 함께 상의하고, 함께 건설하고, 함께 공유하는 원칙이며, 폐쇄된 것이 아니라 개방하고 포용하는 것이라고 밝혔다. 뒤이어 중국정부는 「실크로드경제벨트와 21세기 해상실크로드를 함께 건설하는 것을 추진하는 비젼과 행동」을 발표하였으며, 함께 건설하는 원칙, 틀과 방향, 협력중점, 협력시스템 등 구체적인 내용을 명확히 하였다.

2015년 10월 당의 18기 5중전회에서 통과한 「중국공산당 중앙위원회의 국민경제와 사회발전을 제정하는 13번째 5개년계획에 관한 건의」에서는 '일대일로'의 건설을 추진하며 기업을 주체로 하여 시장운영을 실행하고, 관련국 및 지역과 많은 영역에서 호혜공영의 실무협력을 추진하고, 육지와 바다의 내외연동, 동서 쌍방향 개방의 전면적인 개방의 새로운 패턴을 만들 것이라고 명확히 밝혔다.

주변국가와의 공동 발전을 촉진시키다

'일대일로'는 중국만의 독주가 아니라 주변국가와의 합창이다.

현재까지 세계에서 인구규모가 제일 큰 호혜공영의 운명공동체로서 '일대일로'는 60여 개 나라 40억이 넘는 인구와 관련되어 있다. '일대일로'는 기초시설의 상호연결을 우선적인 영역으로 하고 주변의 개발도상국에게 기초 공산품을 제공하여, 주변나라들의 화물무역, 서비스무역과 투자의 성장을 이끌어 나가며, 중국의 발전으로 주변국가의 발전과 세계의 발전을 이끌어나간다. 시진핑 총서기의 말처럼, "여러분이 중국발전의 열차에 탑승하는 것을 환영하며 쾌속열차에 탑승하든, 같은 방향의 열차에 탑승하든 우리는 모두 환영한다."고 했다.

바로 함께 상의하고, 함께 건설하고, 함께 공유하는 이념이 '일대일로'가 주변국가의 지지와 적극적인 참여를 얻게 하였던 것이다.

2016년 새해가 시작될 때 시진핑 총서기는 사우디아라비아, 이집트, 이란을 순방하였고, 3개국의 지도자와 '일대일로'를 함께 건설하는 틀 아래서 각자의 발전전략을 연결하고, 협동발전과 연동성장을 실현하는 것을 상의 결정하였다. 시진핑 총서기의 순방기간에 3개국은 각각 중국과 '일대일로'를 함께 건설하는데에 관한 양해각서를 체결하였고, 중·사(중국–사우디아라비아)는 또 '온라인 실크로드'건설 협력을 강화하는 양해각서를 체결하였다.

현재 '일대일로'는 이미 유럽아시아경제연맹건설, 몽골 '초원의 길'전략, 카자흐스탄의 '광명대도', 유럽의 '통커투자계획'[14] 베트남의 '양랑일권(兩廊一圈)'[15] 등 국가와 지역의 전략계획과 협력을 갖추었다.

파키스탄의 펀잡주의 900조(兆) 와트 태양광발전소, 모스크바에서 북경까지의 고속철도프로젝트, 중국·백러시아공업단지, 중탑(中塔, 베이징에서 가장 큰 전자상가)도로2기… '일대일로'틀에서의 합작은 다원화 적이며 기초건설, 산업투자, 자원재발, 경제무역합작, 금융합

14) 룽커(容克)투자계획 : 중국과 유럽의 투자계획.

15) 양랑일권(兩廊一圈)구상 : 2004년 베트남정부로부터 구상된 중국과 국경지역에서 인프라 연계(connectivity, 互聯互通)를 강화하고 경제협력을 증진시키기 위하여 '2개의 철도회랑.

작, 인문교류, 생태보호, 해상합작 등 모든 영역에 미치고, 서방의 일부 사람들이 이야기하는 에너지영역 만에 그치는 것이 아니다.

글로벌 거버넌스를 위하여 새로운 방향을 제공하다

'일대일로'의 건설은 관련 국가들의 시장개방 확대와 무역투자 편리화를 추진하는데 힘쓰며, 국제경제무역규칙 제정이 더욱 공정하고 합리적인 방향으로 발전하는 것을 촉진시키는데 유리하고, 구역경제 합작이론과 실천의 중대한 혁신이며, 또 글로벌 경제거버넌스를 완벽히 하는데 필요한 새로운 방향과 새로운 방안을 제공하였다.

2016년 1월 아시아인프라투자은행이 정식으로 설립되었다. 중국이 처음으로 발의하여 설립된 다자금융기구로서 그는 중국이 대국으로서의 국제적 책임과 담당을 나타낸 것이며, 글로벌금융거버넌스의 증량개혁이다. 이 외에 실크로드기금, 국제인민폐 결산업무도 질서 있게 추진되고 있다. 이런 국제공산품은 중국이 글로벌 거버넌스에 적극적으로 참여하며 중국방안을 제공하고 중국의 지혜를 통해 공헌하는 구체적인 실천이다. 러시아 「가이드북」의 글에서 이야기한 것처럼 "중국에 있어서 '일대일로'는 길이라고 이야기하느니 중국의 제일 중요한 철학인 '도(道)'라고 보는 것이 낫고, 행동·역량전시·시도와 사회질서 등 다중의 의미를 포함하고 있으며, 중국은 '일대일로' 전략에서 어느 정도 '글로벌거버넌스의 새로운 패턴을 제시한 것"이라 할 수 있는 것이다.

문화자신감

‘중국의 꿈’ 을 실현하는 정신동력

언급한 시간

2014년 2월 중앙정치국 제13차 단체교육

언급한 회수

시진핑 총서기의 공개연설과 문장에서 10회 정도 언급됨.

끼친 영향

두개 백년의 분투목표와 중화민족의 위대한 부흥인 ‘중국의 꿈’을 실현하기 위하여 무궁무진한 정신동력과 문화보장을 제공하였다.

문화자신감은 시진핑 총서기가 노선자신감, 제도자신감, 이론자신감을 이어 제시한 4번째 자신감이다. 제18차 대회 이래 '문화자신감"이라는 단어는 시진핑 총서기의 공개연설과 문장에서 10회 이상 나타났다. 한 나라·한 민족의 강성은 문화를 번성케 하는 기초이다. 문화자신감을 굳건히 해야만 비로소 문화번영을 밀고 나갈 수 있고, 비로소 현시대 중국의 발전진보를 위하여 '두개 백년"의 분투목표와 중화민족의 위대한 부흥인 '중국의 꿈'을 위하여 무궁무진한 정신동력과 강한 문화적 보장을 제공할 수 있는 것이다.

문화자신감의 바탕은 무엇인가?

견고한 문화자신감은 견고한 노선자신감·이론자신감·제도자신감과 마찬가지로 모두 중화민족이 위대한 부흥을 실현하는 데 없어서는 안 될 정신조건이다.

중국에 있어서 문화자신감을 이야기하는 것은 도대체 어떠한 문화가 사람들로 하여금 자신감을 가질 수 있게 하는 것인가? 바꾸어 말하면 "중국 문화자신감의 바탕은 무엇인가?" 하는 것이다.

중국공산당 창립 95주년대회의 연설에서 시진핑 총서기는 이에 대해 답을 해주었다. 5000여 년의 문명발전 중 잉태된 중화의 우수한 전통문화, 당과 인민의 위대한 투쟁 중 잉태된 혁명문화와 사회주의 선진문화는 중화민족의 제일 깊은 정신이 추구하는 바를 쌓게 하였고, 중화민족의 독특한 정신적인 상징을 대표하게 되었다.

중화는 역사가 유구하고 문명이 넓고 심오하다. 중화민족이 수 천 년의 역사에서 창조하고 이어온 중화의 우수한 전통문화는 중화민족의 뿌리와 혼이다. 시진핑 총서기는, "중화의 우수한 전통문화에 들어 있는 사상의 정화(精華)와 도덕의 정수(精髓)를 열심히 흡수하고, 애국주의를 핵심으로 하는 민족정신과 개혁과 혁신을 핵심으로 하는 대 정신을 힘써 널리 알리며, 중화의 우수한 전통문화 속의 인애(仁愛)를 논하고, 민본을 중시하며, 신의와 성실을 지키고, 정의를 존중하며, 화합을 숭상하고, 대동을 추구하는 시대가치를 깊게 파고들고 명백히 하여 중화의 우수한 전통문화가 사회주의 핵심가치관을 함축시키는 중요한 원천이 되도록 해야 한다."고 밝혔다.

20세기 이전에 중국역사는 혁명과 함께 걸어왔다고 할 수 있다. 장기적인 혁명투쟁에서 홍선(紅船)정신[16], 징강산(井冈山)정신, 소비에트 정신, 장정정신, 옌안(延安)정신, 시바이퍼(西柏坡)정신… 혁명정신과 혁명문화는 중국공산당원의 역사적 책임을 버여주고 있고, 중국공산당의 가치추구와 중화민족정신이 내포하고 있는 제일 생동적인 상징이다. 사회주의 선진문화에 관해 우한(武漢)대학의 교수 선좡하이(沈壮海)는 당대 중국의 창조적 실천은 중국 특색 사회주의의 위대한 실천이며, 당대 중국의 문화자신감이며, 본질적으로는 사회주의 선진문화에 대한 자신감이라고 해석했다.

---

16) 홍선정신 : 중국공산혁명의 출발점이 된 중국공산당 제1차 대표회의가 이 배에서 열린 것을 강조하는 정신.

왜 문화자신감을 고수해야 하는가?

문화 자신감은 더욱 기초적이고, 더욱 광범위하고, 더욱 깊은 자신감이다.

2016년 5월 17일 철학사회과학업무 좌담회에서 시진핑 총서기는 중국특색의 사회주의 노선자신감, 이론자신감, 제도자신감을 견고히 하라고 밝혔으며, 이것은 결국 문화자신감을 견고히 하라는 것이었다. "역사와 현실은 모두 자기의 역사문화를 버리거나 배반한 민족은 발전할 수 없을 뿐만 아니라 또한 역사적 비극을 가져올 수도 있음을 명확하게 보여주었다."

"현재 세계에서 어느 정당, 어느 나라, 어느 민족이 자신을 가지고 있느냐고 물어본다면, 중국공산당, 중화인민공화국, 중화민족이 가장 자신감이 넘칠 것이라고 할 수 있는데, 거기에는 이유가 있다." 즉 중국공산당 창립 95주년대회 연설에서 시진핑 총서기는 "나는 이 백년의 긴 인생에서, 자신을 믿고 파도 속에서 삼천리나 되는 긴 거리를 헤엄쳐 나아갈 것이다.(自信人生二百年, 会当水击三千里)"라는 용기가 있기 때문에, 우리는 두려움 없이 모든 어려움과 도전에 직면할 수 있고, 흔들림 없이 새로운 세상을 개척하고, 새로운 기적을 창조할 수 있기 때문이라고 밝혔던 것이다.

문화자신감의 의미를 이야기할 때 북경어언(語言)대학 당대 중국연구소 소장인 정청쥔(郑承军)은 이렇게 밝혔다. "문화자신감과 문화의 자발성이란 노선·이론·제도에 대한 자신감과 자발성의 승화와 믿음이다. 오직 문화에 대한 자신감만이 노선·이론·제도에 대하여 마음에서 우러나와 기꺼이 믿는 자신감이며, 문화자신감만이 노선·이론·제도에 대하여 깨여있는 이성적인 파악과 실행을 할 수 있는 것이다."

어떻게 실천하는 가운데 문화자신감을 확고히 할 수 있는가?

문화자신감은 허황된 이야기가 아니다. 문화자신감을 고수하려면 마찬가지로 실천가운데서 어느 정도 나타나야 한다.

시진핑 총서기가 연설과 시찰하는 가운데 한 유가사상을 포함한 중화의 우수한 전통문화에 대한 논술은 수도 없이 많다. 예를 들어 산동(山东)성 취푸(曲阜)를 시찰할 때, 시진핑 총서기는 공자연구원에서 흥미진진하게 연과성과들을 하나하나 살펴보았다. 「공자가어통해(孔子家語通解)」「논어전해(論語詮解」 두 권을 봤을 때, 그는 "이 두 권은 내가 자세히 봐야 겠습니다."라고 하였다.

"'산을 만나면 길을 내고, 물을 만나면 다리를 놓는다." "국가에 도움이 된다면 목숨을 바쳐 다해야 할 뿐, 어찌 개인의 화복에 쫒고 쫒길 것인가?"에서 "더 멀리 보고 싶으면 한층 더 올라가라" "산은 명료하게 드러나고, 물은 깨끗하고, 밤에는 서리가 내리고, 몇 그루 나무는 심하게 붉고, 점점 황색으로 젖어든다."까지 국제장소든 아니면 국내를 향한 시찰연설이든 시진핑 총서기는 항상 고대시를 인용하여 관점을 표현하였다.

문화예술 종사자들에게 그는 만약 "외국만을 존중하고, 외국만을 아름답게 생각하고, 외국에게만 복종하고, 작품이 해외에서 상을 받는 것을 최고의 가치로 생각하며, 남의 뒤를 맹목적으로 따라하고, 남의 흉내만 내면서 '사상화' '가치화' '역사화' '중국화' '주류화' 등에만 열중하면, 절대로 전망이 없는 것"이라고 강조하였다.

화교 화인에게 그는 "여러분이 계속해서 중화문화를 널리 알려야 하며, 본인만 그 가운데서 정신적인 힘을 섭취할 것이 아니라, 또한 적극적으로 해외 문명교류와 상호귀감을 추진하며, 중국이야기를 잘 하고, 중국소리를 잘 전파하며, 해외 국민의 상호이해를 촉진케 하여 '중국의 꿈'을 실현하는데 양호한 환경을 만드는데 일조 할 수 있기를 바랍니다."하고 밝혔다.

사실상 이 몇 년간 중국의 문화자신감은 많은 방면에서 이미 어느 정도 나타나고 있다. 공자학원의 끊임없는 설립, 각 나라에서의 중국어 배우기 열풍, 문학작품이 노벨상을 포함한 각종 국제상을 타고, 「아내의 아름다운 시절」 등 영화작품이 해외에서 방영되는 이러한 모든 것은, 중국문화가 영향력을 행사하고, 또한 점차적으로 국제사회의 인정을 받고 있다는 표현인 것이다. 그렇기 때문에 오로지 '문화자신감'이 있어야만 비로소 더욱 열정을 갖고 바깥 세계를 향하여 자신의 우수한 문화를 보여줄 수 있는 것이다.

전면적으로 샤오캉(小康) 사회를 건설하다
- 징진지(北京, 天津, 冀 [河北]) 지역의 협동발전 국가전략, 빠르게 추진하다 -

언급한 시간

2014년 2월 26일 징진지지역의 협동발전 주제보고를 들을 때

언급한 회수

시진핑 총서기의 공개연설과 문장에서 20회 이상 언급

끼친 영향

중대한 국가전략으로서 징진지지역 장점의 상호보완을 실현하고, 발해경제 구역의 발전을 촉진시키며, 북방내륙의 발전을 이끌 것이다.

중국공산당 제18차 대회 이래 시진핑 총서기를 중심으로 한 당 중앙은 수도 베이징(北京) 및 주변지역의 협동발전을 중요한 위치에 놓았다. 2015년 10월 중국공산당 중앙위원회는 '십삼오계획'을 제정하자는 건의에서 "발전의 새로운 공간 확장"을 강조할 때 3가지 전략을 중점적으로 언급하였으며, 그중 징진지지역의 협동발전 즉 '일대일로' 건설·징진지지역의 협동발전·창장경제벨트 건설을 시작으로 연해 강변도로 경제벨트를 주로 하는 종횡경제를 주축으로 하는 지대를 구축할 것을 포함시켰다. 현재 2016년 징진지 3지역의 '양회'[17]는 이미 모두 끝났으며, 각자의 정부업무보고에서 징진지의 협동발전은 모두 매우 중요한 의제였고, 또한 많은 영역에서 명확한 추진방안을 제정하였다. 징진지의 협동발전은 빠른 추진단계에 들어섰다고 할 수 있다.

문제방향: 중대한 국가전략을 제정하다

2013년 5월 시진핑 총서기는 텐진(天津)을 시찰하였고, 같은 해 7월 허뻬이(河北)에 가서 조사 연구하였다. 2014년 2월 26일 시진핑 총서기는 베이징(北京)에서 좌담회를 열고 징진지지역의 협동발전에 관한 업무보고를 들었다. 이후부터 징진지지역의 협동발전은 정식으로 고정된 키워드가 되었으며, 동시에 중대한 국가전략으로 업그레이드되었

17) 양회(兩會) : 중국에서 3월에 연례행사로 거행되는 전국인민대표대회(全國人民代表大會 ; 약칭 전인대)와 전국인민정치협상회의(全國人民政治協商會議 ; 약칭 정협 또는 인민정협)를 통칭하는 용어이다. 양회를 통하여 중국 정부의 운영 방침이 정해지기 때문에 중국 최대의 정치행사로 주목을 받는다.

다. 시진핑 총서기는 수십 차례 공개연설에서 이 전략을 언급하였으며, 또한 직접 다수의 업무를 주관하였다. 징진지지역의 협동발전 지도소조도는 2014년에 설립되었으며, 또한 중국공산당 중앙정치국 상무위원회와 국무원의 장까오리(張高麗) 부총리가 팀장을 맡았다.

이 중대한 전략의 제시는 문제방향의 의식에 있다. 징진지 3개 지역의 성시(省市)는 지리적으로 연결되어 지연이 가깝지만 발전과정에서의 불균형은 경제·교통·환경·자원 배치 등 많은 방면에서 문제를 발생시켰다. 이른 바 "베이징(北京)은 못다 먹고, 텐진(天津)은 배불리 먹지 못하고, 허뻬이(河北)는 못 먹는다"는 말처럼 이것은 바로 지역발전의 불균형을 의미하는 문제였다. 징진지지역의 협동발전은 바로 3지역의 장점을 상호 보완하게 하고, 3지역의 "지역일체화·문화의 일맥상통·역사의 깊고 유구하며 교류반경이 적합한 양호한 조건"을 발휘하여 이 지역이 "수도를 핵심으로 하는 세계 수준의 도시군"이 되게 하는 것이다.

고층설계: 3지역의 기능 컨셉을 명확히 하다

2015년 4월 중앙정치국에서는 「징진지협동발전계획강령」을 심사 통과시켰으며, 3지역 각자의 기능 컨셉을 명확히 하였다.

베이징(北京)의 컨셉은 "전국의 정치중심, 문화중심, 국제교류중심, 과학기술혁신중심"이며, 중점적으로 비수도의 핵심기능을 원활하게 하는 것이다. 이를 위하여 동물원, 따홍먼(大紅門) 의류도매시장의 수

만 상가를 이전시켰고, 중심도시의 우수한 교육·의료자원은 먼 교외의 현(縣)급 도시로 이전시켰으며, 더욱 어려웠던 것은 통주(通州)에 행정부 중심을 건설하는 것이었다. 2016년 베이징(北京)시 정부업무보고에서 "행정부 중심의 건설을 가속화"시키고, 2017년까지 시에 속하는 행정사업체의 부분적인 입주를 보장하여 기타 행정사업체 및 공공서비스 기능의 이동을 이끌어야 한다고 명확히 밝혔다.

텐진(天津)의 컨셉은 "전국선진제조연구개발기지, 북방국제항운핵심구, 금융혁신운영시범구, 개혁개방선행구"이다. 텐진시는 2016년 정부업무보고에서 '혁신' '무역'은 자주 등장하는 빈도 높은 단어였으며, 과학기술혁신을 추진하고 산업핵심경쟁력을 향상시켜 경제구조에서 실질적인 변화를 발생토록 해야 한다고 밝혔다.

허뻬이(河北)의 컨셉은 "전국현대상업무역물류중요기지, 산업전환업그레이드시험구, 신형도시화와 농촌통합시범구, 징진지생태환경지탱구역"이다. 2015년 앞 10개월 동안 허뻬이는 경진프로젝트 3,621개를 유치하여 두 지역의 기능을 해소시켰을 뿐만 아니라 또 자체적으로 투자유치문제도 해결하였다. 2016년에는 중점적으로 동력전환을 실현하여 "흔들림 없이 혁신발전을 추진하는 것"을 우선순위에 놓았다.

실시진행: 먼저 교통·환경보호를 실천하다

고층설계 하에 3개 지역은 교통일체화와 생태환경 보호 등 방면의 협동발전에서 우선적으로 획기적인 진전이 있었다.

2015년 말 징진지지역에서는 스마트카드가 정식으로 판매되었다. 베이징(北京) 139개, 톈진(天津) 100여 개와 허베이(河北)성 300여 개 공공버스노선은 제일 먼저 연결되었다. 2017년까지 3개 성시는 '스마트카드'로 타지에서 지하철을 타고 버스를 탈 수 있게 되었을 뿐만 아니라 또 카드로 공공자전거를 빌리고, 택시를 타고, 장거리버스를 탈 수 있게 되었으며, 여행관광지에서 소비할 수 있도록 할 계획이다. 「징진지도시간철도망계획수정편집방안(2015-2030년)」에 따라 징진지지역은 "4종 4횡 1환"의 교통축을 건설할 것이며, 미래에 징진스(北京, 天津, 石家庄) 중심구역과 신도시, 위성도시 간에 '한 시간 출근 권', 징진탕(北京, 天津, 唐山) '한 시간 교통권'을 형성하게 될 것이다.

매연문제는 줄곧 징진지지역 주민의 관심사였다. 3개 지역은 대기오염방지 협력 체제를 가동하고, 연합하여 매연을 다스려 어느 정도의 성과를 거두었다. 오염물 배출기준이 통일되지 않음으로 해서 오염프로젝트가 3개 지역 내부에서 전전되고 있는 문제를 해결하기 위하여 2015년 11월 3개 지역의 환경보호국은 「징진지지역 환경보호를 앞장서서 실천하는 합작 양해각서」를 체결하였다. 통계에 따르면 2015년 상반기 3개 지역은 이미 석탄사용량이 1,021만 톤 줄었고, 복합동력차 2만여 대를 보급했으며, 경진 두 지역의 옐로우라벨의 차량은 모두 도태시켰다. 그 외에 2022년에 개최하는 베이징(北京)동계올림픽도 징진지 협동발전전략을 실시하는 중요한 기회가 될 것이다. "녹색올림픽 개최"의 이념을 지속하는 것은 3개 지역의 환경보호를 새로운 단계에 들어갈 수 있도록 촉진케 할 것이다.

창장(長江)경제벨트

- 만리거룡이 하늘을 날아오르다 -

언급한 시간

2014년 12월 시진핑의 공개연설에서 언급됨

언급한 회수

2016년 1월 시진핑 총서기는 총칭(重慶)을 시찰할 때 상세하게 설명함

끼친 영향

'창장경제벨트'는 '일대일로', '징진지지역 협동발전 전략'과 함께 국가 3대 발전전략을 구성하였으며, 우리나라 경제발전을 밀고 나아가는 강한 동력이 되었다.

총 길이 6,300km, 11개 성시를 흘러지나 끊임없이 장엄하게 흐르는 이것이 바로 중화민족의 어머니강 중의 하나인 만 리 장강이다. 상하이(上海), 장쑤(江苏), 저장(浙江), 안훼이(安徽), 장시(江西), 후뻬이(湖北), 후난(湖南), 총칭(重慶), 쓰촨(四川), 꿰이쩌우(贵州), 윈난(云南)을 지나고 있는 이들 지역은 기초가 든든하고 활력이 넘치는 만 리 경제벨트가 일어서고 있는 이곳이 바로 창장경제벨트이다. 창장경제벨트는 '일대일로', '징진지지역 협동발전 전략'과 함께 국가 3대 발전 전략을 구성하였으며, 만 리 거룡처럼 힘차게 날아올라 중국의 경제 발전을 밀고 나아가는 강한 동력이 되고 있다.

2016년 첫 날 시진핑 총서기는 총칭에 내려가 시찰하였으며, 일정의 중점은 바로 창장경제벨트의 건설을 추진하자는데 있었다. 2013년부터 예열된 창장경제벨트 건설이 '국가급 프로젝트'는 마침내 시진핑 총서기의 주도 하에 전면적인 추진에 들어갔다.

중심이 있는 곳, 활력이 있는 곳

창장유역은 현재 세계에서 인구가 제일 많고, 산업규모가 제일 크며, 도시시스템이 제일 완벽한 유역이다. 창장경제벨트가 미치는 인구와 생산액은 전국의 40%를 초과한다.

시진핑 총서기는 총칭을 시찰할 때 한 연설에서, 창장과 황하는 모두 중화민족의 발원지이며, 모두 중화민족의 발상지라고 강조하였다. 중화문명의 발전사를 총괄적으로 보면 파산촉수(巴山蜀水)에서 강남

수향(江南水鄕)까지 창장유역은 걸출한 인물들이 많이 배출됐고, 땅이 영험하여 역대 사상의 정수를 이끌어냈던 곳이고 수많은 풍류 인물들을 탄생시킨 곳이다.

시진핑 총서기는 "천 백 년 동안 창장유역은 물을 토대로 상하유(上下流), 좌우안(左右岸), 간지류(干支流)를 연결하여 경제사회의 큰 시스템을 형성하였고, 오늘날에도 여전히 실크로드경제벨트와 21세기 해상 실크로드를 연결하는 중요한 연결체라고 말했다. 신 중국이 건국이래 특히 개혁개방이래 창장유역의 경제사회는 빠르고 맹렬하게 발전하였고, 종합실력은 신속하게 향상되었으며, 우리나라 경제의 중심과 활력이 있는 곳이다.

생태 우선, 녹색 발전

창장경제벨트의 발전은 전국적으로 영향을 끼쳤으며, 그 중 생태문제를 해결하고 녹색발전을 실현하는 것은 가장 중요한 것이었다.

창장항해업무관리국의 자료에서 창장은 발원지로서 강연안의 화공(化工)산업은 전국의 약 46%를 차지하고, 창장간선항구의 위해화학품의 물동량은 이미 1.7억 톤에 달하며, 생산과 운송의 위해화학품의 종류는 250종을 초과하였다고 했다. 그 외에도 소형수력발전소 건설, 항운관리, 강 주변 각 성시의 경제발전의 불균형은 창장경제벨트의 발전을 방해하고 있다. 시진핑 총서기는 창장은 독특한 생태시스템을 가지고 있으며, 우리나라의 중요한 생태보고라고 하였다. 현재와 미래 상당히 오랜 기간 동안 창장 생태환경의 복원을 압도적인 위치에 놓고 함께 대단위로 보호하고, 대규모로 발전을 하지 않아야 한다. 중대한 생태복원프로젝트 실시를 창장경제벨트의 발전프로젝트를 추진하는 우선 선택사항으로 해야 하며, 창장방호림시스템 건설, 수토 유실 및 카르스트지역의 석막화(石漠化)[18] 관리, 경작지를 삼림과 초원으로 환원, 수토유지, 강과 호수와 습지생태 보호 복원 등 프로젝트를 잘 실행하고, 수원의 함양(涵養), 수토 유지 등 생태기능을 강화해야 한다.

실질적으로 창장경제벨트 건설의 방향은 변화가 발생했으며, 2015년 말에 발표한 「중국공산당 중앙의 국민경제와 사회발전의 13번째 5개년계획을 제정하는 데에 관한 건의」에서 이미 어느 정도는 나타났다. 건의에서는 창장경제벨트 건설을 추진하고, 창장유역의 생태환경을 개선하며, 높은 차원에서 종합적인 입체교통회랑을 건설하고, 산업의 최적화된 배치와 업무분담의 협력을 이끌어야 한다고 밝혔다.

전면적인 장악, 통합적인 계획

시진핑 총서기는 창장경제벨트는 유역경제로서 물, 도로, 항구, 강변, 산업, 도시와 생물, 습지, 환경 등 다방면에 영향을 끼치는 하나의 완전체이며, 반드시 전면적으로 장악하고 통합하여 계획해야 한다고 강조하였다.

18) 석막화(石漠化) : 토양유실로 인해 지표면 및 암석이 표면으로 돌출되는 현상.

시진핑 총서기가 “강 주변의 도시와 국가의 관련 부서는 사상과 인식에서 한마음이 되어야 하고, 실제 행동에서 하나의 바둑판처럼 되어야 한다.”고 한 것처럼 각 지역은 중앙의 전략 조치에 바짝 뒤따랐으며, 현재 이미 ‘창장유역생태환경 개선’을 창장경제벨트 건설 참여의 가장 중요한 큰 일로써 진행하고 있다. 최근 열린 각 지역의 양회 정부업무보고에서 각 지역은 생태 우선의 지속과 녹색발전의 전략 컨셉을 적극적으로 창장경제벨트 건설에 융합시켜 녹색생태회랑을 힘써 구축할 것이라고 밝혔다.

상하이(上海)정부업무보고에서는 제일 엄격한 자원절약과 환경보호 제도를 실행하고, 연합방지, 연합통제와 지역공동관리를 강화하며, 강한 조치로 강한 임무를 완성하는 것을 고수할 것을 강조하였으며, 장쑤(江苏)정부 업무보고에서는 타이호(太湖), 창장(長江), 화이허(淮河) 및 근안 해역의 오염방지를 심도 있게 전개하고, 기한 내에 수질이 국가의 평가에 도달하지 못하는 부족한 점을 보충할 것을 강조하였으며, 후뻬이(湖北)는 정부업무보고에서 창장경제벨트 건설을 우리나라 생태문명 건설의 선행시범지역 혁신구동지역, 협조발전지역으로 하자고 발의하였으며, 총칭시는 정부업무보고에서 어머니강인 창장을 보호하고, 경작지를 삼림으로 환원하는 새로운 프로젝트와 천연림 보호프로젝트를 실행하며, 삼림(森林)·임지(林地)·습지 등 생태의 체계적인 보호를 강화하고, 토양 및 생태의 체계적인 복원을 추진하며, 창장 상류의 중요한 생태병풍을 건설할 것이라고 밝혔다.

공담오국, 실간흥방(空談誤國, 實幹興邦)

- 성실히 실행해야만 비로소 꿈이 현실로 된다 -

언급한 시간

2012년 11월 29일 〈부흥의 길〉 전시회 참관 시

언급한 회수

시진핑 총서기의 공개연설과 문장에서 10회 가까이 언급됨.

끼친 영향

지혜와 힘을 응집하여 간부와 군중간의 관계를 개선하고, 풍기가 깨끗하며, 공정한 정치생태 건설을 추진하여 '중국의 꿈'의 실현을 위해 강력한 보장을 제공하였다.

2012년 11월 29일 시진핑 총서기는 기타 중앙정치국 상무위원들과 함께 단체로 〈부흥의 길〉 전시회를 참관했을 때 중요한 연설을 하였고, '중국의 꿈'을 절절히 설명하였으며, 그중에서도 특별히 "중화민족의 위대한 부흥을 실현하는 것은 영광스럽고 막중한 사업이며, 중국인민이 대대로 이것을 위하여 노력해야 한다. 공허한 담론은 나라를 망치며, 성실한 실행만이 나라를 흥하게 한다."고 밝혔다.

전면적인 샤오캉사회 건설의 목표를 직면하고 중화민족의 위대한 부흥인 '중국의 꿈'을 이룩하기 직전에 있는 13억 중국인민 특히 당원 간부들은 마땅히 어떤 정신상태와 풍기로 분투를 해야 할 것인가? 그 답은 바로 '공담오국, 실간흥방'[19]이다.

성실히 실행하는 것은 사업성공을 위해 필히 거쳐야 할 길이다.

〈부흥의 길〉 전시회를 참관한 후 일주일 뒤에 시진핑 총서기는 광동(廣東)을 시찰하였는데, 이것은 그가 제18차 대회 이후에 처음으로 지방을 시찰한 것이었다. 시진핑 총서기는 이번에 광동에 온 이유는 바로 "우리나라 개혁개방 중 풍기의 선구지인 이곳 현장에서 우리나라 개혁개방의 역사적 과정을 회고하고, 개혁개방을 계속 앞으로 밀고 나아가기 위해서"라고 밝혔다. 시찰을 마칠 때, 시진핑 총서기는 각 계층의 간부들에게 "공담오국, 실간흥방"의 이치를 마음에 새기라

19) 공담오국, 실간흥방(空談誤國 實幹興邦) : 공허한 담론은 나라를 망치고 실질적인 행동이 국가를 부흥시킨다.

고 충고하였다. 그는 전면적으로 샤오캉사회를 건설하려면 성실히 일해야 하고, 기본적으로 현대화를 실현하려면 성실히 일해야 하며, 중화민족의 위대한 부흥을 실현하려면 성실히 일해야 한다고 밝혔다.

당의 제18차 대회 이후 시진핑 총서기는 한달 여 동안 "공담오국, 실간흥방"을 두 차례 언급하였으며, 새로운 중앙지도부가 단호하게 밀고 나아가 실질적으로 일을 철저히 하며, 중국특색 사회주의의 위대한 사업을 힘껏 추진해야 하는 결심과 용기를 강조했다. 뒤이어 4년간 중국은 성실히 일하는 풍조 속에서 끊임없이 앞으로 전진 해 나갔다. 2013년 11월 당의 18기 3중전회에서는 「중국공산당 중앙의 전면적인 개혁심화의 몇 가지 중대한 문제에 관한 결정」을 통과시켰고, 같은 해 12월 시진핑 총서기가 팀장을 담당한 중앙전면개혁심화지도소조가 설립되었다. 2014년 중앙개혁심화지도소조는 80개 중점 개혁임무를 완성하였고, 중앙 관련부서는 108개 개혁임무를 완성하였으며, 370개의 개혁성과를 이루었다. 2015년 중앙개혁심화지도소조에서 확정한 101개 중점 개혁임무는 기본적으로 완성하였고, 중앙의 관련부서는 153개의 개혁임무를 완성하였으며, 각 방면에서 415개의 개혁성과를 이루었고, 개혁은 전면적으로 힘을 발하고 깊이 있게 추진하는 양호한 추세를 드러냈다.

"사실은 진리의 근거이고, 성실한 실행은 사업을 이루기 위해 필히 거쳐야 할 길이다. 이것도 '공담오국, 실간흥방'의 진리이다."라고 시진핑 총서기는 설명하였다.

풍기건설을 실효성 있게 진행해야 하고,
실효성 있는 방법에는 끊임이 없다

최근 몇 년간 인민군중은 모두 풍기를 건설하가 위해 끊임없이 심화시키면서 뚜렷한 성과를 이루었는데, 이에 대해 느끼는 바가 컸다. 또한 이것은 당 중앙이 풍기건설을 위해 끊임없이 실효성 있는 방법을 강구한데서 온 것이다.

2012년 12월 중앙정치국회의는 업무풍조의 개선, 군중과 밀접하게 연결하는 데에 관한 8가지 규정을 심의하였고, 조사연구 개선, 회의풍조 개선, 문풍 개선 등 구체적인 요구를 제시하였으며, 이는 또한 제18차 대회 이후의 전면적인 엄격한 당 관리의 서막을 열어주었다. 2013년 6월 당의 군중노선교육실천활동업무회의에서 시진핑 총서기는 형식주의, 관료주의, 향락주의와 사치풍기를 반대하는 요구를 제시하였고, 또한 형식주의 면에서는 지식과 행위가 다르고, 실효성을 추구하지 않고, 잡다한 문서와 빈번한 회의, 겉만 번지르르한 행위, 헛된 명성을 탐내고 허위로 날조하는 것이라고 강조했다. 2014년 3월 시진핑 총서기는 13기 전국인민대표대회 제2차 회의 안훼이(安徽)안을 심의할 때, 각 급의 간부들은 좋은 풍조를 수립하고, 널리 알리고, 자신을 엄격하게 개발하고, 권력을 엄격하게 이용하며, 자신을 엄격하게 다스려야 할 뿐만 아니라 일을 실속 있게 하고, 창업을 실속 있게 하며, 행실이 성실해야 한다고 밝혔다.

'8가지 규정', '4가지 풍기'을 반대하고, '3엄3실'은 당원 간부들이 일

할 때 더욱 실효성 있는 방법을 강구하여 실질적인 일을 하고, 실효성을 추구하도록 하였으며, 깨끗하고 공정한 정치생태 건설을 추진하였다.

모든 국민들은 자신부터 스스로 해야 한다

"공담오국, 실간흥방"은 당원 간부만의 일이 아니다. '중국의 꿈'의 실현은 양호한 사회풍조가 필요하며, 모든 중국인민이 분발 향상하는 정신적 면모를 고수하고. 착실하게 앞으로 전진 해 나가야 한다.

2013년 4월 시진핑 총서기는 전국노동모범대표들과 간담회를 할 때, "우리의 분투목표를 실현하고, 우리의 아름다운 미래를 열려면, 반드시 인민과 긴밀하게 의지하고, 언제나 인민을 위하며, 반드시 부지런히 일하고, 성실하게 일하고, 창의력 있는 일을 해야 한다."고 밝혔고, "우리가 말하는 '공담오국, 실간흥방'에서 성실하게 일하려면 먼저 착실하게 노동을 해야 한다."고 했다.

같은 해 5월 각 계층의 우수청년대표들과 간담회를 할 때도 시진핑 총서기는 많은 청년들이 "공담오국, 실간흥방"을 마음에 새기고, 본 직업에 입각해서 열심히 일하고, 자신부터 작은 것부터 부지런히 두 손으로 최고의 업적을 이루어 자신에게 속한 다채로운 인생을 이루어야 한다고 간곡하게 부탁하였다.

이 4년간 '중국의 꿈' 청사진은 더욱 뚜렷해졌고, '4가지 전면'은 안정적으로 추진되었으며, 대외개방은 전 방위적으로 추진되었고, 중국은 글로벌 거버넌스에서 갈수록 더욱 중요한 작용을 발휘하게 되었으며, 이것은 모두 모든 중국인민이 성실하게 일한 결과였다. 2016년은 '십삼오계획"이 시작된 해이고, 나아가 전면적인 샤오캉사회를 건설하는 결승단계가 시작된 해이기에 모든 중국인민이 변함없이 성실하게 일하는 정신을 발휘해야 한다. 오직 그래야만 '중국의 꿈'을 비로소 진정하게 이룰 수 있는 것이다.

사회주의 핵심가치관

- 민족정신을 계승하고, 중국의 힘을 응집해야 한다 -

언급한 시간

2012년 11월 공산당 제18차 대회

언급한 회수

시진핑 총서기의 공개연설과 문장에서 100여 차례 언급함

끼친 영향

마음을 모으고 기를 응집하며 기초를 강화하고 근본을 공고히 하는 기초공정으로, 사람들이 적극적으로 고상한 도덕이상을 추구하고, 끊임없이 중국 특색 사회주의의 사상적 도덕적 기초를 다지도록 이끌고 있다.

2012년 중국공산당 제18차 대회에서 언급된 24개 글자가 있는데, 이후 중앙정치국은 이것을 주제로 단체교육을 진행했고, 시진핑 총서기는 여러 차례 이것으로 중요한 연설을 하였고, 반복적으로 이에 대한 요구를 제시하였는데 이것이 바로 사회주의 핵심가치관이다.

최근 4년 동안 사회주의 핵심가치관은 13억 중국인민의 정신적인 추구와 자발적인 행동이 되어가고 있다.

우수한 전통과 전승의 혁신

부강, 민주, 문명, 조화를 선도하고, 자유, 평등, 공정, 법치를 선도하며, 애국, 직업사랑, 성실, 친절을 선도한다. 당의 제18차 대회 보고에서 제시한 '3가지 선도'는 사회주의 핵심가치관의 기본 내용을 명확히 하였다.

이 24가지 단어는 국가, 사회, 개인 3가지 층면에서 국가, 사회, 국민에 미치는 가치요구를 하나로 융합하여 사회주의의 본질적 요구를 나타낸 것이고, 중화의 우수한 전통문화를 계승했을 뿐만 아니라 또한 세계문명의 유익한 성과를 흡수하고 시대정신을 나타냈으며, 실질적으로 우리가 어떤 국가를 건설하고, 어떤 사회를 건설하며, 어떤 국민을 양성할 것인가 하는 중대한 문제에 대답하였다.

24개 사회주의 핵심가치관은 뿌리가 없는 나무가 아니라 근원이 있으며, 이는 중국의 우수한 전통에서 비롯되었으며, 또 전승(傳承)에 대한 혁신도 가지고 있다. 2014년 10월 개최한 문화예술업무좌담회에서 시진핑 총서기는 문화예술종사자에게 이렇게 말했다. "중화의 우수한 전통문화는 중화민족의 정신적 명맥이고, 사회주의 핵심가치관을 내포하고 있는 중요한 원천이며, 또한 우리를 세계문화의 격동 속에서 자리를 잡게 하는 견고한 기초이다."

중화문화는 역사가 유구하여 중화민족의 제일 심층적인 정신적인 추구를 축적하고 있고, 중화민족의 독특한 정신적 상징을 대표하고 있으며, 중화민족의 끊임없는 번성과 발전을 위하여 풍부한 자양분을 제공한 것은 분명하다. 애국주의를 핵심으로 하는 민족정신이든, 인애를 중시하고 민본을 중시하며, 성실을 지키고 정의를 숭상하며, 화합을 중시하고 대동을 추구하는 우수한 전통문화든, 모두 핵심가치관을 위한 두터운 역사적 축적을 해왔다. 그러하기 때문에 우수한 전통문화에서 시작한 핵심가치관은 옛것을 오늘날의 현실에 맞게 사용하고, 낡은 것을 버리고 새로운 것을 찾아내는 것을 통하여 개혁혁신을 핵심으로 하는 시대정신에 녹아들어 비로소 광범위한 인정을 받았고, 강한 중국의 힘을 응집하였다.

소프트문화의 영혼

사회주의 핵심가치관을 양성하고 널리 알리는 것은 얼마나 중요한 일일까?

2014년 2월 24일 중국공산당 중앙정치국이 사회주의 핵심가치관을 양성하고 널리 알리며, 중화의 전통미덕을 널리 알리는 것에 관하여 제13차 단체교육을 진행할 때 시진핑 총서기는 이렇게 말했다. "핵심 가치관은 문화소프트파워의 영혼이고, 문화소프트파워 건설의 중점이다. 이것은 문화의 특성과 방향을 결정하는 제일 심층적인 요소이다. 한 나라의 문화소프트파워는 근본적으로 그 핵심가치관의 생명력, 응집력, 호소력에 의하여 결정된다."

그는 사회주의 핵심가치관을 양성하고 널리 알리는 것을 "혼과 기를 모으고 기초를 견고히 하는 기초 공정"으로 여겼던 것이다.

중화민족은 무엇 때문에 수 천 년의 긴 역사과정 속에서 끊임없이 번성하고 대대로 계승하며 끈질기게 발전할 수 있었던 것인가?

시진핑 총서기의 대답 중에서 매우 중요한 한 가지 원인은 바로 중화민족은 일맥상통한 정신적인 추구, 정신적인 특징, 정신적인 맥락이 있기 때문이라고 했다.

만약 공통적인 핵심가치관이 없다면 어떻게 됐을까? 시진핑 총서기의 대답은, "만약 그렇다면 한 민족·한 나라는 영혼이 떠돌고 행동이 의탁할 곳이 없게 될 것이다."라고 말했다.

중앙정치국의 단체교육 외에 시진핑 총서기는 또 여러 장소에서 반복적으로 핵심가치관을 언급하였다. 베이징대학에서 청년학생을 회견할 때든, 6.1 아동절 전날 초등학생을 방문할 때든, 원사(院士, 과학원·아카데미 등의 회원) 대회에 참가할 때든, 문화예술종사자와 간담을 할 때든, 상하이(上海)에서 업무시찰을 할 때든, 혁명근거지에 가서 간부와 군중을 위문하든 시진핑 총서기가 자주 말하고 반복적으로 강조하는 것은 사회주의 핵심가치관을 널리 알리고 실천하는 것임을 정리를 통하여 발견할 수 있다.

청년을 회견할 때, 시진핑 총서기는 생동적인 비유를 들어 이치를 이야기했다. 청년은 가치관 형성과 확립의 시기에 처해있으므로 이 시기의 가치관 양성을 잘 하도록 하는 것은 매우 중요하다. 이는 마치 옷을 입을 때 단추를 채우는 것과 같다. 만약 첫 번째 단추를 잘못 채우면 나머지도 모두 잘못 채우게 된다. 이처럼 인생의 단추도 처음부터 잘 채워야 하는 것이다.

봄바람과 봄비가 수많은 집에 들어가다

핵심가치관은 어떻게 작용을 발휘할 수 있나?

한 가지 가치관이 진정으로 작용을 발휘하려면, 반드시 사회생활에 녹아들어 사람들이 실천에서 그것을 느끼고 깨닫도록 해야 한다고 시진핑 총서기는 이야기했다. 우리가 제창하는 것을 사람들의 일상생활과 긴밀히 연결해야 하며, 세심하게 작은 것부터 실질적으로 실행하는데 신경을 기울여야 한다. 사회주의 핵심가치관을 사회생활의 여러 방면에 확실하게 관통시켜야 한다. 교육과 인도, 여론 홍보, 문화 영향, 실천 양성, 제도 보장 등을 통하여 사회주의 핵심가치관이 인민의 정신적인 추구에 내재화시키고, 인민의 자발적인 행동이 표면화되게 해야 한다.

4년 동안 중국의 실천은 이 점을 인증하였다.

2013년 중국공산당 중앙판공청은 「사회주의 핵심가치관을 양성하고 실천하는데 관한 의견」을 인쇄 발행하였으며 이 '영혼공정'에 대하여 전략적인 배치를 하였다.

현재 각 지역·각 부문에서는 사회주의 핵심가치관으로 인심을 응집하고 있으며, 이것을 각 분야에 침투시키고 모든 방면에 녹여서 이것이 봄바람처럼 봄비처럼 수많은 집에 들어가 백성들이 매일 이용하지만 의식하지 못하는 행위준칙이 되게 하였다.

시대의 본보기, 제일 아름다운 인물, 착한 이웃을 홍보하고 도덕적인 모범을 평가하고 표창하며, 건전하게 선진적인 모범작용을 발휘하는 장기적인 체제를 구축하는 일련의 사회주의핵심가치관을 널리 알리는 것을 주제로 하는 활동들이 다양하게 전개되고, 하나하나의 사랑스럽고 존경스럽고 배울만한 본보기들이 어질고 재능 있는 사람을 보면 그렇게 되려고 노력하고 도덕을 숭상하고 선한 것을 따르는 사회분위기를 만들어야 하는 것이다.

각 지역은 또 사회주의 핵심가치관을 국민교육에 넣어 지식교육을 이끄는데 이용하고, 사회주의 핵심가치관이 교재에 들어가고, 수업시간에 들어가며, 머리에 들어가는 것을 밀고 나아갔다. 그러다 보니 사람들은 사회주의 핵심가치관이 중국의 드넓은 땅위에서 뿌리를 내리고 꽃을 피우며 열매가 맺는 것을 보게 되었다.

전면적인 샤오캉사회의 완성

- 첫 번째 백년의 목표를 향하여 내딛다 -

언급한 시간

2012년 11월 제18차 대회 보고

언급한 회수

시진핑 총서기의 공개 연설과 문장에서 200차례 이상 언급

끼친 영향

우리 당이 확정한 '두개 백년'의 분투목표인 첫 번째 백년목표이고,

'중국의 꿈'을 실현하는 관건적인 한걸음이며,

현재 중국의 전진방향을 명확히 하였다.

당의 제18차대회이래 "전면적인 샤오캉사회의 완성"이라는 말이 시진핑 총서기의 공개 연설과 문장에서 언급된 회수는 200차례가 넘었다. 2020년까지 전면적으로 샤오캉사회를 완성하는 것은 우리당이 확정한 '두개 백년'의 분투목표인 첫 번째 백년의 목표이다. 2016년은 전면적인 샤오캉사회의 완성단계를 시작하는 해였다. 그러면 "무엇이 샤오캉사회인가?" "왜 전면적인 것을 강조하는가?" "어떻게 전면적으로 샤오캉사회를 완성할 것인가?"를 알아보자.

샤오캉 개념을 어떻게 업그레드 시킬 것인가

「시경」에는 "백성들이 힘써 일했으니 이제는 조금 편안하게 쉬도록 해야 한다."는 말이 있다. 샤오캉은 고대 중국인의 아름다운 삶에 대한 제일 소박한 추구와 선망을 담고 있는 말이다. 개혁개방 30여 년 동안 중국공산당은 '샤오캉'의 개념에 대하여 전면적인 업그레드를 진행하였다. 1979년 덩샤오핑은 오히라 마사요시 일본수상을 회견할 때 처음으로 '샤오캉'에 대한 개념을 언급하였다. 그 후 '총체적인 샤오캉'에서 '전면적인 샤오캉'까지, 당의 15기 5중 전회에서 "전면적인 샤오캉사회의 건설"을 제시한 것에서 "전면적인 샤오캉사회의 완성"이 제18차대회의 보고에 기록될 때까지 중국공산당이 추구한 무엇이 샤오캉사회이고, 어떻게 샤오캉사회를 완성할 것인가에 대한 인식은 끊임없이 심화되어 왔다. 시진핑 총서기는 "중국은 이미 전면적인 샤오캉사회의 완성을 알리는 결정적인 단계에 들어섰으며, 이 목표를 실현하는 것은 중화민족의 위대한 부흥인 '중국의 꿈'을 실현하는 관건적인 걸음이다."고 말했다. 이것은 전면적인 샤오캉사회 완성은 이미 민족부흥의 중요한 이정표가 되었다는 것을 상징하는 말이다.

무엇이 '전면적인' 샤오캉인가?

개혁개방 30여 년간의 여정을 돌아보면, 중국은 급속도의 발전을 이룩해 왔으며, 또 수많은 "발전한 이후의 문제"에 직면하지 않을 수 없었다. 예를 들어 농촌의 빈곤인구, 현저한 소득 격차, 발전의 불균형 등이 그것이다. "전면적으로 샤오캉을 실현하는 데는 하나의 민족도 빠질 수 없다." "전 국민의 건강이 없으면, 전면적인 샤오캉도 없다." "샤오캉이 전면적인지 전면적이 아닌지는 생태환경의 품질을 어떻게 조성시키느냐가 관건이다." 시진핑 총서기의 이런 연설은 전면적인 샤오캉사회 완성의 단점과 난관을 밝힌 것이며, 또한 이런 단점과 난관을 해결해야만 비로소 전면적일 수 있다는 것이다. 칭화대학 후안깡(胡鞍钢) 교수는 전면적인 샤오캉사회 완성의 차원은 경제와 정치뿐 아니라 또한 생태문명 등 다방면의 것이 다 포함된다고 했다. 따라서 전면적인 샤오캉사회의 완성은 모든 사업이 균형 있게 발전하는 샤오캉을 말한다.

어떻게 전면적인 샤오캉을 완성할 것인가?

2015년 12월 31일 시진핑 총서기는 전국정치협상회의 신년다과회에 참석했을 때 이렇게 말했다. "전면적인 샤오캉사회의 완성은 승리하는 위대한 진군을 하는 선상에서 모든 중국인은 각자 나름대로의 책임을 지니고 있다." 제때에 전면적인 샤오캉사회를 완성해야 하는 중대한 책임에 직면해 있는 상황에서 모든 중국인민은 어떻게 시진핑 총서기를 중심으로 하는 당 중앙의 인도 하에 완성할 수 있을 것인가? '십삼오계획'에서 빈곤퇴치 공격전에서 승리하는 것은 전면적인 샤오캉사회를 완성하는 마지노선이자 목표이다. 2015년 11월 23일 중국공산당 정치국은 「빈곤퇴치공격전에서 승리하는 데에 관한 결정」을 심의하여 통과시켰고, 각급 당위원회와 정부는 단계에 따라 군령장을 작성했으며, 단계적으로 빈곤퇴치공격전의 책임을 실행하였다.

첫째 혁신적 이념 하에서 지능제조공정을 실시하고, 신형제조시스템을 구축하며, 둘째는 조화이념을 토대로 공업이 농업을 뒷받침해주고, 도시가 농촌을 지원해주는 것을 지속하며, 셋째는 도시와 농촌발전의 일체화 체제를 완성하는 데까지, 넷째는 녹색이념 하에서 녹색청정 생산을 지지하고 전통제조업의 녹색개혁을 추진하는 데서 개방이념 하에 법치화·국제화·편리화의 상업운영 환경을 완벽히 하는 데까지, 다섯째는 더 나아가 공유이념 하에서 더욱 공평하고 더욱 지속가능한 사회보장제도를 구축하는 데까지, 이 5가지 이념의 인도 하에서 '십삼오계획'은 전면적인 샤오캉사회의 완성을 위하여 청사진을 그렸으며, 목표를 실현하는 방식을 제시하였다.

정확한 빈곤구제

- 빈곤퇴치 공격전의 집결나팔을 불다 -

언급한 시간

2013년 11월 후난(湖南) 샹시(湘西)에서 시찰할 때

언급한 회수

시진핑 총서기의 공개연설과 문장에서 30여 차례 언급

끼친 영향

빈곤을 탈출하고 함께 부유하는 길로 가는 과학적인 방법이며,

전면적으로 샤오캉사회를 완성하는 중요한 시작점이다.

"정확한 빈곤구제를 지속할 때와 상황에 따라 정책을 실시해야 한다. 특색 산업을 강력히 양성하고 취업과 창업을 지속시켜야 한다…" 2016년 정부업무보고에서 정확한 빈곤구제는 '2016년 중점업무"에서 중요한 내용이 되었다. 당의 제18차대회이래 "정확한 빈곤구제"는 시진핑 총서기의 공개 연설과 문장에서 30여 차례 나타났다.

2020년 전면적인 샤오캉사회 완성의 어려운 임무와 빈곤퇴치 공격전의 승리를 실현하는 마지노선 목표 앞에서, 정확한 빈곤구제는 현재 빈곤지역과 인구를 도와 빈곤을 탈출하고 함께 부유의 길로 나아가는 과학적인 방법이며, 또한 전면적으로 샤오캉사회를 완성하는 중요한 시작점이다.

정확한 빈곤구제는"어떻게 정확해야 하는가?"

2016년 3월 8일 시진핑 총서기는 제12기 전국인민대표대회 4차 회의 후난대표단의 심의에 참가하여 빈곤지역의 빈곤퇴치 진행상황에 대하여 큰 관심을 나타냈다. 그는 이렇게 말했다. 내가 "정확한 빈곤구제"를 언급한 곳이 바로 18동촌(十八洞村)이다. 며칠 전 중앙텔레비에서 보도한 18동촌의 빈곤퇴치 진행상황을 나는 다 보았다.

2013년 11월 시진핑 총서기는 후난 샹시 화원현(花垣县) 18동촌(十八洞村)을 시찰할 때 처음으로 "정확한 빈곤구제""에 대해 언급했으며, 빈곤구제는 실사구시하고 각지의 구체적인 실정에 맞게 적절한 대책을 세워야 한다고 강조하였다. 절대로 구호만 불러서는 안 되고, 또

너무 높은 목표를 정해서도 안 된다고 하였다. 그 후 그는 산간지역, 혁명근거지, 소수민족지역 등 빈곤인구가 집중되어 있는 지역을 시찰할 때 "정확한 빈곤구제"를 자주 언급하였다.

"정확한 빈곤구제"는 "어떻게 해야 정확하게 할 것인가?" 시 총서기는 여러 차례 연설에서 답안을 제시하였다. 2015년 1월 총서기는 윈난성(云南省) 자오통(昭通)시를 시찰할 때 정확한 빈곤구제, 정확한 빈곤퇴치를 심도 있게 실시하고, 프로젝트준비와 자금사용을 모두 정확하게 해야 하며, 구제를 정확하게 근본적으로 하여 빈곤군중들이 진정으로 혜택을 받게 해야 한다고 말했다. 2015년 11월 그는 중앙빈곤구제개발업무회의에서 "누구를 지원해줄 것인가?"라는 문제를 잘 해결하려면, 진정한 빈곤인구를 정확히 파악하고, 빈곤인구·빈곤수준·빈곤원인 등을 정확히 파악하여 가정에 따라 사람에 따라 정책을 실시할 수 있게 해야 한다고 이야기했다.

왜 정확한 빈곤구제를 제창하는가?

빈곤을 퇴치하는 것은 고금동서를 막론하고 나라를 다스리고 안정시키는데(治國安邦)에 있어서 크고 중요한 일이다. "천하의 혼돈을 다스리는 것은 한 개 성씨의 흥망에 있는 것이 아니라 만민의 슬픔과 기쁨에 있다." 량자허(梁家河)의 지식청년에서 중국 최고의 지도자까지 시진핑 총서기는 백성들이 빈곤에서 벗어나고자 하는 갈망을 절실하게 느꼈다. "빈곤구제는 언제나 나의 업무 중 중요한 내용이며,

여기에 내가 쏟는 에너지가 제일 많다.” 빈곤퇴치 공격전은 전면적인 샤오캉을 제 때에 실현시킬 수 있는지에 관계되는 큰일이고, 이것은 시진핑 총서기의 걱정거리였기에 자나 깨나 생각하고 있었던 것이다.

“현재 중국의 빈곤구제·빈곤 퇴치는 이미 어려움을 극복하는 중요한 단계에 들어섰다. 더 이상 ‘물붓기식’ ‘수혈식’의 전통적인 빈곤구제 방식을 계속해서는 안 되며, 반드시 제때에 빈곤퇴치를 하고, 다시 빈곤해지는 것을 철저히 막도록 확실히 보장해야 한다. 따라서 세분화한 빈곤구제사상이 빈곤지역의 전체적인 빈곤 퇴치, 전면적인 빈곤 퇴치를 촉진토록 해야 한다.’ 왜 ‘빈곤구제’를 제창해야 하는가에 대해 베이징사범대학 정부관리학원 원장 탕런우(唐任伍) 교수는 이렇게 말했다.

“개혁개방이래 우리나라는 7억이 넘는 사람들이 빈곤의 모자를 벗어버렸으며, 이는 세상에서 주목할 만한 성과였다.”

하지만 거시경제 환경의 변화에 따라 구역개발을 중점으로 하는 농촌빈곤의 구제라는 목표를 벗어나는 문제가 발생하였으며, 빈곤구제 효과는 어느 정도 하락하였다. 현 단계에서 목표를 더 확실하게 가지는 빈곤정책을 실시하는 것은 더욱 더 중요한 문제로 나타났다.

정확한 빈곤구제는 어떻게 실현할 것인가?

2015년 12월 31일 시진핑 총서기는 2016년 신년축사를 발표할 때 이렇게 말했다. “수천만 농촌인구의 삶을 좋아지게 하는 것은 내 마음속의 걱정거리이다. 우리는 빈곤구제 공격전의 나팔을 불었고, 전당과 전국은 마음을 합쳐 이 공격전의 단점을 보완하는데 힘써야 하며, 농촌의 모든 빈곤인구들이 제 때에 빈곤에서 탈출할 수 있도록 확실히 보장해 주어야 한다."

빈곤퇴치 공격전의 임무에 직면해서 중국공산당 중앙정치국은 2015년 11월 23일「빈곤 퇴치 공격전에서 싸워 승리하는 데에 관한 결정」을 심의 통과시켰다. 각급 당위원회와 정부는 차례로 군령장을 썼으며, 단계별로 빈곤 퇴치 공격전의 책임을 확실히 하였다. 또한 정확한 빈곤구제는 임무를 완수하는 관건적인 방법이 되었다. 국가발전개혁위원회 주임 쉬사오스(徐绍史)는 2015년 중앙경제업무회의 기간에 전국의 빈곤인구는 7,017만 명이며, 1년의 정확한 빈곤구제를 거쳐 빈곤탈출 인구는 1,442만 명에 달했다고 소개하였다. 이렇게 '십삼오계획' 기간에 빈곤을 탈출해야 하는 인구는 5,575만 명으로 하락하였다.

정확한 빈곤구제의 구체적인 방법에서 각 지역은 지역의 구체적인 실정에 맞게 적절한 방법을 내놓았다. 예를 들어 헤이룽장성 칭깡현 창성향 씽동촌(黑龙江省青冈县昌盛乡兴东村)에서는 '기업+과학연구소+합작사+농가"의 방식으로 현지의 식용균 산업생산기지에서 연 생산 600만 위안을 달성하게 했으며, 순 이익은 100만 위안이나 되었다. 푸젠(福建), 저장(浙江) 등 지역에서는 관광 빈곤 구제를 힘써 추진하였으며 개발한 '농촌테마관광'과 '농가락(農家樂)'[20] 프로젝트는 좋은 효과를 거두었다.

---

20) 농가락(農家樂) : 민박을 겸한 토종음식점.

발전전략을 혁신적으로 추진하다

- 발전의 첫 번째 동력을 이끌다 -

언급한 시간

2012년 11월 제18차 대회 보고에서

언급한 회수

시진핑 총서기의 공개 연설과 문장에서 100회 정도 언급함

끼친 영향

혁신은 발전을 이끄는 첫 번째 동력이며, 경제, 문화, 인재, 제도건설 등 영역에서 모두 전략적인 작용을 발휘하고 있다.

당의 제18차 대회 보고에서 혁신적인 발전전략 추진을 실시할 것을 제시한 이후에 시진핑 총서기의 공개 연설과 문장에서 "혁신적인 발전전략 추진"은 이미 거의 100회 정도 나타났고, 5대 발전이념에서 혁신은 제일 앞에 위치했으며, '십삼오계획' 강요 제2편은 바로 "혁신적인 전략발전 추진을 실시"하는데 있고, 2016년 정부업무보고에서의 '혁신'이라는 단어는 약 60여 회나 나타났으며, 2016년 초 「시진핑 총서기의 과학기술혁신 논술 발췌편」의 출판물에서… 볼 수 있듯이 혁신적으로 발전전략을 추진하는 것은 매우 중요한 의미가 있다.

혁신을 모색하는 것은 바로 미래를 모색하는 것이다

인류발전사에서 혁신은 언제나 한 나라·한 민족이 앞으로 발전할 수 있도록 밀고 나아가는 중요한 힘이며, 또한 전 인류사회가 앞으로 발전할 수 있도록 밀고 나아가는 중요한 힘이다. 첫 번째, 두 번째의 공업혁명이든, 현재 직면한 새로운 산업혁명이든, 혁신은 모두 새로운 수요를 창조하고, 새로운 방향을 이끄는 근본이다.

마치 2015년 3월 시진핑 총서기가 12기 전국인민대표대회 3차 회의 상하이(上海)대표단 심의에 참가했을 때 이야기한 것처럼, "혁신은 발전을 이끄는 첫 번째 동력이다. 혁신을 붙드는 것은 바로 발전을 붙드는 것이고, 혁신을 모색하는 것은 바로 미래를 모색하는 것이다."

혁신에 힘써 발전하는 것은 과학혁신을 포함할 뿐만 아니라 이론혁신, 체제혁신, 제도혁신, 문화혁신 및 인재혁신도 포함한다. 이것이 바로 중국이 혁신적인 발전전략의 추진을 실시하는 데에 내포된 뜻이다. 즉 "과학혁신을 핵심으로 하는 전면적인 혁신을 추진하고" 또한 최종적으로 도달하려고 하는 이 효과는 "혁신이 당과 국가의 모든 업무를 관통토록 하고, 혁신이 전 사회적으로 하나의 풍기가 되게 하는 것이다".

새로운 상황에서의 필연적인 선택

혁신적으로 발전전략을 추진하는 것을 실시하는 것은 국내외가 새로운 상황을 직면한 필연적인 선택이다. 전 세계의 새로운 과학기술혁명은 더욱 치열한 과학기술경쟁을 가져올 것이며, 오직 혁신능력의 향상을 중요시하고, 발전전략의 전환을 순리롭게 실현해야만 비로소 글로벌경제의 경쟁에 더욱 잘 참여할 수가 있다.

현재 중국은 중요한 역할을 하고 있는 중요한 전략의 좋은 기회단계에 처해있다. 과거 중국경제의 성장은 요소(자원, 노동 등)에 대해 힘을 가해 움직이게 했지만(요소구동), 현재 새로운 형세의 도전은 갈수록 험난하다. 중국경제의 GDP는 갈수록 커지지만, 발전 중의 불균형, 부조화의 문제는 여전히 철저히 해결되지 못했고, 인구, 자원, 환경은 모두 비교적 큰 부담에 직면하고 있다. 따라서 중국은 반드시 '요소 구동식' 발전에서 '혁신 구동식' 발전으로의 전환을 가속화해야 하고, 과학기술 혁신의 버팀과 이끄는 작용을 발휘토록 해야 한다.

혁신적으로 발전전략을 추진하는 것을 실시할 때 직면한 임무에 대하여 시진핑 총서기는 “한 방면으로는 글로벌 과학기술의 발전방향을 따라가 관건적인 영역의 격치를 좁히는데 힘써야 하고, 상대적인 우세를 형성토록 하며, 다른 한 방면으로는 문제의 발전방향을 지속시키고 혁신을 통하여 나라발전의 단점과 제약을 돌파해야 한다.”고 밝혔다.

혁신은 체계적인 프로젝트이다

혁신적으로 발전전략을 추진하려면 먼저 고층설계를 잘 파악해야 한다. 한편으로는 세계적인 안목을 가져 세계과학기술 발전의 추세를 파악하고, 다른 한편으로는 우리나라의 과학기술발전의 현 상태를 고려하여 가야 할 길을 설계하며, 발전수요와 현실능력, 장기적인 목표와 최근 업무를 잘 결합시켜야 한다. 구체적인 실행에서 산학연(산업·학술·연구)의 결합과 기술성과의 전환을 추진하고, 혁신에 대한 지지와 혁신성과의 응용을 강화해야 한다. 2015년 12월 중앙경제업무회의에서는 혁신적인 발전전략의 추진을 심도 있게 실시하는 것을 지속하여 대중 창업과 민중 혁신을 추진하며, 개혁혁신에 의지하여 새로운 에너지 성장과 전통적인 에너지 변화의 향상을 가속화시켜야 한다고 밝혔다. 혁신적으로 발전전략의 추진을 실시할 때, 또 이것은 하나의 체계적인 프로젝트임을 주의해야 한다. ‘십삼오계획’ 강요는 혁신적으로 발전전략을 추진하는 것을 실시할 때 과학기술 혁신의 선두작용을 강화하고, 대중의 창업과 민중의 혁신을 추진하며, 혁신을 지지하는 체제를 구축하고, 인재의 우선적인 발전, 발전 동력을 확장하는 등 면에서의 업무를 잘해야 한다고 밝혔다.

그 외에 기타 영역에서 혁신적으로 발전전략을 추진하는 것은 또 중요한 지도적인 의미가 있다. 2016년 3월 시진핑 총서기는 12기 전국인민대표 4차 회의 해방군(解放軍)대표단 전체회의에서 군대건설문제를 이야기할 때도 혁신을 강조하였다. 그는 "혁신능력은 한 개 군대의 핵심경쟁력이고, 또 전투력을 만들고 향상시키는 가속기이다. 우리군의 건설과 개혁을 제한하는 돌출된 모순을 극복하려면 혁신적인 사상과 방법으로 어려움을 극복하고 해결해야 한다."고 밝혔다. 이외에 문화건설, 인재건설, 제도건설 등 방면에서도 모두 혁신적으로 발전전략을 추진하는 작용을 발휘해야 하며, 이것이 바로 혁신적으로 발전을 추진하는 더욱 전면적인 의미이다.

전면적인 개혁심화

국가 거버넌스의 현대화

- 장기적인 안정을 실현하고 인민의 행복을 보장하다 -

언급한 시간

2013년 11월 12일 당의 18기 3중전회 관보에서 나타남

언급한 회수

시진핑 총서기의 공개 연설과 문장에서 70회 이상 언급

끼친 영향

"국가거버넌스 체계와 거버넌스 능력의 현대화 추진"이 전면적인 개혁심화의 중요한 목표로 나열되었다.

국가거버넌스 체계와 거버넌스 능력의 현대화는 2013년 11월 중국 공산당 18기 3중전회의 성명에서 언급된 이후 이 새로운 정치이념은 이미 점차적으로 사람들의 익숙한 개념이 되었다.

근현대사에서 수많은 지식인들은 끊임없이 문의했다. 중국은 어떻게 장기적인 안정을 실현하고 진정한 현대화로 갈 수 있을 것인가? 금회 중앙이 내준 이 답안과 실행했던 수많은 탐색은 이미 사회 각 계층의 광범위한 공감을 불러일으켰다.

전면적인 개혁심화의 중요한 목표

"전면적인 개혁심화의 총 목표는 중국특색의 사회주의제도를 완벽히 하고 발전시키며, 국가거버넌스 체계와 거버넌스 능력의 현대화를 추진하는 것이다." 이처럼 중국공산당 18기 3중전회의 관보는 국가거버넌스의 현대화를 제일 높은 위치에 놓았다.

시진핑 총서기는 이에 대하여 설명하였다. 그는 이것은 중국특색의 사회주의를 지속시키고 발전시키는 필연적인 요구이며, 또한 사회주의 현대화에 합당한 뜻이라고 말했다. 그는 국가거버넌스 체계와 거버넌스 능력의 현대화를 추진하려면, 반드시 전면적인 개혁심화의 총 목표를 완벽하게 이해하고 파악해야 하며, 이것은 두 단어로 구성된 한 개의 완전체이다. 즉 중국특색의 사회주의제도를 완벽히 하고 발전케 하며, 국가거버넌스 체계와 거버넌스 능력의 현대화를 추진하는 것이라고 밝혔다. 우리의 방향은 바로 중국특색의 사회주의 길을 걸어가는 것이다. 주목해야 할 점은 시진핑 총서기가 국가거버넌스 현대화의 문제를 매우 중시하고 있다는 것이다. 2014년 2월 17일 장차관급 주요간부들에게 18기 3중전회 정신을 관철시키고, 전면적인 개혁심화를 학습하는 특별연구토론반 개학식에서 그가 주로 연설한 것은 바로 이 화제였다. 중국공산당 중앙정치국에서 단체학습을 할 때 전국인민대표대회 설립 60주년을 기념하는 대회에서 당의 분단업무회의 등 여러 중요한 회의에서 그는 모두 이 개념에 대하여 강조하였다. 또한 독일, 인도 미국 등 여러 개 국가를 순방할 때도 그는 또 해외에서 전적으로 이를 소개하였다.

참고할만한 성숙된 경험이 없다

"이런 새로운 사회주의사회를 어떻게 다스릴 것인가에 대해 예전의 사회주의에서는 잘 해결하지 못했다." 우리당은 집권한 이래 끊임없이 이 문제를 탐구해왔다. 비록 심각한 우여곡절이 있기는 했지만, 국가거버넌스 체계와 거버넌스 능력에서 풍부한 경험을 쌓았고, 큰 성과를 거두었으며, 개혁개방 이후의 발전은 더욱 뚜렷했다고 시진핑 총서기는 밝혔다.

사실상 개혁개방 이후 우리당은 새로운 차원에서 국가거버넌스 체계문제를 생각하기 시작했다. 18기 3중전회에서는 한 개 또는 몇 개 영역이 개혁을 추진하는 것이 아니라 전면적인 개혁심화를 진행하기로 결정하였으며 바로 총체적인 차원에서 내린 결정이었다.

참고할 성숙된 경험이 없다는 것은 역사에서 답안을 찾고, 또 현실에서 탐색을 해야 한다는 것을 의미한다.

중국은 끊임없이 자신의 역사에서 경험과 지혜를 구했다. 중국공산당 중앙정치국 제18차 단체교육에서의 주제는 바로 "우리나라 역사상에서의 국가거버넌스"였다. 시진핑 총서기는 연설에서 어떻게 자국의 역사를 대하고, 또 어떻게 자국의 전통문화를 대할 것인가 하는 것은 모든 나라들이 현대화를 실현하는 과정에서 반드시 해결해야 하는 문제이라고 강조하였다.

또한 실천탐구에 대하여 시진핑 총서기는 오늘날 우리 앞에 직면한 커다란 역사적 임무는 바로 중국특색의 사회주의제도를 더욱 성숙하고 더욱 완전하게 추진하여 당과 국가사업의 발전, 인민의 행복과 평안, 사회의 조화와 안정, 국가의 장기적인 안녕을 위하여 일련의 더욱 완전하고, 더욱 안정적이며, 더욱 실효성이 있는 제도체계를 제공하는 것이라고 말했다.

끊임없는 개혁을 통해 추진해야 한다

수많은 전문가들이 볼 때, 국가거버넌스 체계와 거버넌스 능력의 현대화에 대한 추구는 중국인민이 수년 동안 지속적으로 현대화를 추구한 역사과정과 연결할 수 있다 .

칭화(青华)대학 정치학부 주임 장샤오진(张小劲) 교수는 이것은 새로운 역사조건에서 제시한 새로운 역사임무일 뿐만 아니라 또한 새로운 역사의 출발점에서 세운 새로운 발전목표라고 했다.

이 임무를 완성하고 이 목표를 실현하는 것은 여전히 갈 길이 멀고 험하다. 시진핑 총서기는 우리나라 경제사회발전의 요구에 비해, 인민의 기대에 비해, 오늘날 갈수록 치열해지는 국제경쟁에 비해, 국가의 장기적인 평안과 안녕을 실현하는데 비해, 우리는 국가거버넌스 체계와 거버넌스 능력방면에서 아직 많이 부족하며, 개선할 부분도 매우 많다고 강조했다.

어떻게 완성할 것인가? 지난 2년 동안 제도건설에서, 국가거버넌스 능력향상에서, 간부조직 건설에서, 중국은 끊임없이 단호하게 밀고 나아갔다. 우리는 검색 중 지난 2년간 전면적인 개혁심화와 전면적으로 의법치국을 추진하는 실천 중에 중국지도자가 여러 차례 직접적으로 이런 개혁 실천의 국가거버넌스 현대화에 대한 중요한 의미를 언급하였음을 발견하였다.

결과적으로 시진핑 총서기가 이야기한 것처럼 한 나라가 어떤 거버넌스 체계를 선택하느냐 하는 것은 이 나라의 역사전승, 문화전통, 경제사회 발전수준이 결정하는 것이고, 이 나라의 국민이 결정하는 것이다.

만족감

- 아름다운 삶을 동경하고, 개혁의 성과를 공유한다 -

언급한 시간

2015년 2월 27일 중앙 전면적인 개혁심화지도소조 제10차 회의

언급한 회수

시진핑 총서기의 공개 연설과 문장에서 10여 차례 언급됨

끼친 영향

개혁성과 평가기준의 하나가 되었으며 2015년도 '10대 키워드'가 되었다.

많은 정책들이 실질적·세부적으로 뿌리를 내리도록 밀고 나아가 민영기업들이 확실하게 정책적으로 만족감을 느끼도록 해야 한다. 3월 4일 오후 중국공산당 중앙 총서기 시진핑 동지는 전국정치협상회의에 참가하는 중국민주건국회(민건), 공상연합회의 위원들을 찾아갔을 때 또 '만족감'이라는 단어를 언급하였다. '만족감'은 언급된 지 1년여 사이에 시진핑 총서기는 여러 다른 장소에서 언급하였고, 서민적인 키워드에서 개혁성과를 평가하는 기준이 되었으며, 또 백성들의 피부에 와 닿는 느낌을 주게 되었다.

개혁성과는 평가기준의 하나

2015년 2월 27일 중앙의 전면적인 개혁심화지도소조 제10차 회의에서 시진핑 총서기는 공개 장소에서 처음으로 '만족감'을 언급하였다. 그는 개혁의 '첫 번째 1키로"와 '마지막 1키로'의 관계를 잘 처리하고, '기층세력의 방해'를 극복해야 하며, 부작위를 방지하고, 개혁방안의 순도를 충분히 나타내며, 인민군중들이 더욱 많은 만족감을 얻게 해야 한다고 강조하였다. 2015년 시진핑 총서기는 당 외 인사들과 간담을 나눌 때, 개혁발전 성공여부의 최종 판단기준은 인민이 함께 개혁발전의 성과를 누렸느냐 누리지 못했느냐에 있다고 강조하였다. 2016년 2월 중앙의 전면적인 개혁심화지도소조 제21차 회의는 경제사회발전을 촉진시킬 것인지, 인민군중에게 실질적인 만족감을 가져다주었는지를 개혁성과의 평가기준으로 한다는 것을 명확하게 밝혔다.

만족감은 개혁성과 평가기준의 하나로서 덩샤오핑(邓小平)이 제시한 '3가지 유리한' 기준과 일맥상통하며, 전면적인 개혁심화 배경에서의 확장과 발전이며, 또한 개혁실천에 대한 새로운 인식이다.

물질 측면과 정신 측면의 통일

인민군중들이 더욱 많은 만족감을 얻게 하였고, 군중들의 속마음을 나타내도록 하였다.

2016년 신년사에서 시진핑 총서기는 전국의 모든 민족이 함께 노력하여 '125계획'은 원만하게 완성되었고, 많은 인민군중들은 더욱 많은 만족감을 얻었다고 밝혔다.

2010년에서 2015년까지 전 국민의 가처분소득은 12,520위안(元)에서 21,966위안까지 증가하였고, 이는 실질적으로 연평균 8.9% 증가한 것이며, 같은 시기 국내 GDP성장보다 빨랐다. 동시에 국민소득의 격차는 좁아지는 추세를 나타냈다. 2010년에서 2015년까지 전 국민의 소득 니케지수는 0.481에서 0.462로 하락하였다. 또 통일된 도시농촌주민의 기본노인연금보험제도를 구축하였고, 전 국민의 의료보험 체계를 기본적으로 구축하였다. 이런 것은 모두 군중들이 절실하게 느낀 만족감이다. 이 외에 만족감은 또 정신층면에서도 왔으며, 삶에 존엄이 있고, 모든 사람들이 추구하는 꿈에 가까워졌으며, 이 꿈이 바로 '중국의 꿈'인 것이다.

시진핑 총서기는 18기 중국공산당 중앙정치국상무위원들이 처음으로 국내외 기자들과 만났을 때, 인민들이 아름다운 삶에 대한 동경이 바로 우리의 분투목표라고 의미 있게 말했었다.

개혁을 통해 함께 건설하고 공유하는 가운데 실현한다.

'만족감'을 어떻게 실현할 것인가?

인간세상에서 모든 행복은 부지런한 노동을 통하여 창조해야 한다. '만족감'은 개혁의 평가기준일 뿐만 아니라 또한 개혁의 목적이다. 개혁, 함께 건설, 공유와 만족감의 실현은 긴밀하게 연결되어 있다.

18기 5중전회에서는 공유발전을 지속하려면, 반드시 발전은 인민을 위하여, 발전은 인민을 의지하여, 발전성과는 인민이 공유하는 것을 지속하고 더욱 효율적인 제도를 만들어 모든 인민들이 함께 건설하고 발전을 공유하는 과정에서 만족감을 얻게 해야 한다고 밝혔다. 시진핑 총서기는 2016년 초 총칭(重慶)을 시찰할 때, 모든 발전과정에서 민생을 중요시하고, 민생을 보장하며, 민생을 개선하여 개혁발전의 성과들이 더욱 많이 더욱 공평하게 수많은 인민군중들에게 미치게 해야 한다고 강조하였다.

2014년 중앙심개조(전체명칭은 중앙전면개혁심화지도소조)에서 확정한 80개 중점개혁임무는 기본적으로 완성하였고, 관련부서는 108개 개혁임무를 완성하였으며, 각 방면에서 370개의 개혁조치를 출범하였다. 2015년 각 영역의 개혁은 더욱 박차를 가하여 중앙심개조에서 확정한 101개 중점개혁임무를 기본적으로 완성하였고, 중앙의 관련부서는 153개 개혁임무를 완성하였으며, 각 방면에서 개혁성과를 415개 출범하였다. 제18차 대회 이후 개혁의 길은 어려움을 돌파하고 군중들이 실질적인 개혁성과를 누리게 하였다.

전면적인 개혁심화

- 개혁의 재출발, 세계의 새로운 기회 -

언급한 시간

2012년 11월 8일에서 14일까지 중국공산당 제18차 대회

언급한 회수

시진핑 총서기의 공개 연설과 문장에서 400여 차례 언급됨.

끼친 영향

내부적으로 인민의 복지를 향상시켰고 대외적으로 각 나라, 각 지역과의 이익합의점을 확대하여 세계를 위하여 발전의 기회를 가져왔다.

2016년 3월 5일 중국공산당 시진핑 총서기는 상하이(上海)대표단의 심사회의에 참가했을 때 전면적으로 개혁개방을 심화시키는 각항의 조치시스템에 대한 집성을 강화하는데 힘써달라고 강조하였다. 전면적으로 개혁을 심화시키는 문제에 관하여 시진핑 총서기가 총서기로 취임한 이후 공개적으로 400여 차례나 언급하였다.

개혁개방이래 중국은 수많은 발전을 제약하고 있는 커다란 어려움을 해결하였지만 개혁이 오늘에 이르기까지 마치 시진핑 총서기가 이야기한 것처럼, "우리가 직면한 돌출된 모순과 문제를 해결하려면 단일 된 영역, 단일 된 측면의 개혁에만 의지해서는 효과를 볼 수 없다."는 것을 알고 있다.

이제 중국은 개혁의 재출발이 필요한 시점이다.

개혁의 '업그레이드 버전' 을 가동하다

2012년 11월 8일에서 14일까지 중국공산당 제18차 대회에서는 전면적으로 개혁을 심화시켜야 한다는 문제에 대하여 전략적인 조치를 진행하였다. 1년 후인 2013년 11월 9일에서 12일까지 중국공산당 18기 3중전회가 개최되었는데, 여기서 전면적으로 개혁을 심화시키는 문제에 대하여 체계적인 전면적인 조치를 취하는 결정을 내렸다. 3중전회는 「중국공산당 중앙의 전면적인 개혁심화에 관한 여러 가지 중대한 문제에 대한 결정」(「결정」으로 약칭)을 심의 통과시켰으며, 전면적인 개혁심화의 고층설계를 확정하였고, 중국개혁의 '업그레이드 버전'을 시작했다. 2014년은 전면적으로 개혁을 심화시키기 시작한 해였고, "전면적인 파종과 차례로 꽃이 피는 생동적인 풍경을 나타내게 하였다."

2015년은 전면적인 개혁심화의 관건적인 해였고, "개혁은 전면적인 힘을 드러냈고, 확장하여 추진하는 양호한 추세를 나타냈다."

2016년은 전면적인 개혁심화의 관건적인 의미를 가진 해였다. 1월 11일 시진핑 총서기는 중앙 전면 개혁심화지도소조의 제20차 회의를 주최할 때 "전면적인 개혁을 심화시키기에 앞서 3년간은 기초를 다지고, 보루를 쌓으며, 기둥을 세우고, 교량을 놓았던 해였고, 금년에는 개혁의 주요 틀을 힘써 구축해야 한다."고 밝혔다.

고층설계 + 차별화 탐색

「결정」은 전면적인 개혁심화의 총 목표가 중국특색의 사회주의제도를 완벽하도록 발전시키는 것이며, 국가거버넌스 체계와 거버넌스 능력의 현대화를 추진하는 것이라고 밝혔다. 시진핑 총서기는 이것은 두 구절로 구성된 하나의 완전체라고 강조하였다. 앞 구절은 근본적인 방향을 규정하였고, 뒤의 구절은 선명한 방향을 규정한 것이었다, 즉 "두 구절을 모두 이야기해야 비로소 완전한 것이다."라고 강조하였던 것이다. 개혁의 범위는 경제, 정치, 문화, 사회, 생태문명, 국방과 군대 6가지 방면을 포함한다. 그중에 경제체제 개혁이 주축이 되며, 사회의 공평정의를 촉진하고 인민의 복지를 증진시키는 것은 출발점과 입각점이다. 개혁의 방법에 관하여 시진핑 총서기는 한편으로는 "고층설계와 전체적인 계획을 강화할 것"을 요구했고, 다른 한편으로는 "반드시 서로 다른 지역에서 차별화를 탐색하는 것을 격려하고 허락해야 한다."고 강조하였다.

공동 이익을 확대하다

중국의 전면적인 개혁심화는 대내적으로 인민의 복지를 증진하였고, 대외적으로 각 나라, 각 지역과의 공동 이익을 확대하였으며, 세계를 위한 발전기회를 가져다주었다.

외교장소에서 시진핑 총서기는 중국의 전면적인 개혁심화와 기타 나라 또는 지역과의 연관성을 자주 설명하였다. 예를 들어 2014년 6월 5일 시진핑 총서기는 제6기 중국·아랍협력포럼 장관급회의 개막식에서 "우리는 이를 위해 전면적으로 개혁을 심화시키는 모든 조치를 취했고, 특히 중점을 두었던 하나는 더욱 완벽하고, 더욱 활력 있는 개방형 경제시스템을 통해전 방위적이고 다양한 각도에서 국제합작을 발전시키고, 각 나라 각 지역과의 공동 이익을 취하고 호혜공영을 확대시키는 것이다."라고 말했다.

뉴노멀(新狀態)

- 중국경제 발전의 대 논리 -

언급한 시간

2014년 5월 허난(河南)성을 시찰할 때

언급한 회수

시진핑 총서기의 공개 연설과 문장에서 160여 차례 언급함.

끼친 영향

뉴노멀에 적응하고, 뉴모멀을 파악하며, 뉴노멀을 이끄는 것은 현재와 향후 중국의 경제발전을 위한 대 논리이다

"뉴노멀은 도전이며 또한 기회이다. 중요한 것은 어떻게 인식하고 파악하는가에 있다. 제대로 인식하고 잘 파악하며 제대로 일을 하면 도전을 기회로 바꿀 수 있다." 3월 4일 중국공산당 중앙총서기, 국가주석, 중앙군사위원회주석인 시진핑 총서기는 민건공상업연합회의 연합회의에서 연설할 때 다시 한 번 '뉴노멀'을 언급하였다.

제18차대회이래 시진핑 총서기의 공개 연설과 문장에서 '뉴노멀'는 160여 차례 언급되었다. 왜 뉴노멀을 도전이며 또한 기회하고 했던 것일까? 도전을 기회로 바꾸려면 구체적으로 어떻게 해야 할 것인가? 이런 문제들은 시진핑 총서기의 문장과 연설에서 이미 여러 차례 설명된 바 있다.

뉴노멀에서의 '고정' 과 '변화'

2014년 5월 시진핑 총서기는 허난(河南)을 시찰하는 과정에서 처음으로 '뉴노멀'를 언급하였다. 그는 "중국의 발전은 여전히 전략적으로 중요한 기회에 처해있으며, 우리는 자신감을 강화하여 현재 중국 경제발전의 단계적 특징에서 출발하여 뉴노멀에 적응하고 전략상의 평상심을 유지해야 한다."고 말했다.

2015년 7월 지린(吉林)에서 조사 연구할 때 시진핑 총서기는, 우리나라 경제발전이 뉴노멀에 들어서는 추세에 있다는 특징에 적응하고 파악하며, 전략적 파워를 유지하고, 발전의 자신감을 강화하며, 변화 중에서 새로움을 구하고, 변화 중에서 발전을 구하며, 변화 중에서 돌파를 해야 한다고 강조하였다. 발전의 시각으로 볼 때, 사물은 항상 새로워지고, 항상 변화하는데 중국의 경제도 예외가 아니다. 뉴노멀에서의 중국경제는 한편으로는 '고정'을 추구하며, 평상심과 전략적 파워를 유지하고, 불변의 대책으로 모든 변화에 대응해야 한다. 이것은 일종의 자신감이다. 다른 한편으로는 '변화'를 추구하고, 변화 속에서 혁신·진보·돌파를 추구하고, 다양한 변화로써 모든 변화에 대응해야 한다. 이것은 일종의 지혜이다.

'고정'을 추구하는 것은 뉴노멀이 "우리나라 경제발전의 단계적 특징의 필연적인 반응이고, 사람의 의지로 바뀌어 지는 것이 아니며" "하나의 객관적인 상태"와 "일종의 내적인 필연성"임을 인식했기 때문이다. 따라서 우리는 적응해야 한다. '변화'를 추구하는 것은 뉴노멀에서 우리나라 발전의 환경, 조건, 임무, 요구 등이 모두 새로운 변화를 가져왔기 때문이다. 따라서 "우리는 추세에 따라 모색하고, 추세에 따라 행동하고, 추세에 따라 전진해야 한다".

뉴노멀은 새로운 기회를 가져 온다

뉴노멀을 언급한지 6개월 후 시진핑 총서기는 2014년 아시아태평양경제협력체 APEC 정상회의 개막식 연설에서 처음으로 뉴노멀을 체계적으로 설명하였다. 그는 "중국경제는 뉴노멀을 보이고 있으며, 몇 가지 주요 특징이 있다. 첫째는 고속성장에서 중고속 성장으로 바뀌었다. 둘째는 경제구조가 끊임없이 업그레이드되고 개선되고 있으며,

제3산업·소비수요가 점차적으로 주체가 되고, 도시농촌의 격차는 점차적으로 좁혀지고 있으며, 주민소득의 점유율이 향상하고 있고, 발전성과는 더욱 많은 혜택이 인민들에게 돌아가고 있다. 셋째는 요인구동(要因驅動), 투자구동(投資驅動)에서 혁신구동(革新驅動)으로 바뀌었다. 뉴노멀은 중국에 새로운 발전기회를 가져올 것이다."라고 말했다. 증가속도는 비록 늦춰졌지만 중국경제의 규모가 크므로 세계경제에 대한 견인작용은 낮아지지 않을 것이다. 국가통계국의 데이터는 2015년 중국국내 GDP가 동기대비 6.9% 증가하였음을 보여주었다. 세계범위 내에서 이 증가속도는 여전히 선두에 있으며, 세계 경제성장에 대한 공헌은 여전히 25%이상이다.

하지만 구조개선이든 동력전환이든 모두 "공급측 구조개혁"을 떠날 수는 없다. 2016년의 정부업무보고는 구조개혁을 23차례나 이야기했으며, 공급측 개혁, 구조조정 등을 포함하여 62차례나 혁신을 이야기했다. 공급측 개혁은 '좀비기업'을 정리하고 낙후된 생산능력을 도태시키며, 발전방향을 신흥영역·혁신영역으로 고정시켜 새로운 경제성장점을 만들 것을 요구했다. 이는 "대중 창업, 만중(萬衆) 혁신"의 '두 가지 혁신' 전략과 잘 맞물린다. 분명한건 그들은 모두 수많은 새로운 기회를 가져올 수 있다는 것이다.

뉴노멀은 개혁을 요구한다

뉴노멀에 따라 새로운 모순과 새로운 문제도 대두했다. "뉴노멀에 적응할 수 있는지 없는지 중요한 것은 전면적인 개혁심화의 강도에 있다."고 시진핑 총서기는 말했다.

중국공산당 18기 3중전회는 전면적인 개혁심화에 대하여 총체적인 조치를 취하였으며, 15개 영역, 330여 개의 중대한 개혁조치가 포함되었다. 그 중에 경제체제 개혁이 중점적인 조치이며, 사회공평주의를 촉진시키고, 국민 복지를 증진시키는 것은 출발점이며 입각점이다.

"비록 건립된 지 오래됐지만 어깨에는 '혁신'해야 한다는 사명을 지니고 있다." 현재의 중국은 개혁이 이미 중요한 시기와 깊은 단계에 들어섰지만, "개혁만이 발전을 앞으로 나아가게 하는 승리의 무기이다". 시진핑 총서기는 "쏜 화살은 돌아오지 않으며, 우리는 흔들림 없이 개혁사업을 깊은 단계로 밀고 나아가야 한다."고 확고하게 밝혔다.

전면적인 심화개혁을 포함한 '4가지 전면' 전략의 조치 하에 중국공산당 18기 5중전회는 혁신, 조화, 녹색, 개방, 공유의 5가지 발전이념을 제시하였는데, 이것이 바로 "우리나라 경제발전이 뉴노멀에 들어서고 세계경제회복의 침체에 대해 내린 처방이다". 다만 전면적인 심화개혁이든, 5가지 발전이념을 실행하든 모두 장기적인 과정이다. 마치 시진핑 총서기가 "뉴노멀에 적응하고, 뉴노멀을 파악하며, 뉴노멀을 이끄는 것은 현재와 향후 우리나라 경제발전의 대 논리이다."라고 말한 것과 같은 것이다.

공급측 구조개혁

- 뉴노멀을 이끄는 큰 조치 -

언급한 시간

2015년 11월 중앙재경지도소조회의

언급한 회수

시진핑 총서기의 공개 연설과 문장에서 10여 차례 언급됨.

끼친 영향

심층적인 구조성 모순에 대응하는 장기적인 처방이며,

뉴노멀에서 중국개혁의 중요한 착력점이다.

2015년 11월 중앙재경지도소조회의에서 시진핑 총서기는 "적당하게 총체적인 수요를 확장하는 동시에, 공급측 구조개혁을 힘써 강화해야 한다"고 밝혔다. G20정상회의, APEC포럼에서 시진핑 총서기는 "공급측과 수요측의 협력발전을 중요시하는 것"을 세계경제의 '처방'으로 여겼다. 같은 시기에 국무원상무회의에서도 "새로운 공급과 새로운 동력을 양성하고 형성하여 내수를 확대"해야 한다고 강조하였다. 그 때부터 공급측 구조개혁은 사용 빈도수가 높은 키워드가 되었다.

공급측 구조개혁이란 무엇인가?

통계에 따르면 시진핑 총서기는 최소 10여 개 장소에서 공급측 구조개혁을 언급했었다.

중앙 경제업무회의, 부장급 간부 연구토론반, 중앙 정치국회의, 중앙 정치국 단체교육, 정부업무보고, 지도자 시찰 등 여러 개 장소에서도 이 키워드는 사용 빈도수가 높이 나타났다.

그렇다면 과연 공급측 구조개혁이란 무엇인가?

분명한건 '공급측'과 대응되는 것이 바로 '수요측'이라는 것이다. 전통적인 수요 관리적 사고방향에서 경제성장을 이끄는 방식은 주로 투자를 확대하고, 소비를 자극하며, 수출을 촉진시키는 것이다. 하지만 공급측에서 볼 때 경제성장의 동력은 공급과 생산측에서 의논해야 하는 것이고, 생산력 해방을 통해 산업경쟁력을 향상시켜 "품질을 향상시키고 효과를 증폭시키는 것이다"라고 여기는 것이다.

공급측 구조개혁은 응급조치가 아니며, 심층적으로 구조성의 모순에 대처하는 장기적인 처방이다. 시진핑 총서기의 말을 빌린다면, 구조성 개혁 특히 공급측 구조개혁을 추진하는 것은 '십삼오계획' 발전전략의 중점이다.

구조적 모순을 해결하다

공급측 구조개혁은 2개의 키워드가 있다. 첫 번째는 공급측이고, 두 번째는 구조적이다. 공급측에서 볼 때 중국 현재의 공급은 생산능력 과잉, 효율 저하, 저등급, 약한 경쟁력 등의 문제에 직면하고 있다. 2016년 3월 13일 상무무 까오후청(高虎城) 부장은 인터뷰에서, 중국 중산층의 형성에 따라 개성화, 브랜드화, 차별화의 소비수요는 갈수록 강해질 것이라고 밝혔다. 2015년 중국인의 해외소비 카드결재액은 900억 위안에 달했으며, 이런 소비는 대부분 브랜드상품, 의료, 교육 등 방면이었다. 그러면 중국은 이런 상품을 생산해낼 수 없었다는 것인가? 이 안에는 능력문제도 있고, 사고방향의 원인도 있다. 제조업 대국으로서 중국은 세계를 이끄는 신흥 산업과 첨단과학기술방면에서 부족하고, 사고의 방향 방면에서 예전에는 대부분 벌떼처럼 파도치기 식 발전으로 오늘날의 석탄·철강 등 영역의 심각한 과잉을 초래했으며, 동시에 생산자원과 상품분포가 불균형을 이루고, 중서부, 농촌 및 기초공익 등 영역은 매우 부족하다.

이것이 바로 현재 중국경제에 존재하는 제일 깊은 구조적 모순이다. 이런 모순을 해결하려면 공급측과 수요측이 동시에 힘을 발휘해야 한다. 시진핑 총서기는 공급측 구조개혁의 근본적인 목적은 사회의 생산수준을 향상시키고, 인민을 중심으로 하는 발전사상을 잘 실행하는 것이라고 말했다. 총수요를 적당히 확대하는 동시에 생산조절, 재고조절, 위험예방, 비용절감, 단점보완을 하며, 생산영역에서 우수한 공급을 강화하고, 효과 없는 공급을 줄이며, 효율적인 공급을 확대하고, 공급구조의 적합성과 유연성을 향상시키며, 전요소의 생산율을 향상시켜, 공급체계가 수요구조의 변화에 더욱 잘 적응하도록 해야 한다.

5가지 정책의 뒷받침

중앙경제업무회의에서는 2016년 공급측 구조개혁은 생산조절, 재고조절, 위험예방, 비용절감, 단점보완 등 다섯 가지 측면에서 진행해야 한다고 밝혔다.

2016년 3월 8일 12기 전국인민대표대회 4차 회의 후난(湖南)대표단 심의에 참가했을 때, 시진핑 총서기는 공급측 구조개혁을 추진하는 것은 힘든 싸움이라고 밝혔다. '더하기'와 '빼기', '현재와 미래', '강도와 속도', '주요모순과 부차적인 모순', '정부와 시장의 관계'를 잘 이해해야 한다고 이야기했다. 그렇다면 구체적으로 어떻게 해야 하는 것일까? 중앙경제업무회의에서 시진핑 총서기는 적당하게 총수요를 확대시키는 동시에 공급측 구조개혁을 힘써 강화하고, 상호 협조하는 5

가지 정책이 뒷받침해 주어야 한다고 했다. 즉 첫째, 거시적인 정책은 안정적이어야 하고, 바로 구조개혁을 위하여 안정적인 거시경제 환경을 만들어줘야 한다. 둘째, 산업정책은 정확해야 하고 바로 구조개혁의 방향을 정확하게 포지셔닝 해야 한다. 셋째, 미시적인 정책은 유연해야 하고, 바로 시장 환경을 개선하며, 기업의 활력과 소비자의 잠재력을 불러일으켜야 한다. 넷째, 개혁정책은 실질적이어야 하고, 바로 개혁이 실질적으로 이루어지도록 강하게 밀고 나아가야 한다. 다섯째, 사회정책은 받쳐줘야 하며, 민생의 마지노선을 지켜야 한다고 이야기했다. 2016년 1월 총칭(重庆)에서 조사연구 할 때, 시진핑 총서기는 공급측 구조개혁의 강도를 강화하려면 중점적으로 생산과잉을 효율적으로 해결하고, 산업의 개편·개선을 촉진시키며, 기업의 비용을 줄이고, 전략적인 신흥 산업과 현대서비스업을 발전시키며, 공산품과 서비스공급을 증가시키고, 공급체계의 품질과 효율을 힘써 향상시키며, 인민의 수요를 더욱 잘 만족시켜주고, 우리나라 사회생산력수준의 전체적인 도약을 실현시키며, 경제의 지속적인 성장 동력을 강화해야 한다고 말했다.

인터넷정보사업

- 인민을 중심으로 하여 백성들이 잘 사용할 수 있게 하다 -

언급한 시간

2016년 4월 19일

언급한 회수

시진핑 총서기의 공개 연설과 문장에서 인터넷정보와 관련되는 단어의 빈도수는 400여 차례를 초과함.

끼친 영향

대내적으로 억만 인민이 인터넷정보 발전의 성과를 누릴 때 더욱 큰 만족감을 얻게 하고, 대외적으로 국제인터넷정보의 치리(治理)를 위하여 중국방안을 제시함.

현재 「전산망안전법초안(2차심의안)」이 공개적으로 의견을 수렴하고 있으며, 기간은 2016년8월 4일까지이다. 이 초안은 해외의 많은 관심을 받았다. 하지만 일부 해외매체는 이것을 중국이 전산망스위치를 만들려고 하는 것이며, 필요시에는 전산망을 닫을 수도 있다고 잘못 이해하였다.

사실 이러한 논조에 대하여 2016년 4월 19일에 개최한 전산망안전과 정보화업무좌담회에서 시진핑 총서기는 이미 명확한 대답을 하였다: "현재 일부 관점에서는 전산망은 매우 복잡하고 치리(治理)하기가 매우 어려워 봉해버리거나 닫아버리는 게 낫다고 여기고 있다. 그러나 이런 의견은 정확하지 않은 것이며, 또한 문제를 해결하는 방법도 아니다. 중국 개방의 대문은 닫을 수 없으며, 닫지도 않을 것이다."

더욱 중요한 것은 중국은 전산망에 대하여 단지 관리뿐 아니라 건설·발전과 운용을 더욱 강조하였으며, 동시에 국제전산망 관리에 참여하는 것을 중요시하였다. 통계에 따르면 시진핑 총서기의 공개 연설과 문장에서 인터넷정보와 관련된 단어의 빈도수는 400여 차례나 나타났다는 데서 시진핑 총서기의 인터넷정보 사업에 대한 관심도를 충분히 알 수 있다.

인민을 중심으로 하고 인민의 기대에 부응하다

중국인터넷정보센터의 통계데이터는 2015년 12월까지 중국네티즌의 규모는 7억에 가까우며, 인터넷 보급률은 50.3%에 달한다고 나타났다. 중국의 인터넷 발전 속도에 대하여 프랑스의 「레제코」는 "사람들을 놀라게 했다"고 형용했다.

"우리나라는 7억의 네티즌이 있으며, 이것은 대단한 숫자이고, 또한 대단한 성과이다."라고 시진핑 총서기는 말했다. 이렇게 방대한 네티즌단체와 방대한 인터넷정보사업을 직면하고 있는 중국의 발전 사고방향은 무엇인가?

시진핑 총서기가 내린 대답은 "인민을 중심으로 하는 것이다."였다. 전산망 안전과 정보화업무 좌담회에서 시진핑 총서기는 "인민의 기대와 수요에 부응하고 정보화서비스 보급을 가속화하며, 응용 비용을 줄여 백성들을 위하여 사용가능하고, 사용할 수 있고, 잘 사용할 수 있는 정보화서비스를 제공해야 하며, 억만 인민이 인터넷 발전의 성과를 누릴 때 더욱 큰 만족감을 얻게 해야 한다."고 말했다.

중국사회과학원 법학연구소 쯔전펑(支振锋) 부연구원은 인민을 중심으로 하는 것은 시진핑 총서기가 중국인터넷 발전에 대하여 제시한 근본적인 요구라고 말했다.

간부들이 인터넷을 접하여 네티즌의 관심에 보답하다

전 국민이 인터넷을 즐길 때 일부 사람들은 "인터넷 공포증"에 걸렸다고도 했다. 상당히 많은 간부들은 인터넷을 자신에게 달려드는 맹수처럼 여기고 화가 입에서 나올까봐 두려워서 피하기 급급했다는 사실을 어떤 조사는 말했다.

하지만 민심이 인터넷을 통해 올라오는 것인데 간부들이 인터넷을 하지 않으면 어떻게 민심을 알고 군중과 소통할 수 있다는 것인가? 그리하여 시진핑 총서기는 각급 당정기관과 간부들은 인터넷을 통하여 군중노선을 걸어가는 것을 배우고, 자주 인터넷에 들어가 보며 놀기도 하고 채팅도 하고 이야기도 하면서 군중들의 생각과 바라는 것을 파악하고, 좋은 생각과 좋은 건의를 수집하며, 적극적으로 네티즌들의 관심에 대응하고, 의문점을 풀어줘야 한다고 요구하였다. "인터넷을 잘 사용하여 민심을 파악하고, 업무를 전개하는 것은 새로운 형세 하에 간부들이 일을 잘 하는 기본능력이다. 각급 간부들 특히 고위간부들은 반드시 끊임없이 이 능력을 향상시켜야 한다."고 시진핑 총서기는 말했다. 고위간부들은 자주 인터넷에 들어가 보아야 할 뿐만 아니라 또한 정확한 마음가짐으로 인터넷을 해야 한다. 시진핑 총서기는 인터넷상의 선의적인 비평에 대하여, 인터넷의 감독에 대하여, 당과 정부의 업무에 대한 것이든, 고위간부에 대한 것이든, 온건하고 부드러운 태도든, 따끔한 충고든 우리는 환영해야 할뿐만 아니라 또한 진지하게 연구할 수 있도록 받아들여야 한다고 말했다.

핵심기술을 익혀 뒤따라가던 것에서 이끌어나가도록 한다

중국인터넷은 시작은 늦었지만 발전은 매우 빠르며, 10대 세계인터넷 기업에서 중국은 이미 4위 자리를 차지하고 있어 세계를 놀라게 하고 있다. 하지만 중국의 인터넷 발전에도 부족한 부분은 존재하고 있다. 시진핑 총서기는 “인터넷의 핵심기술은 우리의 최대 ‘명문(命門, 콩팥)’이며, 핵심기술이 다른 사람의 제약을 받는 것은 우리의 최대 복병이다.”라고 말했다.

무엇이 핵심기술인가? 시진핑 총서기는 첫째는 기초기술, 통용기술이고, 둘째는 비대칭기술, ‘비장의 카드’ 기술이며, 셋째는 선진적인 기술, 획기적인 기술이라고 생각했다. “이러한 영역에서 우리는 외국과 같은 출발점에 있으며, 만약 앞서 계획하고 집중적으로 공격하면 뒤따라가던 데서 이제는 충분히 앞서서 이끌어가는 것으로 전환할 수 있다.”고 시진핑 총서기는 말했다. 중국은 어떻게 앞서 계획하고 집중적으로 공격할 것인가? “첫째, 개방과 자주의 관계를 정확하게 처리해야 한다. 반드시 자신이 직접 연구개발하고 자체적으로 발전해야 하며, 하지만 문을 닫고 연구 개발하는 것이 아니라 반드시 개방하고 혁신적인 발전을 지속해야 하며, “고수와 겨루어 보아야 격차를 알 수 있는 것이다”. 둘째, 과학연구 투자에 힘을 집중하여 큰 일을 해야 한다. “국가가 반드시 극복해야 하는 핵심기술을 중심으로 쉬지 않고 끊임없이 해나가야 한다.” 셋째, 적극적으로 핵심기술이 성과를 낼 수 있도록 밀고 나아가야 한다. 넷째, 연합하고 협력하여 이 숙제를 돌파해 나가야 한다고 시진핑 총서기는 말했다.

중국의 방안을 제시하고 국제거버넌스에 참여하다

“우리는 응당 인터넷주권에 대한 존중을 지속해야 하고, 각 나라가 자주적으로 인터넷 발전의 길, 인터넷 관리의 형식, 인터넷 공공 정책을 선택하여 평등하게 국제인터넷 공간에 대한 치리(治理)에 참여할 수 있는 권리를 존중해야 한다." 2015년 12월 16일 제2기 세계인터넷대회 개막식에서 시진핑 총서기가 발표한 연설의 근본적인 취지는 국내외에서 국제인터넷 거버넌스의 중국방안으로 불렸다.

인터넷주권을 존중하는 것은 시진핑 총서기가 제시한 국제 인터넷 거버넌스 '4가지 원칙'의 제1항이며, 기타 3항의 원칙은 평화와 안전을 수호하고, 개방과 협력을 촉진하며, 양호한 질서를 구축하는 것이다.

쯔전펑(支振锋)은 인터넷주권을 존중하는 것은 첫 번째의 원칙이며, 중국이 국제 인터넷거버넌스 체계에 대하여 공헌한 중요한 개념이고, 매우 합당한 맞춤형이며, 중요한 의미를 지니고 있다고 말했다.

'4가지 원칙'의 기초위에서 시진핑 총서기는 또 함께 인터넷 공간 운명공동체를 구축하는 '5가지 주장'을 제시하였다. 전 세계 인터넷 기초시설 건설을 가속화하여 인터넷 연결을 촉진시키고, 인터넷 문화교류의 공유 플랫폼을 만들어 서로 배우는 상호교류를 촉진시키며, 인터넷 경제의 혁신발전을 추진하여 공동번영을 촉진시키고, 인터넷 안전을 보장하여 질서 있는 발전을 촉진시키며, 인터넷 거버넌스 체계를 구축하여 공평주의를 촉진시키다. 이 '5가지 주장'은 중국의 도의와 책임을 충분히 나타낸 것이라고 쯔전펑(支振锋)은 평했다.

새로운 형세 하의 강군 목표

- '강군의 꿈' 을 향한 새로운 길을 시작하다 -

언급한 시간

2013년 3월 11일 12기 전국인민대표대회 1차 회의 해방군대표단 전체회의에서

언급한 회수

시진핑 총서기의 공개 연설과 문장에서 100여 차례 언급됨.

끼친 영향

새로운 형세 하에 국방과 군대건설을 위한 근간을 제공하였고, 전진해 나가야 할 방향을 명확히 제시하였다.

2013년 3월 23일 중국공산당 중앙총서기, 국가주석, 중앙군사위원회주석 시진핑은 국방대학을 시찰할 때, 새로운 형세 하에서 당이 지향하는 강군목표의 실현을 중심으로 학교의 개혁혁신을 적극적으로 추진하며, 끊임없이 학교를 운영하고, 인재를 양성하는 수준을 향상시켜 '중국의 꿈' '강군의 꿈'을 실현하기 위한 유력한 인재와 지혜의 뒷받침을 제공해야 한다고 강조하였다.

3년 전 시진핑 총서기는 12기 전국대표대회 1차 회의 해방군대표단 전체회의에서 당의 지휘에 복종하고, 싸움에서 승리하고, 풍기가 우수한 인민군대를 건설하는 것은 새로운 형세 하에서 당이 지향하는 강군을 만드는 것이 목표라고 밝혔다. 통계에 따르면 3년간 시진핑 총서기의 공개 연설과 문장에서 강군에 대한 목표는 여러 차례 언급되었다. 당의 새로운 형세하에서의 강군목표는 국방 강화와 군대 건설을 위한 근본적인 원칙을 제공해주었다.

정치로 군을 건설하고, 군대의 혼魂을 굳게 다져야 한다

나무가 크기를 바란다면 뿌리부터 다져야 한다. 2014년 10월 전국정치업무회의가 우리군의 정치업무의 발원지인 꾸텐(古田)에서 개최되었다. 이정표의 의미를 지닌 이번 회의에서 시진핑 총서기는 "당이 군에 대한 절대적인 지휘를 고수하는 것은 '강군의 혼'이고 '군대의 혼'을 굳게 다지는 것은 우리군의 정치업무의 핵심임무이며, 언제라도 동요해서는 안 된다."라고 하였다. 이때부터 당은 사상적으로 정치적으로 군대를 건설하고 통솔하는데 새로운 기점을 맞이하게 되었다.

사실상 전군정치업무회의의 개최는 전군이 역사를 돌아보고 "우리는 어디서 왔는가?"라는 문제에 대하여 더욱 명확한 인식이 생겼을 뿐만 아니라 또한 "우리는 어디로 가야 하는가?"라는 목표를 더욱 명확히 하였다. 이후부터 전군은 모두 신속하게 전군 고위급간부의 전군정치업무회의 정신을 배우고 관철시키는 '연구토론 반', "새 시대 혁명군인의 모습 대토론" 등의 활동을 전개하였으며, 정치로 군을 건설하는 전략은 군대건설의 각 영역에서 뿌리를 내리고 열매를 맺기 시작하였다.

개혁으로 군을 강하게 하고, 단호하게 밀고 나가야 한다

매일 새로워지지 않으면 반드시 퇴보한다. 2015년 11월 시진핑 총서기는 중앙군사위원회 개혁업무회의에서 국방과 군대개혁 공격 심화전에서 싸워 이기라는 동원령을 내렸다. 전면적으로 강군을 만들기 위한 전략적인 개혁을 실시하고 흔들림 없이 중국특색의 '강군의 길'을 걸어가야 한다는 것이었다.

그 후 일련의 개혁을 위한 행동들의 잇달아 전개되었다. 2015년 12월 31일 육군지휘기관, 로켓군, 전략지원부대가 설립되었고, 2016년 1월 11일 15개 새로 구성된 군사위원회 기관 부서들이 처음으로 단체로 모습을 드러냈으며, 2016년 2월 1일 5개 작전지역이 설립되고 "군사위원회에서 전체를 통솔하고, 작전지역이 주요 작전을 펼치며, 각

군은 주로 건설을 위한 새로운 구도"가 초보적으로 형성되었다.

2016년 3월 24일 중앙군사위원회 판공청은 주로 2가지 교육에 관한 의견을 인쇄 출판하였다. 하나는 강군을 만들기 위한 개혁을 주제로 한 교육활동이고, 둘째는 "두 개를 배우고 하나를 행하는 학습교육"이었다. 일련의 중대한 개혁조치의 실행에 따라 "우수한 전투능력"은 전군이 추구하는 가치가 되었다.

법에 의하여 군을 다스리고 군기를 엄히 해야 한다

엄하게 군을 다스리면 대적할 자가 없고, 군기가 무너진 군은 백만이 소용없다. 새로운 형세하의 강군목표를 실현하려면 우수한 풍기는 바로 이를 보증하는 중요 요소이다. 법에 의해 군을 다스리고, 군기를 엄하게 하는 것은 군대관리의 주요 방법 중의 하나이다.

2013년 10월 중앙군사위원회는 군에서 순시제도를 설립하고, 순시기관을 설치하며, 순시업무를 전개하였다. 2014년 10월 당의 18기 4중전회는 법에 의하여 군을 다스리고, 엄하게 군을 다스리는 것을 전체회의의 결정에 기록하고, 법에 의해 나라를 다스리는 총체적인 조치에 포함시켰다. 2015년 2월 중앙군사위원회는 「새로운 형세하의 법에 의해 엄하게 군을 다스리는 것을 심도 있게 추진하는 데에 관한 결정」을 인쇄 발행하였고, 인민군대의 법치화 건설은 "쾌속열차의 궤도"에 올라섰다. 군에서 "호랑이를 잡고 파리를 때리는 것"이 제대로 이루어져 군 조직을 정화시켰고, 전투력을 향상시켰다.

전군은 당 중앙, 중앙군사위위원회와 시 주석의 방침과 지시를 엄격히 관철하고, 또한 풍조 전환을 실질적으로 이루어지도록 노력해야 한다. 현재 군 기관의 행정소모성 지출은 동기보다 50%이상 줄었으며, 군에서의 공금소비는 보이지 않았고, "보여 주기식의 훈련과 연출" 등 가식적인 것이 보이지 않게 되었으며, 법에 의해 군대를 다스리는 것은 큰 성과를 거두었다.

4가지를 갖춘 군인

- 혼을 다듬는 인재양성, 강군·흥군 -

언급한 시간

2014년 10월 31일 꾸텐(古田)전군정치업무회의에서

언급한 회수

시진핑 총서기의 공개 연설과 문장에서

끼친 영향

새로운 형세하에서 혼을 다듬는 인재양성의 특징과 규율을 이해하고, 강군의 중임을 감당할 수 있는 새 시대의 혁명군인을 양성하기 위하여 근간을 제공하였다.

중국공산당 제18차 대회 이래 중화민족의 위대한 부흥인 '중국의 꿈'을 실현하는데 착안하여 중국공산당 중앙은 인민군대를 이끌고 강군·흥군의 새로운 위대한 길을 열었다. 영혼이 살아있고, 능력 있으며, 혈기가 있고, 도덕이 있는 새 시대의 혁명군인을 힘써 양성하기 위함이었다. 꾸텐(古田)전군정치업무회의에서 중국공산당 중앙총서기, 국가주석, 중앙군사위원회 주석 시진핑은 새로운 형세하의 혁명군인을 양성하는 총체적인 요구를 명확히 밝혔으며, 강군목표를 실현하기 위하여 굳건한 기초를 확립하였고, 강력한 긍정적 에너지를 응집시켰다.

새 시대가 요구하는 강국의 목표에 적응하다

군을 다스리는 길은 사람을 얻는데 있다. 새로운 시기에 어떤 군인을 양성해야만 강군의 중임을 감당할 수 있는가? 시진핑 총서기는 이에 대해 깊게 생각하고 계획하였다.

2013년 말 군의 중요한 회의에서 시진핑 총서기는 강군목표를 실현하려면, 반드시 수준 높고 책임감 높은 군을 건설하고, 군을 다스리는 핵심인원이 있어야 한다고 강조하였다. "우리군의 역사와 현실적인 수요를 종합해보면 '군대의 모습'은 바로 확고하게 당의 지휘에 복종하며, 싸울 수 있고, 싸워 이겨야 하며, 영광스러운 전통과 우수한 풍기를 고수해야 하며, 이것은 영혼이 있어야 하고, 능력이 있어야 하며, 도덕이 있어야만 비로소 바르게 행동하고 멀리 갈 수 있는 것과 같다."고 하였다. 2014년 10월 31일 시진핑 총서기는 꾸톈(古田)전군정치업무회의에서 "4가지를 갖춘 군인"을 양성해야 한다는 바람을 명확히 밝혔다. 2014년 12월 30일 중국공산당 중앙은 전당 및 전군에게 「새로운 형세하의 군대정치업무의 여러 문제에 관한 결정」을 전달하였다. 시진핑 총서기가 친히 이끌고 주도하여 초안을 작성하고 만든 중요한 이 문건은, 전군은 반드시 신념을 확고히 하는 것을 근본으로 하여 활력소를 생성하고 혼과 기를 모으는 전략공정을 통해 '영혼'이 살아있고, '능력'이 있으며, '혈기'가 왕성하고, '도덕'이 있는 새 시대의 혁명군인을 열심히 양성해야 한다고 요구하였다.

"4가지를 갖춘 군인" 에게 깊이 내포되어 있는 뜻을 설명하다

"영혼이 살아있는 것은 바로 신념이 확고하고 당의 지휘에 복종해야 한다는 것이고, 능력이 있다는 것은 바로 수준이 높아 싸워서 이겨야 한다는 것이며, 혈기가 있다는 것은 바로 용감하고 강하며 희생을 두려워하지 않아야 하는 것이며, 도덕이 있다는 것은 바로 성정이 고상하고 품행이 단정해야 한다는 것을 말한다." 꾸톈전군정치업무회의에서 시진핑 총서기는 "4가지를 갖춘 새 시대의 혁명군인"에게 내포되어 있는 뜻을 심도 있게 설명하였던 것이다. 이 4가지 사유(思惟)는 긴밀하게 연결되어 있기에 내면이 같으며, 피와 살이 살아있고, 당당한 새 시대의 혁명군인의 형상을 만들었다. '영혼'은 사람의 근본이고, 군인은 '영혼'이 살아있어야 비로소 확고하게 당의 지휘에 복종한다. "절대적인 충성, 절대적인 순결, 절대적인 믿음"은 시진핑 총서기가 군인에 대해 요구한 것이다. "당에 절대적인 충성을 하라는 요점에는 '절대'라는 두 글자에 있으며, 바로 유일하고 철저하며 무조건적인 어떠한 것도 섞이지 않은 절대적인 충성을 말한다." 따라서 우리군은 "반드시 이러한 기준으로써 자신에게 요구하고, 자발적으로 당의 명령에 복종하며, 당이 하지 말라고 하는 것은 절대 하지 않아야 한다."고 하였다.

'능력'은 전투력의 표현이며, 또한 군인의 가치이다. "부르면 바로 오고, 오면 싸울 수 있어야 하며, 싸우면 반드시 이겨야 한다." 이것이 새 시대 혁명군인의 갖추어야 할 필수 능력이다. 총사령부에서 기층 중대를 시찰하면서 시진핑 총서기는 언제나 싸울 수 있고, 싸워 이기는 것을 3군 장병들이 갖춰야 할 핵심적 능력 이것을 갖추기를 요구하였던 것이다.

'혈기'는 군인의 본성이며, 싸워 이기는 저력이다. 시진핑 총서기는 평화로운 환경 때문에 병사를 여리게 만들면 안 되며, 씩씩한 군대는 씩씩해야 하고, 군인은 혈기가 있어야 하며, 첫 번째는 고생과 죽음을 두려워하지 않는 전투정신을 절대로 버려서는 안 된다고 여러 차례 강조하였다. 제14 사령군 기관에서 시진핑 총서기는 19세의 열사 왕젠촨(王建川)이 전쟁터에서 어머니에게 쓴 시인 "병사의 결심은 이미 총구에 녹아들어 있고, 조국을 위하여 피로 깃발을 물들여도 아깝지 않다."를 이야기하며 "이것이 바로 군인의 혈기이다."라고 진심으로 칭찬하였다. 도덕은 사람 됨됨이의 기초이며, 우수한 풍조를 배양하는 원천이다. 시진핑 총서기는 군인의 도덕과 정조를 양성시키는 것을 고도로 중시하였으며, 우수한 문화로 사람을 교화하고, 사람을 양성하는 작용을 충분히 발휘하여 중국의 심장, 민족의 혼을 만들고, '중국의 꿈', '강군 의 꿈'을 실현할 수 있도록 밀어줘야 한다고 요구하였다.

전군은 앞 다투어 "4가지를 갖춘 군인"이 되어야 한다

꾸텐전군정치업무회의 이후에 전군은 "4가지를 갖춘 군인" 새 시대 혁명군인을 양성하는 것을 중대한 전략임무로 하였다. 2015년 6월 총정치부조직은 「시진핑 총서기의 "4가지를 갖춘 새 시대의 혁명군인"을 양성하는데 관한 중요한 논술에 대한 발췌」를 인쇄하여 전군 중대이상 부대에 전달하였다. 수많은 장병들은 이 "4가지를 갖추어야 한다"는 기준에 대한 이해가 갈수록 깊어졌고, 실천은 갈수록 자발적이 되었으며, 전군은 앞 다투어 "4가지를 갖춘 새 시대의 혁명군인"이 되려고 하는 열기가 일어났다. 372잠수함 영웅집단, 전략전문가 장꿔춴(张国春), '철갑첨병" 꿔펑(郭峰), 몸을 던져 사람을 구한 잠수부 관동(官东) 등 영혼이 살아있고 능력이 있으며 혈기가 있고 도덕성이 있는 수많은 선진 모범 인재들이 끊임없이 나타났다. 네팔 지진의 재해지역을 긴급하게 지원했던 것으로부터 시작해서 에볼라 역병과 싸우는 역병의 최전선에서 힘써 싸운 새 시대 중국군인의 빛나는 형상은 갈수록 세계인들의 앞에 나타났던 것이다.

전면적인 의법치국(依法治國)

전면적인 의법치국

- 법치가 '중국의 꿈' 을 위하여 호위하게 하다 -

언급한 시간

2012년 11월 당의 제18차 대회

언급한 회수

시진핑 총서기의 공개 연설과 문장에서 20차례 언급됨

끼친 영향

전면적인 의법치국과 전면적인 개혁심화, 전면적인 엄격한 당관리는 3대 전략적 조치로서 전면적인 샤오캉사회를 건설하는 전략목표를 위하여 함께 뒷받침이 되었다.

통계에 따르면 시진핑 총서기는 중국공산당 제18차 대회 이후 수차례 공개적인 연설과 글에서 "전면적인 의법치국 및 전면적으로 의법치국을 추진"하는 등의 단어를 200차례 넘게 언급하였다.

천하를 다스리는 자는 대세를 잘 계획하며, 승부를 겨루는 자는 판을 잘 짠다. "4가지 전면"에서 전면적인 의법치국과 전면적인 개혁심화, 전면적인 엄격한 당 관리는 3대 전략조치로서 전면적인 샤오캉 사회를 건설하는 전략목표를 위하여 함께 뒷받침이 되었다.

법치역사의 새로운 장을 쓰다

"어떠한 사람도 법률 밖에서의 절대적인 권력은 없다."에서 "모든 중대한 개혁은 법이 있어야 하고 근거가 있어야 한다."까지 "인민군중이 모든 사법 안건에서 공평정의를 느낄 수 있도록 노력해야 한다."에서 '법률의 생명력은 실행에 있고, 법률의 권위도 실행에 있다."까지 제18차 대회부터 18기 4중전회 개최 전까지 시진핑 총서기는 여러 차례 연설과 시찰 중 서로 다른 영역, 다른 측면에서 전면적인 의법치국을 설명하였으며 풍부한 이론을 쌓았다.

2014년 10월 당의 18기 4중전회가 개최되었으며, 이론과 실천의 성공을 취합하고 전문적으로 의법치국 문제를 연구하고 토론하였다. 전회에서 통과된 「중국공산당 중앙위원회의 전면적인 의법치국을 추진하는 데에 관한 몇 가지 중대한 문제에 대한 결정」도 당의 역사에서 첫 번째 법치 건설을 강화하는데 관한 결정이었다. 이때부터 의법치국은 '쾌속버튼'을 눌렀고, 법치중국의 건설은 '쾌속열차 궤도'에 올라탔다. 현재 18기 4중전회에서 나누어 확정한 190항의 임무 중 수많은 업무는 안정적으로 추진되고 있다.

치국의 중요한 수단으로 전면적인 의법치국은 법치역사의 새로운 장을 썼으며, 중국특색 사회주의의 새로운 길을 열었다.

고위간부가 사법 활동에 대해 간섭하고 구체적인 안건처리에 개입하는 것을 방지하는 규정에서부터 최고 법 순회법정이 지방에서 간판을 거는 것까지 사법개혁은 갈수록 심화되었고, 행정심사 이관 취소에서부터 지방 각급 정부 업무부서의 권력리스트 제도를 실행하는 데까지 법 행정의 발걸음은 빨라졌으며, 입법한 법의 수정에서부터 자선법의 출범까지 입법업무에 관한 항목이 많이 나타났다. 18기 4중전회이래 당과 국가건설의 방면에서 전에 없던 범위와 깊이로 제도화·법률화의 일들이 끊임없이 추진되고 있다.

"4가지 전면"의 전략 조치 위에서 이해하다

"강력하게 법을 받들면 나라가 강해지고, 그렇지 않으면 나라가 약해진다." 2014년 10월 13일 시진핑 총서기는 18기 4중전회 전체회의에서 "전면적인 의법치국을 추진하는 것은 중화민족의 위대한 부흥인 '중국의 꿈'을 실현하고, 당과 국가의 장기적인 안녕을 실현하는 원대한 계획에 착안한 것이다. 전면적인 의법치국을 추진하는 것은 우리나라의 개혁 발전을 하는 가운데 일어나는 모순과 문제를 해결하려는 현실적인 생각에 입각한 것이며, 또한 장구적인 전략적 계획에 의해 착안한 것이다. 전면적인 의법치국을 정확하게 이해하려면 또 '4가지 전면'의 전략적 조치를 이해해야 한다. '4가지 전면'이 언급된 지 얼마 되지 않았을 때, 시진핑 총서기는 차관급 주요간부들의 18기 4중전회 정신을 학습하고 관철하여 전면적인 의법치국을 추진하는 '주제연구토론반' 개학식에서 "전면적인 샤오캉사회의 건설은 우리의 전략목표이고, 전면적인 개혁심화, 전면적인 의법치국, 전면적인 엄격한 당 관리는 3대 전략조치이다."라고 밝혔다.

이러한 전략적 조치에서 볼 때, 전면적인 의법치국의 각종 업무를 진행하는 의미는 매우 중요하다. 전면적인 의법치국이 없으면 국가를 제대로 다스릴 수 없고, 정치를 제대로 할 수 없으며, "4가지 전면"의 전략적 조치는 실패할 것이다. 시진핑 총서기는 "전면적인 의법치국을 '4가지 전면'의 전략적 조치에서 이해하고, 전면적인 의법치국과 기타 3가지 '전면'과의 관계를 심도 있게 인식하며, '4가지 전면'이 상호 보완하고, 상호 촉진하며, 서로 돋보이게 할 수 있도록 노력해야 한다."고 특별히 강조하였다.

반드시 관리간부라는 "관건적인 소수" 를 붙잡아야 한다

"기차가 빨리 달리려면 전적으로 차의 앞머리가 잘 끌어줘야 한다." 전면적인 의법치국의 청사진은 이미 그려졌고, 관건은 그것을 실행하는데 있으며, 실행 추진하는 과정에서 간부는 결정적인 요소이다.

시진핑 총서기는 여러 장소에서 관리간부의 전면적인 의법치국에서의 작용을 밝혔다. “각 급의 관리간부는 의법치국을 추진하는 방면에서 막중한 책임을 지고 있고” “각급 관리간부의 신념, 결심, 행동은 전면적인 의법치국을 추진하는데 매우 중요한 의미를 가지고 있다” 법치건설의 ‘책임자’로서, 당의 집정권과 국가입법권·행정권·사법권의 ‘집행자’로서 관리간부는 전면적인 의법치국에서 매우 중요하며, 인민 군중을 이끌고 각종 계획을 실행해야 한다. 하지만 관리간부는 관건적인 추진 작용을 할 수도 있고, 또 치명적인 파괴 작용을 할 수도 있다. 따라서 관리간부는 반드시 법률경계선을 넘어서는 안 되고, 법률마지노선을 건드려서는 안 된다는 것을 명심해야 한다.

2015년 2월 시진핑 총서기는 차관급 주요 관리간부의 전면적인 ‘의법치국 주제 연구토론반’ 개학식에서 “전면적인 의법치국은 반드시 관리간부라는 ‘관건적인 소수’를 확고하게 붙들어야 한다”고 강조하였다. 시진핑 총서기는 또 관리간부는 법을 존중하고, 법을 배우고, 법을 지키고, 법을 사용하는 모범이 되어야 하며, 전당과 전 국민을 이끌고 함께 노력하여 중국특색의 사회주의 법치체계를 건설하고, 사회주의 법치국가를 건설하는 과정에서 끊임없이 새로운 성과를 보여주어야 한다고 명확히 밝혔다.

법 준수

- 공통적으로 추구해야 하고, 법치의 뿌리를 굳건히 지킨다 -

언급한 시간

2012년 11월 당의 제18차 대회

언급한 회수

시진핑 총서기의 공개 연설과 문장에서 10회 정도 언급됨.

끼친 영향

우리나라 사회주의법치이념의 중요한 구성이고, 목표는 법을 존중하고 법을 지키는 것이 모든 국민들의 공통적인 추구와 자발적인 행동이 되게 하는 것이다.

중국공산당 제18차 대회이래 전면적인 의법치국의 심도 있는 추진에 따라 법치관념은 사람들의 마음속에 더욱 깊게 스며들었다. 법치건설을 추진하는데 첫 번째 중요한 부분은 바로 '법 존중' 의식을 수립하는 것이다. 통계에 따르면 시진핑 총서기의 공개 연설과 글에서 '준법'이라는 단어가 10회 정도 나타났다.

'법 준수' 에서 '법 존중' 까지

법률은 사회에서 제일 중요한 규칙과 규범이다. 질서 있는 사회를 건설하려면 법률은 없어서는 안 되며 매우 중요하다. 따라서 '법 준수'는 질서 있는 사회에서 국민에 대한 기본적인 요구이다. 하지만 '준수'의 뜻은 따르고 순종하는 것이며, 전면적인 의법치국을 추진하는 새 시대에서 단지 수동적으로 법률에 복종하는 것은 이미 많이 부족하며, 모든 인민이 진정으로 법치의식을 수립하고 법치 사고방식을 운용하는 것을 배우고, 마음에서 법률을 존중하고 경외해야 한다. '법 준수'에서 '법 존중'까지의 의식발전은 실질적으로 중국사회 법치이념의 큰 발전이라고 할 수 있다. 따라서 2012년 11월 중국공산당 제18차 대회 보고에서 의법치국을 설명할 때 제시한 것은 "사회주의 법치이념을 수립하고, 전 사회적으로 법을 배우고, 법을 존중하고, 법을 지키며, 법을 사용하는 의식을 강화해야 한다."는 것이다. 2014년 10월 중국공산당 18기 4중전회에서 통과한 「중국공산당 중앙위원회의 전면적으로 의법치국을 추진하는 몇 가지 중대한 문제에 관한 결정」에서는 “법을 존중하고 법을 지키는 것이 모든 인민의 공통적인 추구와 자발적인 행동이 되게 해야 한다.”고 밝혔다. 어떻게 ‘법 존중’의 내포된 뜻을 이해해야 할 것인가? 먼저 법을 배우고 법을 알아야 한다. 이것은 기초이다. 오직 법률제도를 알아야만 비로소 마지노선이라는 의식이 생길 수 있으며, ‘해도 되는 것’과 ‘해서는 안 되는 것’의 경계선을 명확히 하고, 행동하는 점에서 법률에 복종할 수 있어야 한다. 그 다음에는 법률을 믿어야 한다. 법률은 일종의 사회 공통의 인식이기에 어떠한 현행 법률도 완벽할 수는 없다. 하지만 모두 최대한으로 사회의 공평정의를 수호하기 위한 것을 목적으로 하고 있다. 끝으로 법률을 경외하고 법률을 존중해야 한다. 바로 전 사회적으로 법 존중, 법 숭상의 풍기를 형성하여 법률을 항상 마음에 새겨야 한다. 이것은 더욱 높은 차원이다.

법치관념을 강화하다

어떠한 사회 환경이 우리가 추구하는 법치사회인가? 사회분위기적으로 법에 의거하여 일을 처리하고, 어려움이 생겼을 때 법을 찾으며, 문제를 해결할 때 법을 사용하고, 모순을 해결할 때 법에 의거하며, 사회체제 면에서 완벽한 준법성실 포상체제와 위법행위 처벌체제가 있으며, 인민의 공통적인 추구와 자발적인 행동에서 법을 존중하고 법을 신뢰하며 법을 지킬 수 있어야 한다. 하지만 이런 것을 실현하려면 먼저 사상 면에서 법을 존중해야 한다. 사상은 행동의 선도자이고, 사상은 근본이고, 행동은 형태이며, 근본이 바로 서야 형태도 바로 서기 때문이다. 오직 사상면에서 법에 대해 존중하는 의식이 있어야 비로소 행동에서 법률의 요구를 실천할 수 있다. 현실생활에서 일반백성이든 관리간부든 모두 법률을 무시하고 제멋대로 하는 현상이 있으며, 분명 "하면 안 된다"는 것을 알면서도 법을 고의로 어기곤 한다. 모든 이런 현상들은 끊임없이 전 국민의 법치관념을 강화하고, 사회적으로 법에 대해 존중하는 분위기를 수립해야 하는 중요성을 나타냈다. 이른바 "법률은 반드시 믿어야 하며, 아니면 유명무실해질 것이다." 법을 존중하는 의식을 수립하고, 법을 존중하는 것이 사회 공통인식이 되게 하는 것은 근본적으로 법치의 뿌리를 굳게 하는 것이다. 하지만 법에 대한 존중이 사회습관이 되기만 하면 사회 법률 체계를 유지하는 비용은 크게 줄어들 것이며, 공정한 법 집행자들은 더욱 존경을 받을 것이고, 위법자는 미움을 받을 것이며, 따라서 더욱 건강한 사회 환경을 만들게 될 것이다.

어떻게 법에 대한 존중을 실현할 수 있겠는가?

법을 존중하는 의식을 수립하려면, 먼저 관리간부부터 솔선수범해야 한다. 시진핑 총서기는 연설에서 전면적인 의법치국이 되려면 반드시 관리간부라는 '관건적인 소수'를 확고하게 붙들어야 한다고 여러 차례 밝혔다. 법을 존중하는 의식을 수립하려면 "풍속은 위로부터 형성되고, 풍속은 아래로부터 발전한다."는 것을 알아야 한다.

2016년 1월 시진핑 총서기는 중앙의 전면적인 개혁심화지도소조 제20차 회의에서 각 계층의 관리간부는 법을 존중하고, 법을 배우며, 법을 지키고, 법을 사용하는 모범이 되어야 하며, 앞장서서 헌법과 법률을 배우고, 앞장서서 법치를 이행하고, 법에 의거하여 일처리를 해야 한다고 강조하였다. 법을 존중하는 의식을 수립하려면, 또 전 사회적으로 법치교육을 강화해야 한다. 전문적으로 사법업무에 종사하는 사람이 법을 알아야 하는 것은 물론이거니와 전 국민도 어느 정도의 기본적인 법률소양은 있어야 한다. 중국공산당 19기 4중전회의 「결정」에서는 "법치교육을 국민교육의 체계에 포함시켜 청소년부터 시작하여 초중등학교에서 법치지식과목을 설립해야 한다"고 밝혔다. 전 사회적으로 법률지식을 보급하는 것을 통하여 특히 청소년에 대한 법치교육을 강화하는 것은 전 사회적으로 법에 대한 존중의식을 수립하는 근본적인 수단이다.

법에 대한 존중의식을 수립하려면 또 끊임없이 법률제도를 완벽히 하고, 법률의 존엄을 수호해야 하며, 특히 기층에서 법 집행과 사법업무를 잘해야 한다. 불공정한 사법안건이 한건 나타나면 수많은 민중들의 법률에 대한 신뢰감을 깨뜨릴 것이고, 집법부문의 전체적인 공신력도 손해를 볼 것이다. 오직 엄격한 집법, 공정한 사법만이 위법자가 처벌을 받고 준법자들이 보호를 받게 할 수 있으며, 비로소 법치정신이 사람들의 마음에 깊이 들어가고, 법에 대한 존중이 인민들의 공통적인 추구가 될 수 있는 것이다.

헌법선서

- 헌법의 권위를 수호하고, 헌법의 존엄을 지킨다 -

언급한 시간

2014년 10월 중국공산당 18기 4중전회

언급한 회수

시진핑 총서기의 「〈중국공산당 중앙위원회의 전면적인 의법치국을 추진하는 몇 가지 중대한 문제에 관한 결정〉에 관한 설명」에서 상세한 설명을 진행함.

끼친 영향

헌법의 권위를 나타내고, 공직인의 헌법관념을 강화하며, 공직인은 헌법에 충성하고 수호해야 하며, 전 사회적으로 헌법의식을 강화하고 헌법의 권위를 수립하게 하였다.

"나는 중화인민공화국의 헌법에 충성하고, 헌법권위를 수호하며, 법정 직책을 이행하고, 조국에 충성하고, 인민에 충성하며, 자기가 맡은 직책을 성실히 수행하고, 청렴결백하게 공무를 집행하며, 인민의 감독을 받아 부강·민주·문명·조화로운 사회주의 국가를 건설하기 위하여 열심히 노력할 것을 선서한다."

2016년 2월 26일 12기 전국인민대표상무위원회는 인민대회당에서 처음으로 헌법선서 의식을 거행하였다. 선서 대 앞에서 선서대표자는 왼손을 헌법에 올려놓고 오른손은 주먹을 쥔 채 장엄하게 선서문을 낭독하였다. 70자의 선서문을 낭독한 뒤에는 중국공산당의 헌법에 대해 고도로 존중하고 법치에 대한 굳건한 믿음을 나타냈다. 2014년에 처음 언급한 후부터 2015년 국가 입법형식으로 확립될 때까지, 또 2016년 정식 실행하기까지 헌법선서제도는 문서를 통해 대중에게 전달되었으며, 중국 정치생활의 중요한 내용이 되었고, 법치의 힘을 드러냈다.

법치정신의 생동적인 표현

2014년 10월 중국공산당 18기 4중전회는 헌법선서제도를 수립할 것을 제시했다. 2015년 7월 이 제도는 전국인민대표상무위원회의 표결을 거쳐 가결되었고, 국가주석, 국무원총리를 포함한 인민대표 및 상무위원회에서 선거 또는 임명결정을 한 국가공직자를 포함하며, 정식으로 취직할 때 공개적으로 헌법을 향하여 선서해야 한다고 규정하였다. 왜 헌법선서제도를 수립해야 했는가? 시진핑 총서기는 「〈중국공산당 중앙위원회의 전면적인 의법치국을 추진하는 약간의 중대한 문제에 관한 결정〉에 관한 설명」에서 헌법선서제도는 세계에서 대다수 성문헌법이 있는 국가에서 취하는 일종의 제도이다. 성문헌법이 있는 142개 국가에서 관련 국가공직자들은 반드시 헌법을 옹호하고 충성한다고 선서하는 국가는 97개국이나 된다. 이렇게 하면 헌법권위를 드러내고, 공직자들의 헌법관념을 강화하게 되며, 공직자들이 헌법에 충성하고 수호하는데 유리하며, 전 사회적으로 헌법의식을 강화하고 헌법권위를 수립하는데 유리하다.

헌법선서는 선서인의 제일 기본적인 3가지 문제를 깨우쳐주었다고 할 수 있다. 누구를 위하여, 누구를 의지하여, 나는 누구인가? 자신의 권력은 인민에게서 왔음을 언제나 마음에 새겨야 한다. 동시에 선서는 또한 장엄한 약속이고, 선언은 대중의 감독을 받으며 선언을 위반하면 책임을 추궁당할 수 있다. 새로 임명된 성장에서부터 검찰, 새로 임명된 공무원까지 손에 헌법을 들고 선서하는 이 장엄한 장면은 갈수록 대중 앞에 많이 나타났고, 법치정신을 널리 알리는 생동적인 표현이 되었다.

헌법의 위력은 진실 된 믿음에서 나온다

"헌법은 인민의 권리가 쓰여 져 있는 한 장의 종이다." 국가의 근본적인 대법(大法)으로서 헌법국가의 기구가 탄생하는 합법적인 근원이고, 또 중국특색 사회주의 법률체계의 핵심과 기초이다. 헌법선서제도가 수립되는 뒷면에는 헌법이 중국의 정치생활에서의 지위를 진일보 적으로 드러낸 것이다.

헌법의 지위, 헌법의 실행, 헌법의 감독, 헌법학습 등의 문제에 관하여 시진핑 총서기는 여러 차례 중요한 논술을 하였다.

2014년 11월 12기 전국인민대표 상무위원회 제11차 회의에서는 12월 4일을 국가헌법일로 지정할 것을 결정하였다. 2014년 12월 3일 첫 번째 국가헌법일이 다가올 무렵 시진핑 총서기는 중요한 지시를 내렸는데, "헌법은 국가의 근본법이고, 의법치국을 지속하려면 먼저 헌법에 의거하여 국가를 다스려야 하며, 법에 의거하여 집정하려면 먼저 헌법에 의거하여 집정해야 한다"고 강조하였던 것이다.

"헌법의 뿌리는 옹호해야 한다는 인민들의 마음에서 우러나와야 하며, 헌법의 위력은 인민들의 진심에서 나오는 믿음에 있다." 2012년 12월 4일 시진핑 총서기는 각 계층의 내빈들과 헌법공표 실행 30주년을 기념하는 대회에서 착실하게 헌법을 존중하고 효율적으로 실시하면 인민이 주인 되는 것이 보장을 받고 당과 국가사업은 순조롭게 발전할 수 있다고 말했다.

2015년 2월 2일 시진핑 총서기는 차관급 주요 고위간부들에게 18기 4중전회의 정신을 배우고 관철시켜 의법치국을 추진하는 주제 토론반 개학식에서 중요한 연설을 하였으며, 관리간부는 체계적으로 중국 특색의 사회주의 법치이론을 배우고, 우리 당이 법치문제를 해결하는 기본입장을 정확하게 이해해야 한다고 강조하였다. 제일 중요한 것은 바로 헌법을 배우는 것이다.

헌법을 더욱 존엄하고, 더욱 강력하게 해야 한다

헌법선서제도를 수립하는 것 외에 중국공산당 18기 4중전회이래 헌법의 실시와 감독업무는 끊임없이 강화되어 헌법의 권위와 존엄을 수호하였다.

2015년 30여 명의 중간급 간부가 입건되어 심사를 받았고, 40여 명의 중간급 간부는 심각하게 기율을 위반하여 당에서 제적되었으며, 반부패는 고압적 태세를 늦추지 않고 유지하였고, 어떠한 당의 조직과 개인도 헌법 법률과 당의 기율위에 설 특권은 없다는 것을 충분히 증명하였다.

'7.5(2016−2020년) 법률지식 보급 선전교육에서 헌법선전교육은 제일 중요한 자리에 위치했다. 헌법에서 확립된 우리나라 국가형태, 정치형태, 기본정치제도, 기본경제제도, 공민의 기본권리와 의무 등의 내용은 배우고 선전하는 중점이 될 것이다. 동시에 국가 공무원들은 헌법 선서 전에 전문적으로 헌법을 배워야 한다.

2016년 1월 중앙 전면 개혁심화 지도소조는 「국가공무원이 법을 배우고 법을 사용하는 제도를 완벽히 하는 데에 관한 의견」을 심의 통과시켰고, 헌법을 배우는 것을 제일 우선순위에 놓는 것을 고수하고, 자발적으로 헌법을 준수하고 헌법 실시를 수호해야 한다고 밝혔다.

'국가헌법일' 1주년 이래 각 지역 각 부문에서는 각종 다양한 활동으로 선전하고 헌법지식을 보급하여 대중들이 몸소 헌법을 체험하고 헌법을 느끼며 헌법정신이 사회생활의 각 방면에 스며들게 하였다….

부인할 수 없는 것은 현재 우리나라 헌법 실시의 감독체제와 구체적인 제도는 아직 완벽하지 않으며, 일부 간부들은 여전히 헌법의식이 약한 문제가 존재한다. 이 문제를 해결하려면 진일보 적으로 헌법을 배워서 깨닫고, 헌법을 더욱 존중하고, 경외해야 한다. 헌법선서제도를 수립하고, 헌법선서를 행하는 것은 강력한 착력점이며, 헌법의 실행을 촉진케 하는데 유리하고, 헌법을 더욱 존엄토록 하고 강력하게 한다.

전면적인 엄격한 당 관리

언급한 시간

2013년 1월 22일 중국공산당 18기 중앙기율검사위원회 제2차 전체회의

언급한 회수

시진핑 총서기의 공개 연설과 문장에서 약 10회 언급됨.

끼친 영향

전면적인 엄격한 당 관리와 전면적인 개혁 심화 2대 임무에서 실제로 행동하고 성과를 나타내는 태도를 표현했고, 성실하게 실질적으로 일하고 어려움을 극복하는 강한 힘을 응집시켰다.

"돌을 밟으면 자국을 남기고, 쇠를 잡으면 흔적을 남긴다."는 이 말은 두 가지 측면의 의미를 포함하고 있다. 하나는 직면한 임무가 매우 어렵고, 둘째는 어려움이 생겼을 때 오직 어려움에 맞서 제대로 착실하게 일을 해야만 비로소 약속을 지킬 수 있고 성과를 볼 수 있다는 뜻이다.

당과 국가의 각항 업무에서 전면적인 엄격한 당 관리와 전면적으로 개혁을 심화시키는 것은 마치 '돌'과 '쇠'처럼 추진하는데 어려움이 있으며, 그렇게 쉽게 할 수 있는 것이 아니라는 것이다.

전면적인 엄격한 당 관리에 대하여 시진핑 총서기는 "청렴한 당풍의 건설과 반부패투쟁은 장기적이고 복잡하며 어렵고 막중한 임무이다."라고 말했다. 비록 우리는 이미 당풍건설에서 매우 많은 성과를 거두었지만, 시진핑 총서기는 이런 성과는 단계적이며, 현재 청렴한 당풍 건설과 반부패투쟁의 형세는 여전히 험준하고 복잡하다고 여러 차례 밝혔다.

"일은 많고 임무는 막중하다"는 것은 전면적으로 개혁을 심화시키는데 있어서의 특징이며, 특히 더욱 어려운 점이다. 2013년 11월 「중국공산당 중앙위원회의 전면적인 개혁심화의 몇 가지 중대한 문제에 관한 결정」에 관한 설명에서 시진핑 총서기는 "우리나라의 발전은 일련의 돌출된 모순과 도전에 직면해 있으며, 전진하는 길에는 아직 많은 어려움과 문제가 있다. 하지만 이런 문제를 해결하려면 개혁을 심화시키는 것에 달려있다."고 밝혔다. 따라서 이런 2가지 임무 앞에서 오직 단호하게 결단을 내리고, 자신감을 높이며, 착실하게 일하고, 항상 게을리 하지 않아야 비로소 성과를 거둘 수 있다. 다시 말해 '돌' 위에 발자국을 남기고, '쇠' 위에 흔적을 남겨야 한다. "돌을 밟으면 자국을 남기고, 쇠를 잡으면 흔적을 남긴다."가 강조하는 것은 사실상 바로 전체 당원들에게 전면적인 엄격한 당 관리는 오랫동안 경종을 울려 항상 붙들고 있어야 하고, 장기적으로 붙들고 있어야 하며, 전면적으로 개혁을 심화시키는 데 따르는 어려움을 극복해야 하고, 고비를 넘겨야 하며, 반드시 어떤 기백과 힘이 있어야 한다고 일깨워 주는 것이다.

당을 관리하고, 당을 다스리며, 엄격한 다짐을 나타내다

청렴한 당풍건설과 반부패투쟁은 전면적으로 엄격하게 당을 관리하는 2가지 중요한 방면이다.

풍기문제에 대하여 시진핑 총서기는, "업무풍기상의 문제는 절대로 작은 일이 아니며, 만약 불량한 풍기를 철저하게 고치지 않고 그대로 발전하게 내버려두면 마치 보이지 않는 벽처럼 우리당과 인민을 갈라놓게 되며, 우리당은 기반을 잃게 되고, 혈맥을 잃게 되며, 힘을 잃게 된다."고 강조하였다. 그렇기 때문에 2013년 초의 짧은 1개월 동안 시진핑 총서기는 두 번이나 "돌을 밟으면 자국을 남기고, 쇠를 잡으면 흔적을 남긴다"라는 말을 언급하였고, 1월 22일 시진핑 총서기는 업무의 풍기를 개선하고 8가지 규정을 실시해야 하는 것을 이야기할 때, "돌을 밟으면 자국을 남기고, 쇠을 잡으면 흔적을 남긴다는 열정으로 일해야 하며, 인민 군중들이 끊임없이 실질적인 성과와 변화를 볼 수 있게 해야 한다."고 강조하였다. 2월 28일 시진핑 총서기는 재차 "돌을 밟으면 자국을 남기고, 쇠를 잡으면 흔적을 남긴다는 열정으로 일해야 하며, 절대 스쳐가는 바람처럼 잠시뿐이 돼서는 안 된다."고 강조하였다.

마찬가지로 부패문제에 대한 해결을 이야기할 때, 시진핑 총서기는 또 "돌을 밟으면 자국을 남기고, 쇠를 잡으면 흔적을 남겨야 한다"고 요구했다. 2015년 6월 26일 중국공산당 중앙정치국에서 진행한 반부패와 청렴을 제창하는 것에 관한 법규제도 건설 강화 제24차 단체학습에서 시진핑 총서기는 "우리는 반드시 정치파워를 유지하고, 강한 역사적 책임감, 깊은 사명에 대한 우려감, 완강한 의지의 품성으로 돌을 밟으면 자국을 남기고, 쇠를 잡으면 흔적을 남긴다는 기세로 지속적으로 행해야 한다."고 강조하였다.

2016년 1월 제18기 중앙기율위원회 제6차 전체회의에서 시진핑 총서기는 "반부패투쟁의 압도적인 태세는 형성되고 있다."고 밝혔으며, 이는 "자국을 남기는 것과 흔적을 남기는 식의 성과"를 나타냈다. 8가지 규정, 반 '4풍', '3엄3실'을 위해하는 부패는 엄히 벌해야 하고, "파리·호랑이를 함께 척결해야 하는 것"처럼 모두 전면적으로 엄격하게 당을 관리해야 한다는 결심을 드러낸 것이며, "말은 신용이 있어야 하고, 행동은 결과가 있어야 한다."는 힘을 나타냈다.

당 관리와 다스림에 대한 요구 외에 "돌을 밟으면 자국을 남기고, 쇠를 잡으면 흔적을 남긴다."는 것은 또한 개혁을 위하여 신용을 지키고, 성실히 일하는 정신을 창도하고, 성실히 일하는 힘을 응집하기 위한 것이다.

「중국공산당 중앙위원회의 전면적인 개혁심화의 몇 가지 중대한 문제에 관한 결정」에서 "많은 당원들을 인도하여 적극적으로 개혁사업에 뛰어들고, '못 박기' 정신을 선양하며, 돌을 밟으면 자국을 남기고, 쇠를 잡으면 흔적을 남겨야 하며, 전면적인 개혁심화를 위하여 적극적인 공헌을 해야 한다."고 밝혔다. 개혁을 추진하는 장기적인 임무를 수행하고, 경제구조 개혁과 군대 개혁 등 방면에서 시진핑 총서기는 이 정신을 반복적으로 강조하였다.

"장기적으로 실행하는 것을 붙들어야 하는 프로젝트와 임무에 대하여 돌을 밟으면 자국을 남기고, 쇠를 잡으면 흔적을 남기는 열정으로 끝까지 붙들어야 한다." "항상 목표를 마음에 새기고, 사상을 통일하고, 행동을 일치시키며, 돌을 밟으면 자국을 남기고, 철을 잡으면 흔적을 남기며, 산을 하나 넘으면 또 다른 산등에 오르고, 골짜기를 하나 넘으면 또 다른 웅덩이를 넘어야 하며, 경제구조의 조정, 과잉 생산력의 해결 등 공격전에서 잘 싸우고 승리해야 한다." "전군은 고도의 역사적 자각과 강한 사명감으로 돌을 밟으면 자국을 남기고, 쇠를 잡으면 흔적을 남긴다는 정신으로 이 공격전에서 반드시 싸워 이겨야 한다." 전면적으로 개혁을 심화시키는 데 있어서 "자국을 남기는 것과 흔적을 남기는" 것은 2016년 2월 23일의 개혁심화소조 제21차 회의에서 나타났고, 금번 회의는 10개 관련부서의 개혁성과 보고를 청취하였으며, 또 시진핑 총서기의 '개혁심화방법론'에서도 나타났고, 고삐를 바짝 쥐는 것을 강조하고 또 실질적인 것을 강조하였으며, 고층설계를 강조하고 또 지방의 시험구역을 강조하였으며, 분업을 강조하고 또 실행을 독촉하는 것을 강조하였다.

2016년은 우리나라가 전면적으로 구조개혁을 추진한 공격의 해이므로 "돌을 밟으면 자국을 남기고, 쇠를 잡으면 흔적을 남긴다는 태도"가 더욱 필요하며, 단계별로 책임지고 구체적인 실행을 단단히 붙들어 실질적인 성과를 내어 인민에게 복을 가져다주고, 인민의 신뢰를 받아야 한다.

"돌을 밟으면 자국을 남기고, 쇠를 잡으면 흔적을 남기는 것"을 강조하는 것은 어려운 임무에 직면했을 때, 실질적인 행동으로 성과를 보는 것이다. 시진핑 총서기가 이 키워드를 언급한 장소는 주로 2가지 업무를 목표로 한 것이다. 첫째는 전면적인 엄격한 당 관리, 두 번째는 전면적으로 개혁을 심화시키는 것이다. 바로 이 요구 하에 전면적인 엄격한 당 관리의 조치는 끊임이 없었고, 당풍·정치풍은 새롭게 되었으며, 전면적으로 개혁을 심화시키는 노력을 지속적으로 추진하였고, "전면적인 구조개혁을 추진하는 공격의 해"에 들어섰던 것이다.

8가지 규정

- 전면적인 엄격한 당 관리의 첫 번째 '메스' -

언급한 시간

2012년 12월 4일 중국공산당 중앙정치국회의

언급한 회수

시진핑 총서기의 공개 연설과 글에서 30여 차례 언급됨.

끼친 영향

전면적인 엄격한 당 관리를 추진하는 첫 번째 '메스'이고,

'작은 상처'가 '대변화'를 추진케 함.

중앙기율위원회 감찰부 홈페이지의 2016년 4월 26일 소식에 의하면, 중앙기율위원회는 며칠 전에 7건의 국유기업과 금융기관 직원들이 중앙의 8가지 규정 정신을 위반한 문제에 대하여 공개적으로 폭로하였다. 관련된 문제는 규정을 위반하고, 공금으로 먹고 마시기, 공금으로 여행하기, 혼례식과 장례식을 대규모로 치루기, 규정을 어기고 선물 나누기 등이다. 이것은 중앙기율위원회에서 8가지 규정을 어긴 행위에 대하여 '칼을 든' 최신의 행동이다. 2012년 12월 4일 새로운 중앙지도집단은 부임한지 20일도 안 되어 회의를 개최하고 중앙정치국의 업무태도 개선, 군중과 밀접하게 연결하는데 관한 8가지 규정을 심의하였다. 이 짧은 600여 글자의 8가지 규정은 전면적인 엄격한 당 관리를 추진하는 첫 번째 '메스'로 불렸다. 이 '메스'가 겨냥한 병적 요인은 바로 '4가지 풍조(4風)'로 불리는 4가지 나쁜 현상인 형식주의, 관료주의, 향락주의와 사치풍조이다. 3년여 동안 중앙과 각급의 기율검사기관은 한 단계 한 단계씩 진행하는 것을 고수하고, 명절 전후에 일부 전형적인 한 건을 통보하고 폭로하는 것을 지속하였으며, 8가지 규정 정신을 위반한 문제를 총 10만 건 넘게 조사하였다. 당풍·정치풍·민풍의 변화는 인민들로 하여금 시진핑을 총서기로 하는 당 중앙의 전면적인 엄격한 당 관리의 결심을 보여주었다.

8가지 규정은 한 가지 이치로 모든 일을 꿰뚫었다

시진핑 총서기의 일련의 연설을 정리하면 8가지 규정 정신은 한 가지 이치로 모든 일을 꿰뚫고 있음을 발견할 수 있다.

2013년 6월 18일 시진핑 총서기는 당의 군중노선 교육실천 활동 업무회의에서 중앙의 8항규정 정신을 관철하고 실시하는 것을 착안점으로 하여 돌출된 문제를 힘써 해결해야 한다고 강조하였다.

2015년 1월 13일 시진핑 총서기는 18기 중앙기율위원회 5차 전체회의에서 부패문제에 대한 조사를 이야기할 때 끈기를 가지고 중앙의 8가지 규정 정신을 실시해야 하며, 부패현상이 만연하는 기세를 단호하게 억제해야 하며, 진지를 고수하고 성과를 공고히 하며, 확장을 심화하고 흔들림 없이 청렴한 당풍을 건설하고 반부패투쟁을 추진해야 한다고 강조하였다.

2015년 6월 26일 시진핑 총서기는 중국공산당 중앙정치국 제24차 단체교육에서 중앙의 8가지 규정 정신을 계속 실시하고, 각종 부패문제를 계속해서 조사해야 한다고 강조하였다.

2016년 1월 12일 시진핑 총서기는 18기 중앙기율위원회 6차 전체회의에서 중요한 연설을 하였으며, 끈기를 가지고 중앙의 8가지 규정 정신을 실시하고, 군중주변의 부정풍조와 부패문제를 힘써 해결하며, 부패가 만연하는 기세를 단호하게 억제하고, 끊임없이 청렴한 당풍건설과 반부패투쟁의 새로운 성과를 거두어야 한다고 강조하였다.

3년간 모두 16회 중앙정치국회의, 27회 중앙정치국상무위원회 회의에서 중앙의 8항규정을 관철시켜 집행하고 풍조건설을 강화시키는 문제에 대하여 전문적으로 연구하고 조치하도록 하였다. 3년여 동안 시진핑 총서기는 서로 다른 단계, 다른 장소에서 서로 다른 상황에 따라 풍조건설에 대하여 일련의 중요한 연설을 하였으며, 또한 친히 실행하는지의 여부를 확인하였다.

분위기를 바로 잡고(정풍), 기율을 엄히 하는 것肅紀을 끈기 있게 해야 한다

2013년 9월 3일 8가지 규정을 출범시킨 후 첫 번째 추석 명절 전에 중앙기율위원회와 중앙당의 군중노선 교육실천활동소조는「중앙의 8가지 규정 정신을 실행하고, 추석 국경절 기간에 공금으로 선물하는 등의 부정한 풍조를 단호하게 막는데 관한 통지」를 발표했다.

이번 추석 국경절에 월병(月饼) 선물을 금지하는 것을 기점으로 중앙기율위원회는 매번 중대한 명절 때마다 모두 '4풍'문제를 단호하게 멈출 것을 요구하는 공고문을 발표하고, 그 후에는 매번 명절 때마다 또 중앙기율위원회의 홈페이지에서 단독페이지를 개설하여 '4풍'에 관한 안을 전적으로 폭로하고, '신고플랫폼'을 개통하여 강력한 두려움을 주는 작용을 하게 함으로써 사회에서 강한 반응을 일으켰다.

3년간 중앙은 8가지 규정을 위반한 행위에 대하여 문책하는 강도가 갈수록 커졌다. 각급의 기율위원회도 온라인 신고 등 창구를 개통하였고, 다양한 통로로 '4풍'에 대한 신고를 접수하였다. 그리하여 분위기를 바로잡고, 기율을 엄히 할 필요도 없이 당의 선진성과 순결성을 확실하게 수호할 수 있었다.

국제여론이 적극적으로 평가하다

2015년 8가지 규정 출범 3주년 무렵에 국내외 여론계는 떠들썩했는데 8가지 규정이라는 '작은 상처'가 '큰 변화'를 촉진케 하였고, "8항 규정은 중국을 변화시켰다."고 평가했다.

네티즌들은 보편적으로 3년간 당과 정부의 공신력은 끊임없이 향상되었고, 사회풍조와 민풍은 더욱 맑아졌으며, 집정당은 민심을 얻었고, 백성들은 다시 자신감을 얻게 되었다고 여겼다. 어떤 사람은 중국인들은 "적폐청산은 어렵다"는 것을 잘 알고 모두가 오늘날 이런 새로운 기상이 생길 줄은 상상을 못했으며, 또한 겨우 3년이라는 시간에 "공산당의 좋은 풍기가 다시 돌아왔다."고 말했다.

국제여론도 적극적으로 긍정적인 평가를 했으며, 8가지 규정은 정곡을 찔렀고, 중국공산당의 풍조 개선을 끝까지 밀어붙이는 단호한 결심과 굳은 혁신의 패기를 나타냈다고 여겼다. 연속해서 2년간 국가통계국의 전국 샘플링 조사에 따르면 96%의 군중들은 중앙정치국이 8가지 규정을 제정하고 집행하는 것에 만족하고, 94.9%의 군중들이 8가지 규정에서 거둔 성과에 만족하며, 91.4%의 군중들이 장기적으로 8가지 규정을 집행하는데 대하여 자신감을 얻었다고 했다.

최근 어떤 현위원회 서기는 8가지 규정에 감사하고, 2~3년간의 영향을 통하여 자신은 8가지 규정의 수익자임을 발견하게 되었으며, 퇴근 후 집에 가서 밥을 먹고 다시는 접대하는 음식을 먹지 않으며, 시간이 날 때는 책을 보며 문제를 생각하게 되어 정신세계가 풍부해졌으며, 덕분에 업무상태도 향상되어 매우 감동을 받았다고 말했다.

중국사회과학원 겸 정치연구원 부비서장 까오버(高波)는 “8가지 규정을 실천하게 되면서 풍조문제는 완고하고 반복성이 있기에 오직 끊임없이 제도의 틀을 바짝 움켜쥐어야만 비로소 적폐를 청산할 수 있다는 것을 일깨워줬다. 풍기 건설은 빠른 길이 없으며, 반드시 작은 일부터 시작하고 세부적인 일부터 하며 엄하게 실질적으로 붙들어야 한다.”고 말했다.

관건적인 소수

- 위에서 아래를 이끌고 합력을 이루다 -

언급한 시간

2015년 2월 2일 차관급 주요 고위간부들의 18기 4중전회의 정신을 배우고 관철하여 전면적으로 의법치국을 추진하자는 연구토론반 개학식에서

언급한 회수

시진핀의 공개 연설과 문장에서 여러 차례 언급됨.

끼친 영향

고위간부의 치국이정에서의 관건적인 작용을 심도 깊게 설명하였고, "관건적인 소수"를 중심으로 그들이 앞장서서 모범을 보이고, 양호한 정치 환경의 형성과 국가 거버넌스 능력의 향상을 최대로 촉진시켰다.

중국공산당 제18차대회 이래 시진핑 총서기의 치국이정의 키워드에서 한 단어는 "관건적인 소수"였으며, 2015년 2월에 처음 언급한 이후 그는 여러 차례 연설에서 모두 반드시 "관건적인 소수"를 중심으로 해야 한다고 강조하였다. 현재 중국 치국이정의 방면에서 "관건적인 소수"를 중심으로 해야 한다는 것은 이미 강력한 착력점이 되었다. 고위간부에 대한 엄격한 요구를 통하여 양호한 정치 환경이 형성되고 있다.

"관건적인 소수" 라는 말에 내포된 뜻은 무엇인가?

"관건적인 소수"라는 단어가 처음으로 대중의 시야 들어온 것은 2015년 2월 2일 차관급 주요 고위간부들이 18기 4중전회 정신을 배우고 관철하며, 전면적으로 의법지국을 추진하는 전문연구토론반의 개학식에서다. 당시 시진핑 총서기는 전면적인 의법치국은 반드시 고위간부라는 "관건적인 소수"를 중심으로 해야 한다고 밝혔다.

그 후부터 시진핑 총서기는 여러 장소에서 모두 "관건적인 소수"에 대하여 요구를 제시하였다. 예를 들어 2015년 3월의 전국 '양회'기간에 시진핑 총서기는 상하이대표단 심의와 지린(吉林)대표단의 심의에 참가했을 때, 모두 각급 고위간부에 대하여 엄격하게 관리하고, 2016년 1월 18기 중앙기율 6차 전체회의에서 시진핑 총서기는 "관건적인 소수"를 중심으로 해야 하고, 감독해야 하는 책임자의 어려움을 해결하며, 고위간부의 책임이 클수록 자리가 더욱 중요하고 감독을 더욱 강화해야 한다고 했다. 중앙정치국에 대하여 시진핑 총서기는 전당이 중앙정치국을 바라보고 있으며, 전당에게 요구한 것을 중앙정치국이 먼저 해야 한다고 말했고, 차관급 간부에 대하여 시진핑 총서기는 "깊이 배우고 실속 있게 활용(深學篤用)해야 하고" "변증법을 잘 사용해야 하며" "방법을 혁신하고" "마지노선을 지켜야 한다."고 말했으며, 현급 당서기에 대하여 시진핑 총서기는 앞장서서 팀을 이끌고, 앞장서서 법대로 일을 처리해야 하며, 앞장서서 청렴하고 규율을 잘 지키며, 앞장서서 당과 인민의 감독을 받고, 앞장서서 깨끗한 사람이 되고, 깨끗하게 일을 하며, 떳떳하게 간부노릇을 하고, 진정으로 앞장서서 모범을 보이며, 팀을 이끌어야 한다고 말했다. 시진핑 총서기는 또 고위간부는 법을 존중하고, 법을 배우고, 법을 지키고, 법을 이용하는 모범이 되어야 하며, 전당이 전국을 이끌고 함께 노력하여 중국특색의 사회주의 법치체계를 건설하고, 사회주의법치국가를 건설하는 데서 끊임없이 새로운 성과를 거두어야 한다고 했다.

"관건적인 소수"를 주시하는데 대해 국가행정학원 왕위카이(王玉凱) 교수는 치국이정에서 "관건적인 소수"인 당원간부의 책임은 무겁고, "관건적인 소수"를 놓치지 않으면 엄격한 당 관리, 의법치국의 '관건'도 놓치지 않는다고 했다.

간부를 잘 관리하는 데는 실질적인 방법이 있다

중국공산당은 "관건적인 소수"에 대하여 어떻게 관리했을까?

중국공산당 제18차대회 이래 중국공산당의 간부들에 대한 요구는 갈수록 엄격해졌으며, 중앙에서 지방까지 연이어 실질적인 방법을 출시했다. 중국공산당 중앙위원회는 간부들에 대하여 군중노선 교육실천 활동과 '3엄3실' 주제 교육활동을 연속 진행하였고, 끊임없이 반부패와 업무태도를 바로잡는 강도를 강화하였으며, 위에서 아래에 모범을 보이면서 "관건적인 소수"를 중심으로 하여 모두 양호한 효과를 거두었고, 정치생태를 매우 깨끗하게 정화하였다.

당내 감독을 강화하는 방면에서 "관건적인 소수"는 중점이 되었으며, 반부패투쟁의 압도적인 형세가 형성되고 있다. 중앙기율위원회에서 발표한 데이터에는 2015년 중앙기율위원회 감찰부 홈페이지에서 잇달아 37개 중앙 관리간부가 조직의 조사를 받고 있다는 정보를 발표하였고, 그 중에 최고책임자를 맡고 있는 사람이 적어도 13명이었으며, 이 외에 조사를 받을 때에 비록 '최고책임자'는 아니었지만 대부분이 그 전에 주요직책을 맡고 있었고' 각급의 '최고 책임자'를 맡고 있었음이 나타났다. 감독의 부족한 부분을 보완하기 위하여 중국공산당은 또 밀접 순시라는 '예리한 검'을 들이 대었다. 중앙 순시부터 각 성의 순시까지 모두 각 지역의 당과 정부의 최고책임자를 순시감독의 중점대상으로 하였으며, 토지양도·프로젝트 건설·부동산개발 등 중점 영역이 순시 감독의 중점내용이 되었다. 이러한 순시를 통하여 "관건적인 소수"의 부패행위에 대하여 폭로를 하였으며, 더욱 강력한 두려움을 불러일으켰다.

관리감독은 갈수록 엄격하다

'13차 5개년계획'의 시기에 들어섰을 때, 중국은 이미 전면적인 샤오캉사회를 건설하는 마지막단계에 들어섰다. 이러한 관건적인 시기에 어떻게 고위간부라는 "관건적인 소수"를 더욱 중심에 두게 할 수 있을까?

시진핑 총서기는 당과 국가사업의 전 국면에서 계속해서 사상으로 당을 건설하고, 제도로 당을 다스리는 것을 긴밀하게 결합하며, 전방위적으로 제도의 틀을 바짝 움켜쥐고, 나아가 제도로 당을 다스리고, 권력을 관리하고, 격려해야 한다고 명확하게 밝혔다. 사실상 제18차대회 이후 중국공산당은 전면적으로 엄격한 당 관리를 착실하게 추진하였으며, 당건설제도와 기율검사체제의 개혁은 속도가 빠를 뿐만 아니라 점차적으로 근원에 대한 치리, 미연에 방지한다는 더욱 깊은 단계로 나아갔으며, "관건적인 소수"에 대한 관리제도는 갈수록 엄격해졌다. 고위간부는 지위가 높을수록 자리가 더욱 중요하고, 권력은 더욱 크며, 관리는 더욱 엄격하다. 이것은 "관건적인 소수"를 주시하는 정신을 충분히 나타냈다.

예를 들어 「중국공산당청렴자율준칙」의 인쇄발간과 「중국공산당기율처분조례」의 수정 반포는 당원과 간부의 청렴자율과 기율을 지키는 방면에서 명확하고 구체적인 규정을 정립하였으며, 특히 제18차대회 이후의 정치기율과 정치규칙·조직규율 및 중앙의 8항규정정신의 실시, '4풍'에 대한 반대 등을 요구하던 차원에서 전환시켜 기율규범으로 상승시켰고, 기율이 법보다 엄함을 나타냈으며, 기율과 법의 분리를 실현했다. 전면적인 개혁심화는 공격이 필요하며, 직면한 모순은 많고 어려움은 크며, "두 가지 배우고 한 가지 실행"을 전개하는데서 사회주의 핵심가치관을 실천하는 데까지, 법치의식을 강화하는데서 엄격하게 법에 따라 일을 처리하는 데까지, 새로운 발전이념을 관철시키던 데서 경제발전의 뉴노멀을 이끄는 데까지, "관건적인 소수"가 어떻게 앞장서서 모범을 보이고, 또한 모든 민중을 이끌어 갈 것인가는 중국공산당과 중국 앞에 놓인 중대한 과제이다.

다섯째

전면적인 엄격한 당 관리

- 견고한 지도핵심을 만들다 -

언급한 시간

2014년 12월 장쑤(江苏)에서 연구조사 할 때

언급한 회수

시진핑 총서기의 공개 연설과 문장에서 최소 100여 차례 언급됨.

끼친 영향

당풍청렴 건설을 지속적으로 추진하고 반부패투쟁의 압도적인 태세가 형성되고 있으며, 규칙 기율의식이 사람들의 마음속에 깊이 새겨졌다.

시진핑 총서기는 당의 건설을 강화하고 전면적으로 엄격하게 당 관리를 해야 한다고 자주 이야기 했다.

“자기가 스스로 능력을 갖추어야 한다.”는 것은 우리당의 장엄한 약속이며, 전면적인 엄격한 당 관리는 우리가 쓴 군령장이다. 2016년 1월 12일 18기 중앙 기율위원회 6차 전체회의에서 중요한 연설을 발표할 때 시진핑 총서기는 이렇게 말했다.

제18차 대회이래 중국공산당은 전면적인 엄격한 당 관리를 “4가지 전면” 전략의 조치에 포함시켰으며, 당풍 청렴 건설과 반부패 투쟁 등을 전면적인 엄격한 당 관리의 중요한 내용으로 하였고, 풍조를 바로잡고, 기율을 엄히 하며, 부패를 반대하고, 악을 징벌하며, 힘써 감히 부패하지 못하고, 부패할 수 없으며, 부패하고 싶지 않은 체제를 힘써 구축한다. 중국공산당은 중국특색 사회주의 사업의 지도핵심이고, 전면적인 엄격한 당 관리는 바로 이 지도핵심을 더욱 강하고 힘있게 단련하고자 하는 것이다.

철의 풍조: 중앙정치국부터 시작하다

당의 풍조는 당의 형상에 영향을 미치고, 민심의 향배에 영향을 미치며 당의 생사존망에 영향을 미친다.

풍조 건설은 위에서 아래를 이끌어야 한다. “중앙정치국부터 시작한다.”는 것은 제18차 대 회이래 당의 풍조건설의 중요한 특징이다. 18기 중앙정치국이 새롭게 구성된 지 한 달도 안 되어 업무태도를 개선하고, 군중과 밀접하게 연결하는 데에 관한 '8항 규정'을 제시하였다. 3여 년간 시진핑 총서기는 약 30차례 지방을 시찰하면서 그의 발자취를 강남·강북에 널리 남겼고, 농촌·생활단지·공장·변경지역으로 깊이 들어갔으며, 시찰 중 도로를 봉쇄하지 않고, 장소를 봉쇄하지 않았으며, 폐관하지 않고, 과도한 경호를 하지 않았으며, 수행인원을 줄이고, 시찰하는 곳을 꾸미지 않았으며, 빈곤지역을 보면서 일상적인 가정요리를 먹고, 일반적인 곳에 묵으며, 군중과 아주 가까이 하고, 군중생활에 대하여 자나 깨나 생각했다. 기타 중앙의 지도자들도 마찬가지로 앞장서서 8항규정을 집행하였다.

위에서 아래까지 점차적으로 실행했다. 2013년 6월부터 당의 군중노선 교육실천 활동은 시작됐고, 1년 넘는 동안 풍조 건설에 초점을 맞추어 형식주의·관료주의·향락주의와 사치풍조인 '4풍'문제를 힘써 해결했으며 커다란 성과를 거두었다. 이 성과를 공고히 하고 확장하기 위하여 2015년 전당은 현급 이상 고위간부를 대상으로 '3엄3실'주제 교육을 전개하였다. 2016년 중국공산당은 전체당원에게 "당의 헌장과 당의 규칙을 배우고, 체계적인 연설을 배우며, 합격된 당원이 되자"는 학습교육을 전개하기로 결정하고, 당원대오의 사상·조직·풍조·기율 등 방면에서 존재하는 문제를 진일보 적으로 해결하였으며, 전면적인 엄격한 당 관리를 기층으로 연장하는 것을 추진하기로 하였다. 항상 게을리 하지 않고 엄격하게 책임을 물었다. 3년여 동안 각급의 당 조직은 중앙의 요구를 열심히 관철하고 실시하였으며, 관련된 업무를 지속해서 잘 진행했고, 각종 기율위반 행위를 엄격하게 조사했으며, 이미 누적 14만 이상이 중앙 8항 규정의 정신을 위반하여 문책을 당했다.

철鐵의 반부패: 압도적인 태세가 형성되고 있다

만약 부패문제가 발전하는 것을 가만히 둔다면 결국 반드시 당이 망하고 국가가 망할 것이다. 시진핑 총서기는 당이 직면한 최대위험과 도전은 당내의 부패와 부정 풍조라고 밝혔다. 권력을 이용하여 경제적 이득을 챙기고, 체제 내외가 결탁하며 이익집단을 형성하고, 당의 지도에 도전하기 때문에 우리가 부패를 징벌해야 하는 결심은 조금도 동요돼서는 안 되며, 징벌의 강도는 언제라도 약해져서는 안 된다. 제18차대회 이래 중국공산당은 무관용을 태도로 부패를 타격하고, '호랑이'와 '파리'를 함께 척결하는 것을 지속하며, 부패하지 못하고 부패하고 싶지 않은 효과는 초보적으로 나타났으며, 반부패투쟁의 압도적인 태세가 형성되고 있었다.

최근 3여 년간 저우용캉(周永康), 부시라이(薄熙來), 쉬차이허우(徐才厚), 꿔바이숑(郭伯雄), 링지화(令计划), 수롱(苏荣)등 중대한 기율위반 안건을 엄하게 조사했으며, "세습 특권층은 없다"라는 관념이 사람들의 마음에 깊이 들어갔다. 이외에 중앙의 순시, 파견이라는 두 가지 대책을 꾸진히 지속하며, '반 부패금지구역'이라는 의심을 없앴으며, 또한 질서 있게 지방순시업무를 추진했다. 제18차 대회이래 중국공산당은 끊임없이 부패를 징벌하고 예방하는 체계를 완성하고, 부패를 반대하고 청렴을 제창하는 교육과 청렴정치문화 건설을 강화했으며, 반부패체제의 혁신을 추진했고, 당의 기율검사체제를 개혁하였으며, 기율위원회 파견기관의 통일관리 등을 완벽히 하였다.

철鐵의 기율: 전면적인 엄격한 당 관리의 근본적인 대책

조직이 엄격하고 기율이 엄격한 것은 중국공산당의 우수한 전통이며 정치적인 장점이다. 시진핑 총서기는 기율 건설을 강화하는 것은 전면적인 엄격한 당 관리의 근본적인 대책이며, 기율 건설을 더욱 두드러진 자리에 놓고, 기율이 법보다 엄격하고, 기율이 법 앞에 있음을 고수하며, 기율과 규칙을 앞세워야 한다고 밝혔다. 당이 직면한 형세가 복잡할수록 짊어진 임무는 더욱 막중하며, 기율 건설을 더욱 강화하고, 당의 단결통일을 더욱 수호하여 전당의 통일된 의지, 통일된 행동, 발을 맞추어 전진할 수 있도록 보장해야 한다.

옛사람은 "평탄함을 알려면 줄을 곧게 잡아야 하고, 모난 것을 알려면 규칙이 있어야 한다."고 했다. 당내규칙은 당의 각급 조직과 전체당원이 반드시 지켜야 할 행위규범과 규칙이다. 당의 규칙은 전체적으로 무엇을 포함한 것일까? 첫째, 당의 헌장은 전당이 반드시 준수해야 할 전체적인 정관이며, 또한 총체적인 규칙이다. 둘째, 당의 기율은 무조건적인 제약이고, 정치기율은 더 나아가 전당의 정치방향·정치입장·정치언론·정치행동 면에서 반드시 준수해야 할 무조건적인 제약이다. 셋째, 국가 법률은 당원·간부들이 반드시 준수해야 할 규칙이고, 법률은 당이 인민을 이끌고 제정한 것이며, 전당이 반드시 모범이 되어 집행해야 한다. 넷째, 당이 장기적인 실천가운데 형성한 우수한 전통과 업무관례이다.

물론 법규제도의 생명력은 집행에 있다. “세상을 다스리는 일에 입법은 어렵지 않으며, 법집행이 어렵다.” 2012년 12월 4일 중앙정치국 회의에서 업무제도 개선과 밀접한 군중 연결에 관한 연설에서 시진핑 총서기는 규정을 할 것이면, 엄격한 기준이 되도록 노력해야 하고, 실질적으로 실천해야 한다고 했다.

정치생태

- 탁한 것을 흘려보내고 맑은 것을 끌어드리며 민심을 응집하다 -

언급한 시간

2014년 6월 30일 중국공산당 중앙정치국 제16차 단체교육에서

언급한 회수

시진핑 총서기의 공개 연설과 문장에서

끼친 영향

정치생태를 정화하는 것이 중국공산당 건설의 절박하고 또 매우 중요한 하나의 임무가 되었으며, 당과 인민사업이 끊임없이 승리에서 승리로 나아가도록 밀어주는 강한 힘을 응집하게 하였다.

2014년 6월 시진핑 총서기가 처음으로 언급한 이후 '정치생태'를 정화하는 것은 중국공산당 건설의 절박하고 매우 중요한 임무가 되었다. 정치생태는 당심과 민심에 관계되며, 사회가 건강하게 발전하는 중요한 보증이다. 시진핑 총서기는 양호한 정치생태의 조성은 전당이 힘을 모아 게을리 하지 않고 노력해야 한다고 밝혔다. 맑고 청렴한 정치본색을 엄격히 지키고 당과 인민사업을 끊임없이 승리에서 승리로 나아가도록 밀어주는 강한 힘을 응집해야 한다고 했다.

정치생태도 산 좋고 물이 맑아야 한다

2014년 6월 30일 중국공산당 중앙정치국 제16차 단체교육 때 시진핑 총서기는 "당의 건설을 강화하려면 반드시 양호한 정치참여환경을 조성해야 하며 다시 말하면 좋은 정치생태가 있어야 한다."고 밝혔다. 그 후에 시진핑 총서기는 여러 차례 정치생태의 중요성을 강조하였다. "정치생태가 좋으면 인심이 따르고 정기가 가득하다." "자연생태만 산 좋고 물이 맑아야 하는 것이 아니라 정치생태도 산 좋고 물이 맑아야 한다." 우리는 통계에서 시진핑 총서기의 공개 연설과 문장에서 '정치생태" 단어가 20여 차례 언급되었음을 발견했다.

중앙당간부학교 신밍(辛鸣) 교수는 '정치생태'가 사람들의 시선에 들어온 것은 현대정치 발전이 깊이 나아가는 객관적이고 필연적이며 또한 오늘날 중국정치가 맑아지는 역사적인 자각이라고 여겼다.

정치생태를 강조하는 것은 또한 현실적인 필요이다. 각양각색의 암묵적인 관행, 크고 작은 관계망, "악화가 양화를 몰아내는 역할"의 도태 정치생태는 오염되고 있다. 2015년 3월 9일 시진핑 총서기는 12기 전국인민대표 3차 회의 지린대표단심의에 참가 했을 때 정치생태는 자연생태와 마찬가지로 조금만 주의를 하지 않아도 매우 쉽게 오염되며, 일단 문제가 발생한 후 다시 회복하려면 매우 큰 대가를 치러야 한다고 강조하였다.

당위서기는 첫 번째 책임자를 잘 감당해야 한다

정치생태를 새롭게 구성하는 임무는 어렵고 막중하기에 협력해서 추진해야 하고 또 치중하는 부분도 있어야 한다. 시진핑 총서기는 "관건적인 소수"가 정치생태를 정화하는 주요 열쇠라고 보았다. 중국공산당 중앙정치국 제16차 단체교육 때 시진핑 총서기는 양호한 정치 참여 환경을 조성하려면 각급 관리간부들 중에서 먼저는 고위간부들부터 해야 한다고 밝혔다.

2016년 1월 12일 18기 중앙기율위원회 6차 전체회의에서 시진핑 총서기는 "당위서기는 당을 운영하고, 당을 다스리는 서기가 되어야 하며, 첫 번째 책임자를 잘 감당해야 하고, 당에 책임을 져야 하며, 현지와 현 기관의 정치생태에 책임을 지고 간부들의 건강한 성장에 책임을 져야 한다고 직언하였다. 책임을 모든 구성원에게 전달하고, 아래의 서기에게 하달하여 책임이 실질적으로 이루어지도록 보장해야 한다.

관리간부에서부터 시작해서 위의 계층이 아래 계층을 이끌고, 위의 계층이 아래 계층을 관리하는 시범효과를 형성하는 것은 중앙위원회가 정치생태를 정화하는 기본방법임을 어렵지 않게 볼 수 있다.

정치생태를 정화함에 있어서 관리간부도 '맨주먹'일 수밖에 없으며, 체제메커니즘은 제일 좋은 무기이다. 시진핑 총서기는 각급의 관리간부 특히 고위간부는 자신부터 청렴하게 권력을 사용하고 기율과 법을 지키는 모범이 되어야 하고, 동시에 원칙을 고수하고, 과감하게 처리하고 관리해야 한다고 요구하였다. '명확한 규칙'을 세우고 '암묵적인 관행'을 타파하며, 체제 메커니즘의 개혁과 제도혁신을 통하여 정치생태가 끊임없는 개선을 촉진토록 해야 한다.

강경한 반부패 척결은 정치적 청명晴明을 가져왔다.

정치생태를 정화하는 과정에서 반부패가 주축임에는 의심할 여지가 없다. 부패한 자를 엄하게 징벌하는 것은 정치생태의 깨끗함을 유지하는 필연적인 요구이다. 만약 당내에 부패한 자들의 은신처가 있다면 정치생태는 필연코 오염될 것이다. 따라서 반드시 부패를 반대하고 악을 제거하는데 최선을 다해야 한다.

중국공산당 제18차대회 이래 중국공산당 중앙위원회는 항상 부패에 대해 고압적 태세를 유지하였고, 한발자국도 물러서지 않고 강경한 방법으로 반부패를 진행했으며, 정치생태는 점차적으로 맑아졌다.

2015년 1월 13일 18기 중앙기율위원회 5차 전체회의에서 시진핑 총서기는 반부패형세에 대하여 내린 판단은, “감히 부패하지 못하고, 부패할 수 없으며, 부패하고 싶지 않는 것을 실현하는 것에서 아직 압도적인 승리를 거두지 못했다.”는 것이었다. 하지만 1년 후인 2016년 1월 12일 18기 중앙기율위원회 6차 전체회의에서 시진핑 총서기는, “부패하지 못하고, 부패하고 싶지 않은 효과는 초보적으로 나타났고, 반부패투쟁의 압도적인 태세가 형성되고 있다.”고 말했다.

존재하는 부패의 양을 줄이고, 부패의 증가를 억제시키는 것은 중앙의 반부패 사고의 방향 중 하나이다. 부패가 증가하는 것을 억제하는 방면에서 당의 군중노선 교육실천 활동, ‘3엄3실’주제 교육 및 “두 가지 교육 한 가지 실천”이라는 학습교육 등은 중요한 작용을 발휘하였다. 시진핑 총서기는 ‘3엄3실’주제 교육은 정치생태의 개선을 추진하였으며, 주제교육을 안정적인 개혁발전을 추진하는 업무와 긴밀하게 결합하여 적극적이고 열심히 창업하는 깨끗하고 공정한 양호한 정치생태를 애써 만들어야 한다고 밝혔다.

“시진핑 총서기는 정치생태 건설을 강조하고, 현재 당의 건설에서 반드시 해결해야 할 긴박한 임무를 확고하게 해야 할 뿐만 아니라 더 나아가 새로운 시대에 있어서 중국공산당원이 정당건설 방면에서의 기본 입장과 태도를 표명하였다.”고 신밍(辛鸣) 교수는 말했다.

'호랑이' 와 '파리' 를 함께 척결하다

- 부패가 있으면 반드시 척결하고, 탐욕이 있으면 엄격하게 다스리다 -

언급한 시간

2013년 1월 22일 제18기 중앙기율검사위원회 제2차 전체회의

언급한 회수

시진핑 총서기의 공개 연설과 문장에서 약 10회 정도 언급함

끼친 영향

관리간부의 기율위반위법안건을 조사할 뿐 아니라 또 군중주변에서 발생하는 부정풍조와 부패문제를 확실하게 해결하여 반부패의 사각지대가 없도록 하였다.

중국공산당 제18차대회 이래 "'호랑이'와 '파리'를 함께 척결하자"는 시진핑 총서기의 공개 연설과 문장에서 약 10회 나타났다.

시진핑 총서기는 당의 제18차대회에서 확정한 각항의 목표임무를 실현하고, "두 개의 백년"의 목표를 실현하며, 중화민족의 위대한 부흥인 '중국의 꿈'을 실현하려면 반드시 우리당을 잘 건설해야 한다고 밝혔다. 당풍의 청렴건설과 반부패투쟁은 당 건설의 중대한 임무이다. 정치를 청렴하게 해야만 비로소 민심을 얻을 수 있고, 공정하게 권력을 사용해야만 비로소 인심을 얻을 수 있는 것이다.

"'호랑이'와 '파리'를 함께 척결하는 것"은 바로 부패가 있으면 반드시 척결하고, 탐욕이 있으면 반드시 엄격하게 다스리는 것이며, 당의 기율과 국법 앞에 예외가 없음을 고수하고, 부패를 징벌하는데 '사각지대'가 없도록 하는 것이다.

당의 기율과 국법 앞에서는 예외가 없다

"'호랑이'와 '파리'를 함께 척결하는 것을 고수하며, 관리간부의 기율위반과 위법안건을 단호하게 조사할 뿐 아니라 또한 군중주변에서 발생한 부정풍조와 부패문제를 확실하게 해결해야 한다."고 2013년 1월 시진핑 총서기는 18기 중앙기율위원회 2차 전체회의에서 반부패에 관한 구체적인 요구를 밝혔다.

"호랑이를 척결하는"것이 강조하는 것은 관리간부 특히 고위간부의 부패행위를 징벌하는 것이다. 18기 중앙기율위원회 2차 전체회의에서 시진핑 총서기는 우리당이 일부 당원간부들을 포함한 고위간부의 심각한 기율위반 문제를 엄숙하게 조사하는 강한 결심과 선명한 태도를 전당 전 사회에 표명하며, 우리가 말하는 어떠한 사람이든 그 직위가 얼마나 높든 당의 기율과 국법을 위반하면 모두 엄숙한 추궁과 엄중한 처벌을 받아야 한다는 것은 절대로 공언이 아니라고 밝혔다.

"파리를 척결하는"것이 강조하는 것은 군중주변의 부정풍조와 부패문제를 해결하는 것이다. "기층의 부패 및 집법 불공정 등 문제에 대하여 힘써 고치고, 엄하게 조사하며, 군중과 밀접한 이익을 수호하고, 군중이 더욱 많이 부패를 반대하고, 청렴을 제창하는 실질적인 성과를 느끼게 해야 한다."고 18기 중앙기율위원회 6차 전체회의에서 시진핑 총서기는 밝혔다.

부패를 반대하고 청렴을 제창해야 비로소 민심을 얻을 수 있다

"한 정당, 한 정권의 미래와 운명은 인심의 향배에 달렸다. 인민군중이 무엇을 반대하고 무엇을 미워하면 우리는 단호하게 예방하고 타파해야 한다. 인민군중이 부패현상을 제일 미워하면 우리는 반드시 흔들림 없이 부패를 반대해야 한다."고 2014년 9월 전국인민대표대회 개최 60주년 경축대회에서 시진핑 총서기는 '호랑이'와 '파리'를 함께 척결하는 것을 고수하고, 부패가 있으면 척결하고, 탐욕이 있으면 엄하게 다스리는 것을 고수하며, 있는 힘을 다해 부패문제를 해결하여 깨끗하고 공정한 당풍·정풍과 사회풍조를 만들고, 끊임없이 부패를 반대하고, 청렴을 제창하는 새로운 성과를 통해 민심을 얻어야 한다고 밝혔다. 국내뿐만 아니라 시진핑 총서기는 국제장소에서도 세계를 향하여 중국의 부패를 반대하고, 청렴을 제창하며 "'호랑이'와 '파리'를 함께 척결하는 것"을 고수하는 의미를 설명하였다.

2015년 9월 시진핑 총서기는 「월스트리트저널」의 인터뷰를 할 때 반부패는 세계 각 나라가 직면한 공통의 임무이며, 또한 민심이 원하는 것이라고 강조하였다. 중국공산당의 근본적의 취지는 온 맘과 뜻을 다하여 인민을 위하여 일하는 것이고, 중국공산당 집정의 기초는 인민의 옹호이며, 반드시 인민군중과 혈육적인 관계를 유지해야 한다.

중국인민대학 국제관계학원 저우수전(周淑真) 교수는 '호랑이'와 '파리'를 상호 연결하고' '호랑이의 부패가 있기에 '파리'도 이렇게 윙윙거릴 수 있다고 여겼다. '파리'는 사회의 여기저기에 영향을 끼치고, 백성들의 일상적인 생활에도 영향을 끼친다. 따라서 중대한 안건은 징벌해야 하고, 고위층 간부는 징벌해야 하며, 기층의 부패도 마찬가지로 징벌해야 한다.

반부패업무가 매일 성과를 거두도록 추진하다

2016년 5월 중앙기율위원회 감찰부는 중국공산당 중앙위원회의 비준을 거쳐 중국공산당 중앙기율위원회는 외교부 전 당위원회 위원, 부장비서 겸 의전실 실장 장쿤성(张昆生)의 심각한 기율위반문제에 대하여 입건하고 심사하였다고 발표하였다. 제18차대회 이후부터 지금까지 이미 백여 명의 차관급이상 관리간부들이 실각하였고, 전국 31개 성시에 망라되었으며, 저우용캉(周永康), 궈바이숑(郭伯熊), 쉬차이허우(徐才厚), 링지화(令计划), 수롱(苏荣) 등이 심각하게 기율과 법을 위반한 안건들에 대해 엄격한 조사를 하였다.

하지만 '파리 척결' 방면에서 2015년 4월 중앙기율위원회 감찰부 홈페이지에서는 정기적으로 각지의 군중이익을 침해한 부정풍조와 부패문제를 통보하였다. 뇌물횡령이든 아니면 촌민들에게 줘야할 보조금을 횡령했든 간에 모두 엄한 처벌을 받을 것이다. 2016년 5월에만 중앙기율위원회는 각급의 기율검사 감찰기관에서 조사한 116건의 군중이익을 침해한 부정풍조와 부패문제를 통보하였다.

부패행위를 징벌하는 것 외에 중앙은 법률법규건설을 강조하고 강화하였으며, 권력을 제도의 틀 안에 가두었다. 상하이, 베이징, 광동 등 지역에서 관리간부 배우자 및 그 자녀들의 경영을 규범화하는 시범지역을 확대하는 과정에서 최고인민법원과 최고인민검찰원에서 거액의 뇌물횡령의 사법해석을 출범하는 데까지, 또 나아가 '3공 지출(공무원 차량, 접대비, 출장비)'을 공개하고, 「중앙과 국가기관의 출장비 관리방법」의 인쇄 발간까지 갈수록 많아지고 갈수록 세분화된 규칙은 권력의 운행을 더욱 규범화시키고, 더욱 투명하게 하였으며, 동시에 '호랑이'와 '파리'의 권세에 빌붙어 이익을 추구하고 교묘한 수단이나 힘으로 갈취하는 기회를 줄였다.

3엄3실

- 전면적인 엄격한 당 운영의 '추진기' -

언급한 시간

2014년 3월 9일 12기 전국인민대표 제2차 회의 안훼이(安徽)대표단 심의에 참가했을 때

언급한 회수

시진핑 총서기의 공개 연설과 문장에서 최소 65회 언급됨.

끼친 영향

2015년 현급 이상 관리간부들 중 '3엄3실' 주제 교육을 전개하고, 전국 범위 내에서 실질적인 효과를 거두었다.

엄하게 자신을 수양하고, 엄하게 권력을 사용하고, 엄하게 자신을 대하며, 실질적으로 일을 도모하고, 실질적으로 창업하고, 성실한 사람이 되어야 한다. 2014년 3월 9일 시진핑 총서기가 12기 전국인민대표 제2차 회의에서 언급한 이후 '3엄3실'은 신속하게 중국 정치영역의 귀에 익어 자세하게 말할 수 있는 키워드가 되었다. 중국공산당이 전면적으로 엄격한 당 관리를 추진하는 과정에서 '3엄3실'은 거대한 추진 작용을 발휘하였다.

'3엄 3실' 의 내포된 뜻은 풍부하다

'3엄3실'이 내포하고 있는 뜻은 매우 풍부하다. '1엄'은 엄하게 자신을 수양하는 것이 바로 당성수양을 강화하고, 이상과 신념을 확고히 하며, 도덕적 경지를 향상시키는 것이고, '2엄'은 엄하게 권력을 사용하는 것이 바로 인민을 위하여 권력을 사용하고, 규칙에 따라 제도에 따라 권력을 행사하는 것이며, '3엄'은 엄하게 자신을 대하는 것이 바로 마음속에 경외함을 품고 손에 잣대를 들며 혼자 있을 때를 조심하고, 작은 일에도 신중하며, 부지런히 반성하는 것이다. '1실'은 실질적으로 일을 도모하는 것인데 바로 현실에서 출발하여 사업과 업무를 계획하는 것이며, 목표를 너무 높게 잡지 말고 현실에서 동떨어지지 말며, '2실'은 실질적으로 창업하는 것으로 바로 착실하게 실질적으로 성실하게 일하고 실천·인민·역사의 검증을 감당할만한 실질적인 성과를 만들어야 하는 것이며, '3실'은 성실한 사람이 되어야 한다는 것으로 바로 성실한 사람이 되고, 진실을 말하며, 성실한 일을 하고, 마음에 거리낌이 없어서 떳떳하며, 정의로워야 한다는 것이다.

2015년 4월 중국공산당 중앙판공청은「현급 이상 관리간부 중 '3엄3실' 주제에 대한 교육을 전개하는데 관한 방안」을 인쇄 발간하였으며, 2015년 현급 이상 관리간부 중 '3엄3실' 주제에 대한 교육을 전개하는데 대하여 계획을 실시하였다. 주제에 대한 교육과정에서 각 급의 당위원회는 집중학습, 주제에 대한 당 수업, 주제에 대한 연수와 토론 등 4가지 방면의 업무를 조사하고 바로잡았다. 사실상 시진핑 총서기는 '3엄3실'에 대해서 말했을 뿐 아니라 또한 어떻게 '3엄3실'을 할 수 있는지에 대해서도 명확한 요구를 제시하였다.

2015년 9월 11일 중앙정치국은 '3엄3실'을 실천하는데 대하여 단체학습을 할 때 시진핑 총서기는 당과 인민사업에 유익한 것이라면 단호하게 힘써서 해야 하고, 쉬지 않고 해야 하며, 당과 인민사업에 불리한 것이라면 단호하고 철저하게 고쳐야 하며, 지체하지 말고 고쳐야 한다고 강조하였다.

위의 계층에서 아래 계층에게 이야기하고, 위의 계층은 아래 계층에 모범을 보여야 한다. 시진핑 총서기는 중앙정치국의 동지가 있는 직장, 동지가 있는 지역, 동지의 관할 영역에서 당 수업을 하였고, 성급 주요 책임동지와 시·현위원회 서기들도 당 수업을 했으며, 엄하지 않고 실질적이지 않은 구체적인 표현과 심각한 해로움을 분명하게 이야기하였고, 또 '3엄3실' 요구를 실시하는 구체적인 조치를 분명하게 이야기하였다고 요약해서 말했다.

사상, 태도, 당성에 대한 또 한 번의 집중적인 '칼슘 보충'과 '주유'였다. 시진핑 총서기는 이렇게 '3엄3실'을 주제로 한 교육을 요약했던 것이다.

심도 있는 문제를 건드리다

중국공산당 제18차대회 이래 전면적으로 엄격한 당 관리의 강도는 끊임없이 강해졌고, 조치는 끊임없이 개선되었다. 수많은 조치 중에서 '3엄3실' 주제에 대한 교육활동의 특색은 뚜렷했다.

먼저 컨셉(개념)이 뚜렷했으며 목표와 대상이 정확했다. 중앙판공청에서 인쇄 발간한 방안 중에서 '3엄3실' 주제에 대한 교육은 범위를 명확히 규정하였으며, 그것은 바로 현급 이상의 관리간부였다.

다음에는 해결하는 문제가 달랐다. 국가행정학원 쑨샤오리(孙晓莉) 교수는 '3엄3실'을 제시하기 전에 엄격한 당 관리의 수많은 조치는 주로 '4가지 풍조'에 대한 문제를 반대하는 것이었지만, '3엄3실'은 자신의 수양, 권력의 사용, 자기를 엄하게 대하는데 대하여 더욱 많은 요구를 제시하였으며, 심도 있는 문제를 다룬 것이라고 말했다.

셋째, 당의 군중노선 교육실천 활동을 중앙정치국이 앞장서서 단계별로 전개하는 것과 비교했을 때, '3엄3실' 주제에 대한 교육은 회수를 나누지 않고, 단계를 구분하지 않았으며, 과정을 설치하지 않았고, 각급 기관이 동시에 전개하였다. 분명한건 '3엄3실'은 장기적인 요구이며 1회성 활동이 아니라는 점이다.

'4가지 전면'의 중요한 구성부분으로서 전면적으로 엄격한 당 관리를 위한 다양한 조치를 실시하여 함께 힘을 내야 한다. '3엄3실'은 당의 사상정치 건설과 풍기 건설을 강화하는 중요한 조치로서 간부관리에 대하여 엄격한 요구를 제시하였으며, '미연에 방지'하는 성과를 거두었다.

제도화, 상시화, 장기적 효과화

저장 저우산(浙江舟山)을 시찰할 때, 전국 우수 현서기를 회견할 때, 중앙의 전면적인 개혁심화 지도소조회의에서, 전국정치협상회의 신년다과회에서, 제13군단을 시찰할 때 시진핑 총서기는 수많은 장소에서 끊임없이 '3엄3실' 및 실행을 강조하였다.

'3엄3실'을 주제로 하는 중국공산당 중앙정치국 제26차 단체 학습에서 시진핑 총서기는 우리당은 집정당이며, 당의 선진성과 순결성, 당의 형상과 명망은 당의 운명과 직접적으로 관계될 뿐 아니라 또한 국가의 운명, 인민의 운명, 민족의 운명에 직접적으로 관계를 미친다고 강조하였다. 역사의 사명이 영광스러울수록 분투목표는 더욱 웅대하며, 집정환경이 복잡할수록 우리는 더욱 엄격하게 당을 관리하여 당이 영원히 인민군중과 혈육의 관계를 유지하고, 확고한 위치에 있게 해야 한다.

시진핑 총서기는 관리간부들이 '3엄3실'을 실천하는데 제도화·상시화·장기 효과화를 밀고 나갈 것을 요구하였다. 그는 2016년의 연설에서 당의 군중노선 교육실천 활동, '3엄3실'주제에 대한 교육은 당원간부 특히 현급 이상 관리간부들이 존재하는 두드러진 문제를 해결하고, 전면적으로 엄격한 당 관리를 추진하는데 중요한 작용을 했다고 인정하였다. 시진핑 총서기의 연설에서 강조한 것처럼 사상정치 건설은 단번에 다할 수 있는 게 아니다. '3엄3실'은 당의 군중노선 교육실천 활동을 이어받고, '두 가지를 배우고 한 가지를 행하는' 학급교육과 연결하였으며, 중국공산당은 하나하나 구체적이고 착실한 행동으로 전면적인 엄격한 당 관리를 끊임없이 확장하여 밀고 나갔다.

정치기율과 정치규칙

- 엄격한 당 관리의 제일 중요한 손잡이 -

언급한 시간

2015년 1월 13일 18기 중앙기율위원회 제5차 전체회의에서

언급한 회수

시진핑 총서기의 공개 연설과 문장에서 거의 100회 정도 언급됨.

끼친 영향

정치생태를 개선하는 필요한 조치이며, 전면적인 엄격한 당관리의 중요한 손잡이이다.

2015년 1월 13일 중국공산당 제18기 중앙기율검사위원회 제5차 전체회의에서 중국공산당 총서기 시진핑 총서기의 연설 중의 한 키워드가 외부의 관심을 끌었다. 바로 '정치규칙'이라는 단어였다. 그는 "정치기율과 정치규칙을 엄격히 하고", "기율을 준수하고 규칙을 지키는 것을 더욱 중요한 위치에 놓아야 한다."고 했다. 또한 2015년 1월 16일 중앙정치국 상무위원회의에서 시진핑 총서기는 "당의 지도를 고수하는 것은 먼저 당 중앙의 집중 통일된 지도를 고수해야 한다는 말이며, 이것은 근본적인 정치규칙이다."라고 밝혔다. 다시 말하면 '정치기율'은 당내 상시화 언어로 자주 언급되지만, '정치규칙'의 언급은 당시에 비교적 드문 것이었다. 하지만 현재 중국정치의 사고방식을 이해하려면 이것은 매우 중요한 두 개의 키워드이다.

양자 관계

통계에 따르면 2015년 초에 '정치규칙'은 정치의 핫 키워드가 되었으며, 시진핑 총서기는 또 여러 차례 정치기율과 정치규칙을 언급하였다. 그러면 도대체 무엇이 정치기율과 정치규칙인가? 양자는 무슨 관계인가?

이 관계를 정리하려면 먼저 '당의 규칙'과 '당의 기율'의 관계를 정확히 알아야 한다. 시진핑 총서기는 상세한 논술을 한 적이 있다. 기율은 서면으로 된 규칙이고, 일부 서면으로 기율에 나열되지 않은 규칙은 서면으로 안 된 기율이며, 기율은 강성의 규칙이고, 일부 서면으로 기율에 나열되지 않은 규칙은 자아구속의 기율이다. 우리당이 장기적인 실천에서 형성한 우수한 전통과 업무관례는 실천과 검증을 통하여 사회적인 약속이 되고, 효과적인 것이며, 전당이 장기적으로 고수하고 자발적으로 준수해야 한다.

다시 말해 개념의 층면에서 '당 규칙'의 확장은 '당의 기율'보다 더욱 크다. 기율은 강성의 규칙이고 우수한 전통과 업무관례는 서면으로 되지 않은 상대적으로 부드러운 규칙이며, 마찬가지로 준수해야 한다. 새롭게 개정한 「중국공산당기율처분조례」에서 우리는 최신 규정에서의 '당의 기율'은 이미 정확하게 정치기율·조직기율·청렴기율·군중기율·업무기율·생활기율 등 6개로 분류되어 구분되었음을 분명하게 볼 수 있다. 그 중에서 '정치기율'이 첫 번째에 위치하는 것은 이것이 전당의 노선과 입장에 관계되기 때문이다. 마찬가지로 당의 규칙에서 시진핑 총서기는 또 '정치규칙'을 특별히 강조한 것도 사업의 흥망성쇠의 관건이기 때문이다. 시진핑 총서기는 모든 당의 기율과 규칙에서 첫 번째는 정치기율과 정치규칙이라고 밝혔다.

어떤 태도

새로 출판된 「중국공산당기율처분조례」는 이미 정치기율을 준수하지 않는 경우를 명확히 나열하였다.

예를 들어 기존처분조례에서 정치기율을 위반한 한 가지 내용은 "소문을 만들고 퍼뜨려 당과 국가의 형상을 부정적으로 묘사하는 것"

인데, 신판은 "당과 국가지도자를 비방하고 모독하거나 또는 당의 역사, 군의 역사를 왜곡하는" 내용을 추가하였으며, "당내 파벌 만들기"의 정의에 대해 "당내에서 분파를 만들고 작당하여 사리사욕을 꾀하며 파벌을 만들고, 개인세력을 키우거나 또는 이익교환과 자기를 위하여 위세를 만드는 등의 활동을 통해 정치자본을 취하는 것", "중앙의 결정을 집행하는 방면"에서 정치기율을 준수하지 않는 태도는 집행을 거역하고 아부를 하는 것 외에 "중앙에서 결정해야 하는 중대한 정책문제에 대하여 자기 맘대로 결정을 하고 대외적으로 주장을 발표하는 것"을 추가하였으며, "미신 활동을 하는 것"도 이런 종류에 속한다고 했다. 그러면 정치규칙을 준수하지 않는 태도는 또 어떤 것이 있을까? 우리는 시진핑 총서기의 서로 다른 장소에서의 논술을 볼 수 있다. 예를 들어 일부 사람들은 당의 정치기율과 정치규칙을 무시하고, 자기의 벼슬길을 위하여, 자기의 영향력을 위하여 능력에 상관없이 자기와 가까운 사람만 임용하고 반대파를 배척하는 것들이 있으며, 분파를 만들고 파벌을 만드는 게 있으며, 익명으로 무고하고 소문을 만드는 게 있으며, 인심을 사서 투표하도록 하는 게 있으며, 자기편을 만들기 위하여 관직을 주고 친구의 승진을 축하하는 게 있으며, 자기만 잘났다고 아부하는 게 있으며, 조직이 너무 커서 지휘하기 힘들고 중앙을 엉터리로 논의하는 게 있다. 또 예를 들어, 원칙적인 입장에서 원칙문제를 포함한 근본적인 문제 앞에서 입장이 흔들리고, 당의 이론과 노선방침 등에 관련되는 중대한 정치문제에 대하여 공개적으로 반대의견을 발표하며, 심지어 중앙의 방침정책과 중대한 결정조치에 따르는 척만 하며 거림낌 없이 함부로 말하는 것이다.

다시 말해 오늘날 다시 정치기율과 정치규칙을 강조하는 본질은 바로 당 중앙의 권위를 수호하고, 당내의 단결통일을 수호하며, 당 조직의 기율성과 구속력을 새롭게 형상화하여 당의 정치생태를 정화하는 것이다.

어떻게 개선할 것인가?

현재 당의 기율, 당의 규칙은 모두 어느 정도 무시당하고 파괴당하는 현상들이 있다. "산시(山西)의 붕괴식 부패"에 대해 중앙정치국 상무위원, 중앙기율위원회 서기 왕치산(王岐山)이 "보기만 해도 끔찍하게 놀랍다"고 직언했으며, 후난 헝양(湖南衡阳)의 선거 파괴 안은 409명의 사람이 당의 기율과 정치기율의 처분을 받았으며, 광동 마오밍(茂名)안건은 뇌물수수에 혐의를 받은 사람이 159명이며, 상호 연루된 간부들은 "한사람이 망해서 모두 따라 망하게 되었다."

그러면 당원간부들에게 있어서 어떻게 자발적으로 당의 정치기율과 정치규칙을 준수하게 할 수 있을까?

답안은 "5가지 반드시"를 해야 하는 것이다. 즉 첫째는 반드시 당 중앙의 권위를 수호하고, 언제 어디서나 모두 반드시 사상적으로 정치적으로 행동에서 당 중앙과 고도의 일치를 유지해야 하며, 둘째는 반드시 전국 각지의 당의 단결을 수호하고, 모든 당에 충성하는 동지들과 단결하는 것을 지속하며, 셋째는 반드시 조직의 절차를 준수하고 중대한 문제는 지시를 받아야 할 것은 지시를 받고, 보고를 해야 할 것은 보고를 해야 하며, 월권해서 일을 처리해서는 안 되며, 넷째는 반드시 조직의 결정에 복종하고 절대로 비 조직 활동을 해서는 안 되며, 조직의 결정을 위반해서는 안 되고, 다섯째는 반드시 친인척과 주변직원들의 단속을 잘하고, 그들이 특수한 신분을 이용하여 불법 이익을 취하는 것을 묵인해서는 안 된다는 것이다.

인심은 제일 큰 정치이고, 기율을 준수하고, 규칙을 지키는 정당이야말로 비로소 민심을 얻을 수 있다. "부패의 양을 줄이고 부패가 증가하는 것을 억제하며, 정치생태를 새롭게 구축하는 업무는 막중하고, 어려운 오늘날 정치기율과 정치규칙을 강조하는 것은 또한 정치생태를 개선하기 위한 필요한 조치이다. 기율을 준수하고 규칙을 지키는 것은 바로 전면적인 엄격한 당 관리의 중요한 손잡이인 것이다.

정열의식

- 단결 통일된 방대한 역량을 응집하다 -

언급한 시간

2015년 12월 전국 당 학교 업무회의에서

언급한 회수

시진핑 총서기가 공개 연설과 문장에서 여러 차례 언급함.

끼친 영향

정열의식을 강화하여 많은 당원들이 정치적으로 입장을 확고히 하고, 사상적으로 방향을 분명히 하며, 행동에서 명령하면 행하고, 금지하면 멈추어 당정군민이 함께 소리를 내고, 한 마음 한 뜻이 되는 양호한 국면을 형성토록 하였다.

옛말에 정열이 되면 질서가 있고, 정열이 되면 효과가 있으며, 정열이 되면 힘이 있다고 했다.

현재 '정열'은 새로 내포된 뜻과 새로운 시대적 요구를 포함하고 있다. 최근 한동안 시진핑 총서기는 연설에서 여러 차례 '정열의식'을 요구하였고, "자주 자발적으로 당 중앙에 방향을 일치시키고, 당의 이론과 노선·방침정책에 방향을 맞추어야 한다."고 요구하였다. '정열의식'은 금방 키워드가 되었다.

분석가들은 정열의식을 강조하는 것은 현재 당 건설의 중요한 내용이며, 중국공산당이 새로운 역사차원에서 복잡한 문제를 해결하는 변증사고방식을 나타낸 것이고, 당의 새로운 사고방식을 드러낸 것이며, 중화민족의 위대한 부흥인 중국의 꿈을 실현하기 위하여 방향을 밝혀주었다고 생각했다.

정열의식의 제시

2015년 12월 11일에서 12일까지 개최한 정국 당학교 업무회의에서 시진핑 총서기는 "정열의식을 강화해야 한다."고 강조하였다. 그는 당학교는 정열의식을 강화하려면 당 학교의 모든 업무는 반드시 당 중앙의 정책과 계획을 중심으로 진행하는 것을 고수해야 한다고 밝혔다. 뒤이어 2015년 12월 28일에서 29일까지 개최된 중국공산당 중앙정치국의 민주생활을 주제로 한 회의에서 시진핑 총서기는 중앙정치국이 '3엄3실'의 좋은 모범이 될 수 있는 것에 관하여 4가지 요구를 제시하였다. 그 중에 자발적으로 '3엄3실' 요구를 당 중앙의 중대한 정책과 계획에서 실행하는 것으로 나타내도록 해야 한다는 것을 이야기할 때, 그는 중앙정치국의 동지들은 반드시 매우 강한 정열의식이 있어야 하고, 자주 자발적으로 당 중앙과 방향을 같이 하고, 당의 이론과 노선방침정책과 방향을 맞추어야 한다고 밝혔다.

이 중대한 논단은 정치방향과 당의 사업발전의 전 국면에 관계되는 차원에서 정치원칙과 당성요구를 지침으로 하여 수많은 당원간부들을 위하여 행동지침을 제시하고, 근본적인 원칙을 확립하였으며, 당 중앙이 전당을 위하여 세운 푯대이고, 전당이 당 중앙을 향하여 방향을 같이 하는 결심을 나타낸 것이었다.

2016년에 들어서서 시진핑 총서기는 또 여러 차례 "자발적으로 정열의식을 강화해야 한다"고 강조하였다.

2016년 1월 29일 개최된 중국공산당 중앙정치국회의에서는 오직 정치의식, 대국의식, 핵심의식, 정열의식을 강화하고, 자발적으로 사상적으로 정치적으로 행동적으로 시진핑 총서기동지는 당 중앙과 고도의 일치를 유지해야만 비로소 우리당이 더욱 단결 통일되고 강력할 수 있게 되며, 항상 중국특색 사회주의 사업의 굳건한 지도핵심이 될 수 있다고 밝혔다. 전문가들은 시진핑 총서기가 제시한 정열의식은 당원이 어떠한 상황에서도 모두 당의 이익에 복종하는 것을 우선순위로 하는 것을 가리키며, 이것은 일종의 정치책임과 정치요구일 뿐만 아니라 또한 모든 공산당원들이 응당 갖추어야 할 기본적인 사상수양이라고 여겼다.

왜 정열의식을 강화해야 하는가?

왜 반복적으로 "정열의식을 강화해야 하는 것"을 강조하는 것인가?

시진핑 총서기는 당 중앙과 고도의 일치를 유지하는 것은 정치적 요구일 뿐만 아니라 또한 정치기율이라고 밝혔다.

"위와 아래의 뜻이 같으면 승리한다." 전당이 중앙과 방향을 같이 하고, 당의 이론과 정책과 방향을 같이 하며, 고도의 단결통일을 유지하는 것은 우리당의 영광스러운 전통과 독특한 장점이다.

"정열의식의 중요성은 그것이 당이 전체적으로 자체의 단결통일과 일치하는 보폭을 유지하는 필요한 조건이라는데 있다." 중앙당학교 당건교연부 부주임 따이옌쥔(戴焰军) 교수는 역사적으로 보든 오늘날 입자에서 보든 정열의식을 강화하는 것은 모두 중요한 작용을 한다고 분석했다. 따이옌쥔(戴焰军) 교수는 현실적으로 볼 때, 정열의식을 강화하는 것은 매우 강한 현실적인 지도성이 있다. 먼저 당은 서로 다른 역사시기와 조건에서 자신의 임무를 완성하는 경로와 방식이 매우 다를 수 있고, 이런 발전 변화에 대하여 모든 당원이 모두 동일한 수준과 동일한 시간 내에 이해와 인정을 할 수 있는 게 아니며, 이러한 상황에서 반드시 당의 기율로써 당의 행동에서의 고도의 일치를 보장해야 하며, 두 번째는 당의 임무에 변화가 발생함에 따라 일부 당원들은 심지어 관리간부들은 개인 업무능력에서 신속하게 새로운 임무요구에 적응하지 못하여 당내에 임무완성 과정에서 차이가 나타나게 되고, 이러한 상황에서 일치성과 정열의식을 강화해야 하며, 세 번째는 일부 당원과 관리간부들의 업무, 생활환경의 변화에 따라 본인의 사상, 풍조, 업무태도 등 방면에서 변화가 발생했고, 업무 면에서 진취적이지 않고 소극적이며, 또는 정치업적 관에 편차가 발생했으며, 개인의 이익을 더욱 중요하게 생각하고, 이러한 상황에 대하여 일치함과 정열의식을 강조해야 하며, 네 번째는 일부 당원과 관리간부들이 금전, 명예, 지위 등 외적인 유혹 하에서 타락하여 변질되었는데 이에 대하여 정열의식을 강조하는 것은 전 당이 오직 당 규칙과 당 기율로 엄하게 조사하고, 이런 사람들을 당에서 제거해야만 비로소 당의 근본적인 단결 통일과 보폭을 일치할 수 있도록 보장할 수 있다는 점을 경고한 것이다.

전 방위적으로 정열의식을 강화하다

정열의식을 어떻게 강화할 것인가?

시진핑 총서기는 당 중앙과 고도의 일치를 유지하는 것은 반드시 전면적이어야 하고, 사상적으로 정치적으로 행동 면에서 전 방위적으로 당 중앙과 방향을 일치하며, 생각과 언행이 일치해야 하고, 아는 것과 행동이 일치해야 하며, 반드시 구체적이어야 하며, 말로만 해서는 안 되고, 각 방면의 각항 업무에서 실행을 해야 하며, 반드시 확고해야 하고, 당 중앙이 제창한 것은 단호하게 호응하고, 당 중앙이 결정한 것은 단호하게 따라야 하며, 당 중앙이 금지한 것은 단호하게 근절시켜 어떠한 시기·어떠한 상황에서도 모두 정치적 입장이 흔들리지 않고, 정치방향이 치우치지 않도록 해야 한다고 명확하게 제시하였다. 이것은 다시 말해 정열은 전 방위적인 것이고, 또한 모든 당원에 대한 요구이며, 전당의 고도의 단결통일을 보장하려면 반드시 당 건설의 각 방면에서 노력해야 한다는 것이다.

정열의식의 요구에 대하여 중국 각성의 도시지역에서는 "당 중앙을 향하여 일치함"을 실행하는 활동을 전개하였다.

2016년에 들어서 당 중앙은 전체 당원들에게 "당의 헌장과 당의 규칙을 배우고, 연설시리즈를 배워 합격된 당원이 되자"는 학습교육을 전개하였으며, 이것은 새로운 형세 하에 당내교육을 심화하는 또 하나의 중요한 실천이며, 정열의식을 강화하는 것도 그 중의 중요한 내용이다. 당의 각항 제도건설도 지속적으로 강화되고 있고, 제18차대회 이래 일련의 당내 생활, 업무제도에 관하여 당원간부의 관리제도 등이 잇달아 출범하거나 수정됐으며, 당 중앙의 각 항 정책의 집행을 효과적으로 보장하였고, 정열의식을 강화하는데 제도적인 보장을 제공하였다. 사람들이 마음을 뭉치면 태산도 옮긴다. 중국에서 8,800여 만 명의 당원이 있는 중국공산당은 정열의식이 일종의 정치자발성이 되도록 노력하고 있으며, 또한 이것으로 전면적인 샤오캉사회를 건설하는 방대한 힘을 응집케 하고, 중화민족의 위대한 부흥인 중국의 꿈을 실현하기 위하여 노력하고 분투하고 있는 것이다.

두 가지 책임

- 당 풍기의 청렴건설의 '군령장' -

언급한 시간

2013년 11월 당의 18기 3중전회

언급한 회수

시진핑 총서기의 공개 연설과 문장에서 최소 60여 차례 언급됨.

끼친 영향

당 풍기 청렴건설의 책임제를 추진하고 실행하며,

반부패 지도체제와 업무메커니즘을 완벽히 하였다.

제18차 대회 이래 중국공산당의 지도하에 있는 당풍청렴 건설 업무는 중국과 세계에 깊은 인상을 남겼다. 어떻게 기존의 성과를 공고히 하고 발전시키며, 이 어려운 임무를 계속 추진할 것인가? 체제메커니즘에서 벗어나고 제도로써 공고히 해야 한다. 따라서 "두 가지 책임"의 개념은 시대의 요구에 의해서 나타난 것이다.

제도의 틀

무엇이 "두 가지 책임"인가? 이를 간단히 말하면 바로 청렴한 당풍 건설에서 일종의 "책임추궁제도"이며, 그 중에 각급 당위원회(당 조직)에서 "주요 책임"을 감당하고, 기율위원회(기율검사조)에서 "감독 책임"을 감당해야 하는 이 두 가지를 합하여 "두 가지 책임"이라고 한다. 이 개념은 당의 18기 3중전회 「중국공산당 중앙의 전면적인 개혁 심화의 몇 가지 중대 문제에 관한 결정」에서 '청렴한 당풍 건설의 책임제를 실행하고, 당위원회에서 주요 책임을 감당하고, 기율위원회에서 감독 책임을 감당하며, 확실하고 실행 가능한 책임추궁제도를 제정하고 실시한다."고 제시되었다.

그 후에 18기 중앙기율위원회 3차 전체회의, 중앙순시조의 순시보고 청취, 중앙정치국 단체학습, 중앙정치국 상무위원회, 18기 5중 전체회의 2차회의 등 많은 장소에서 시진핑 총서기는 모두 여러 차례에 걸쳐 "두 가지 책임"을 언급하였다.

부패는 "인망정식(人亡政息, 사람을 죽이고 정치도 무너뜨린다)"을 초래한다는 것은 제18차 대회이래 당 중앙이 줄곧 전당에 심각하게 인식하고 깨닫도록 요구하는 역사적 교훈이다. 하지만 실질적인 업무 중 청렴한 당풍 건설의 책임은 분명하지 않고, 실행이 충분하지 않으며, 추궁이 강력하지 않는 상황이 실질적으로 반부패의 효율을 제약하고 영향을 끼친다.

반부패투쟁에서 나타나는 일부 상황도 사람들이 깊은 생각을 하게 하였다. 일부 부패한 중대 재해지역, 직장사건, 연계된 사건이 빈번하게 발생하는 지역의 정치생태는 도대체 어떻게 이런 지경까지 이르게 되었는가? 이런 사건들이 발생한 후 왜 바로 고쳐지지 않았는가? 부하직원이 부패하여 문제가 생겼으면 위의 책임자도 어느 정도의 책임을 져야 하는 것이 아닌가?

이런 문제에서 인위적인 요소, 제도의 요소를 제거하는 것도 소홀히 해서는 안 된다. 과거의 이해로 청렴한 당풍을 확고히 하는 것은 마치 기율위원회의 책무라고 여겼다. 따라서 수많은 당정기관의 책임자들에게 어느 정도의 “업무를 중요시하고, 당의 건설을 소홀히 하는 경향”이 나타났다. 따라서 “두 가지 책임”을 강조하는 것은 바로 책임추궁을 통하여 제도의 틀을 완벽히 하는 한 가지 방법이다.

직설적인 비평

“두 가지 책임”이 제대로 실행되지 않는 상황에 대하여 시진핑 총서기는 매우 직설적인 비평을 한 적 있다.

예를 들어 2014년 그는 "일부 지역에는 직장사건과 연계되는 사건들이 발생하고, 어떤 지역은 부패의 중대재해지역이 되었는데, 주요 책임자의 책임은 어떻게 이행한 것인가?" "새 관리는 묵은 사건을 청산할 생각이 없으면 안 된다." "일이 생기면 책임을 추궁해야 한다. 우리의 어떤 지역 기관의 관리는 지나치게 관대하고 무능력한데, 주요 책임자는 무엇을 하는 사람인가? 책임을 이행해야 하고, 청렴한 당풍 건설을 강화해야 한다! 모든 개선이 제대로 되지 않으면 모두 엄하게 책임을 추궁해야 한다."고 이야기했었다.

마찬가지로 그는 또 무원칙으로 "착한 사람인 척"하고 '화기애애'를 원하는 간부에 대하여 극도로 미워했다. "당위원회든 기율위원회든 또는 기타 기능관련부서이든 모두 당당하고 있는 당풍청렴건설책임에 대하여 서명을 해야 하고, 자신이 담당한 업무는 확실히 책임을 져야 한다. 문제가 발생하면 책임을 추궁해야 한다. 절대로 아래 사람들의 문제가 꼬리에 꼬리를 무는데 관리자는 감각이 없는 현상이 발생해서는 안 된다! 자기와는 관계없다 하여 무관심해서는 안 되고, 더욱더 명철보신(明哲保身, 자신의 이익에 손해될 것이 두려워 원칙적인 문제에도 가부를 표시하지 않는 태도)해서는 안 된다. 만약 어떤 지역에 부패문제가 심각한데 관련 책임자는 모른 척, 착한 척하면 그것은 당과 인민이 필요한 착한 사람이 아니다!"

바꾸어 말하면 당위원회, 기율위원회, 기타 기능부서는 모두 담당하는 청렴한 당풍 건설책임에 대하여 "확실하게 책임을 져야 한다". 한 곳이 직무를 소홀히 하거나 또는 제멋대로 직무를 이탈하고 직책에 태만하면, 제도는 종이호랑이가 되고 허수아비가 될 것이며, 바늘 구멍 같은 구멍으로 황소 같은 바람이 들어오게 될 것이다.

사실상 2015년은 이미 반부패에 대한 "책임추궁의 해"로 정해졌다. 우리는 주체책임의 단계적인 실행을 추진해야 할 뿐 아니라 또한 책임추궁을 강화할 것이며, 특히 문책을 돌출시켜야 한다. 예를 들어 2015년 2월 중앙기율감찰부 홈페이지에서 처음으로 8건의 '두 가지 책임"을 제대로 실행하지 못한 전형적인 안건을 폭로했고, 광동(廣東), 상하이(上海), 산동(山东), 산시(山西), 윈난(云南)등 여러 개 성시를 포함하였으며, 2014년 중앙 제3회 순시기관에서 공개된 개선리스트 중 여러 개 기관들에서 모두 국가기업, 중앙기업의 이사장, 당위서기, 기율위원회서기들이 부하직원이 법을 위반하고 기율을 위반한 것 때문에 책임을 묻는 사건들이 공개되었다.

관계 정리

반부패체제메커니즘의 개혁에 매우 중요한 한 방면은 책임을 정리하고 책임을 실행하는 것이다. "두가지 책임"의 정리는 반부패 지도체제와 업무메커니즘을 완벽히 하고 당풍청렴건설책임제를 추진하고 실시하는데 매우 중요한 의미가 있다.

왜 당위원회의 "주체 책임"을 강조해야 하는가? 이것은 당위원회가 주체책임을 잘 실시하는지 못하는지가 청렴한 당풍 건설의 성과에 직접적으로 관계되기 때문이다. 예를 들어 어떤 당위원회는 청렴한 당풍 건설을 본분에 속하는 일이라고 생각하지 않고, 회의 한번 하고 연설을 한번 하면 끝이라고 생각하였으며, 어떤 곳은 교육, 관리와 감독에 소홀히 하고 일부 당원들이 부패의 깊은 구렁텅이로 빠지는 것을 방임하였으며, 어떤 관리는 태도만 밝히고 행동이 따라가지 않으며, 말 따로 행동 따로 하고 심지어 부패에 앞장서기까지 했다.

따라서 각급 당위원회의 주요책임자들은 반드시 "청렴한 당풍 건설을 확고히 하지 않는 것은 바로 심각한 직무유기이다"라는 의식을 확고하게 수립해야 하며, 붙잡고 싶지 않고, 붙잡을 줄 모르고, 감히 붙잡지 못하는 문제를 잘 해결하여 자신의 '책임 밭'을 잘 가꾸어야 한다. 마찬가지로 각급 기율위원회는 당내 감독의 전문기관으로서 청렴한 당풍 건설에 대하여 자신의 책임은 자신이 져야 하며, 반드시 감독책임을 잘 이행해야 한다. 과거에 청렴한 당풍 건설과 반부패 업무 중 어떤 기율위원회는 수많은 당위원회, 정부 및 기능부서에서 담당해야 할 임무를 담당하였으며, 월권·공석·위치 전도 등 제대로 되지 않는 현상들이 나타났다. 기율위원회의 "감독 책임"을 명확히 하여 기율위원회가 담당하지 않아도 되는 기타 업무에서 벗어났으며, 기율을 집행하고 감독하는 주 업무에 집중할 수 있도록 업무와 책임을 명확히 했다. 권력이 있으며 책임이 따르고 권력과 책임은 대등해야 한다. 청렴한 당풍 건설에 대한 책임이 형식화되는 것을 방지하려면 반드시 책임추궁 방법을 완벽히 하고, 엄격하게 집행해야 하며, 모든 문제에 대하여 모든 당위원회는 어떤 책임을 지고, 기율위원회는 어떤 책임을 지며, 관련 부서는 어떤 책임을 져야 하는지 분명히 해야 하며, 책임구분, 검사감독, 뒷조사 추궁의 완전한 사슬을 완성하고, 잘못이 있으면 반드시 추궁하고, 책임이 있으면 반드시 묻는 것을 지속해야 한다.

다섯째

신형 정경관계

- '친밀함' '깨끗함' 을 마음에 품고 각자 따르게 하는 게 있다 -

언급한 시간

2016년 3월 4일 전국 정치협상회의 12기 4차 회의 민건(民建)·공상(工商) 연합과 정치협상회의 위원들의 연합 토론 시.

언급한 회수

시진핑 총서기의 공개연설과 문장에서 여러 차례 언급됨.

끼친 영향

깨끗하고 공정한 정경관계를 추진하고, 정치생태와 경제생태를 정화하는데 유리했다.

정경관계는 예로부터 복잡하고 또 중요한 문제이다. 2016년 전국 '양회' 기간에 중국공산당 중앙총서기 시진핑 총서기는 정협회의에 참가한 민건·공상 연합위원들을 만나고 또한 연합소조의 토론에 참가했을 때 처음으로 '친밀'하고 '깨끗한' 신형 정경관계를 구축해야 한다고 밝혔으며' 매우 큰 반응을 일으켰다. 시진핑 총서기의 논술은 새 시대에 정경관계를 잘 처리할 수 있게 하기 위하여 중요한 지침과 준수할 것을 제공하였다.

정경유착을 예방하는 '방화벽' 을 견고하게 구축하다

시진핑 총서기의 과거 연설과 문장을 검색하면 시진핑 총서기는 정경관계를 매우 중요시하였으며, 많은 장소에서 정경유착을 엄하게 비평하였고, 권력으로 사욕을 도모해서는 안 되며, 권력과 금전거래를 해서는 안 된다고 강조하였음을 발견할 수 있다.

2013년 3월 8일 시진핑 총서기는 12기 전국인민대표대회 1차 회의 장수(江苏)대표단 심의에 참가했을 때, 각급 관리간부들에게 복잡한 물질이익 앞에서 군자의 사귐은 담담하기가 물과 같아야 하고, '관'과 '상'의 거래는 도를 지키고, 서로가 존경해야 하며, 찰싹 붙어서 서로가 구분이 안 되게 되어서는 안 되고, 공과 사가 분명한 경계가 있어야 한다고 경고하였다.

2014년 6월 26일 시진핑 총서기는 중앙정치국 상무위원회에서 2014년 중앙순시조의 첫 번째 순시상황 보고를 청취할 때, "현재 광산자원, 토지양도, 부동산개발, 공사프로젝트, 혜민자금, 과학연구경비관리 등 방면에서 부패문제가 빈번하게 발생하고 있다고 말했다. 관리간부가 공사프로젝트에 개입하고, 친척자녀가 기업을 운영하는 등의 문제가 두드러지고 있으며 조사 처벌 강도는 아직 더 강해져야 한다."고 했다. 중국공산당 제18차대회 이래 정경유착의 '방화벽'을 견고하게 구축하기 위하여 중앙은 일련의 법규제도를 출범하였다. 중앙조직부는 잇달아 「진일보 적으로 당정관리 간부가 기업에서 겸직(임직)하는 문제를 규범화하는 데에 관한 의견」과 「퇴(이)직관리 간부가 사회단체에서 겸직하는 문제를 규범화하는 데에 관한 통지」를 보냈고, 제도적으로 관리들이 "양다리 걸치는 문제"를 해결하였으며, 2015년 2월 중앙의 전면적인 개혁심화소조 제10차 회의는 「상하이시 관리간부 배우자와 자녀가 기업을 운영하는 것을 관리하는 업무를 규범화하는 데에 관한 의견」을 심의 통과시켰으며, 2016년 4월 중앙의 전면적인 개혁심화소조 제23차 회의에서는 상하이시에서 먼저 시범지역을 전개한다는 기초 위에서 베이징(北京), 광둥(廣東), 충칭(重庆), 신장(新疆)도 관리간부의 배우자, 자녀 및 그 배우자들이 기업을 운영하는 행위를 규범화하는 시범지역을 전개하였다.

정부가 적극적으로 기업을 위해 서비스하는 것을 강조하다

정경 간에는 거리를 유지하고, 경계를 분명하게 구분해야 하는 것은 관리들이 정치에 게으르고 태만하며 기업가들을 모른 체 하라는 게 아니다. 기업발전을 위하여 적극적으로 봉사와 도움을 제공하는 것은 정부 관리들의 직책과 의무이다.

일찍이 저장성(浙江) 당서기로 있을 때 시진핑 총서기는 글을 써서 "저장(浙江)민영경제는 비교적 발달했으며, 각급 관리간부는 한 방면으로는 민영기업의 발전을 지지하고, 친상·부상·안상(투자자에게 친절하게, 투자자가 이익을 창출하게, 투자자가 안심하게)해야 하며 다른 한 방면으로는 기업가와 교류할 때 분수를 지키고 공과 사를 분명히 하며 군자의 사귐은 물과 같이 담담해야 한다."고 밝혔다.

2014년 11월 9일 시진핑 총서기는 아시아태평양경제협력체 정상회의 개막식에서 연설할 때, "우리는 정부의 작용을 더욱 잘 발휘하고, 더욱 많은 관리자가 봉사자로 전환하여 기업을 위해 봉사하고, 경제사회의 발전을 추진하기 위해 봉사해야 한다는 것을 강조한다."고 말했다. 2015년 5월 시진핑 총서기는 중앙통일전선사업부 업무회의에서 연설할 때, "비공유제 경제의 건강한 발전과 비공유제 경제인사의 건강한 성장을 촉진케 하고 단결·봉사·지도·교육의 방침을 지속하며, 한 손으로는 격려와 지지를 하고, 다른 한손으로는 교육과 지도를 하며, 그들의 사상에 관심을 기울이고, 그들의 어려움에 관심을 기울여 목표지향 적으로 도움과 지도를 해야 한다."고 말했다.

따라서 관리와 기업가는 교류를 못하는 게 아니라 교류에 도를 비키고 분수를 지켜야 한다는 것을 볼 수 있다. 찰싹 붙어도 안 되고, 등을 져도 안 된다. 이것이야말로 정상적이고 건강한 정경관계이다.

교류의 준칙과 척도를 수립하다

2016년 전국 '양회'에서 시진핑 총서기는 신형 정경관계에 대하여 심도있게 설명을 하였다.

시진핑 총서기는 신형 정경관계를 요약해서 말하면 바로 '친밀함'과 '깨끗함' 두 단어라고 밝혔다. 관리간부들에게 있어서 '친밀'이라 함은 바로 거리낌 없이 진실 되게 민영기업과 교류하며, 특히 민영기업이 어려움과 문제를 만난 상황에서는 더욱 적극적으로 대하고 한발 다가가서 봉사하며, 비공유제 경제 인사들에 대하여 많은 관심을 기울이고, 대화를 많이 나누며, 지도를 많이 하여 실질적인 어려움을 도와서 해결하고, 진심을 다하여 민영경제의 발전을 지지해야 하는 것이다. '깨끗함'이란 바로 민영기업가와의 관계가 깨끗하고 순결하며, 욕심이나 사심이 있어서는 안 되고, 권력으로 사욕을 도모해서는 안 되고, 권력과 금전거래를 해서는 안 된다는 것이다. 민영기업가들에게 있어서 '친밀함'은 바로 적극적으로 각급 당위원회와 정부 및 부서와 많이 소통하고 많이 교류하며, 진실을 이야기하고 실질적인 상황을 이야기하며, 충언을 드리고 넘치는 열정으로 지역의 발전을 지지해야 하는 것이다. '깨끗함'은 바로 세속에 따르지 않고 자신의 순결을 지키고, 바른 길을 가며, 법을 지키며, 기업을 운영하고 광명정대하게 경영해야 하는 것이다. 시진핑 총서기의 이 연설은 정경 관계자 모두에게서 열렬한 반응과 공감대를 일으켰으며, 관리간부와 기업가들의 마음속에 모두 저울이 생겨 서로 간에 교류 시 응당 준수해야 할 준칙과 척도를 알게 하였다. 2016년 4월 국내 첫 번째 「"신형 정경관계"연구보고」가 베이징대학(北京大學)에서 발표되었다. 이 보고는 기업가들이 정경관계를 처리하는데 7가지 건의를 제시하였으며, 기업가들이 "마지노선 의식"이 있어야 하고, 발전의 핵심경쟁력에 집중해야 하고 법인관계로 개인관계를 대체해야 하는 것을 포함하였다.

신형 정경관계가 점차적으로 형성됨에 따라 정치생태와 경제생태는 모두 정화되고 사회주의 시장경제는 더욱 건강하게 더욱 잘 발전될 수 있음을 예견할 수 있다.

다섯째

정신적인 '칼슘'을 충분히 보충하다

- 이상과 신념의 '총 스위치'를 꽉 조이다 -

언급한 시간

2012년 11월 17일 18기 중국공산당 중앙정치국 제1차 단체학습에서

언급한 회수

시진핑 총서기의 공개 연설과 문장에서 10차례 정도 언급됨.

끼친 영향

전면적인 엄격한 당 관리의 분위기가 더욱 농후해지고, 우리당이 항상 이상이 있고 신념이 있는 마르크스주의 정당이 되게 하였다.

2016년 8월까지 “두 가지 배우고, 한 가지 행하는 학습교육”이 전개된 지 이미 반년이 되었다. 중앙부서의 공무원부터 벽지 산간지역의 촌서기까지 많은 사람들은 이번 학습교육을 ‘정신에’ ‘칼슘’을 보충했다고 비유하였다. 정신적인 ‘칼슘’은 시진핑 총서기가 제시한 형상적인 화법이다. 2012년 11월 17일 시진핑 총서기는 18기 중국공산당 중앙정치국 제1차 단체학습에서 “이상신념은 바로 공산당원의 정신적인 ‘칼슘’이다.”라고 말했다.

무엇이 정신적인 ‘칼슘’ 인가?

처음으로 언급할 때 시진핑 총서기는 정신적인 ‘칼슘’이 가리키는 이상신념을 명확히 하였다. 그 후에 여러 차례 연설에서 시진핑 총서기는 이것이 대하여 더욱 구체적이고 풍부한 설명을 하였다.

2014년 1월 20일 당의 군중노선 교육실천 활동의 첫 번째 총화 및 두 번째 배치회의에서 시진핑 총서기는 이상신념은 공산당원의 정신적인 ‘칼슘’이며, 반드시 사상정치 건설을 강화하고 세계관·인생관·가치를 관리하는 ‘총 스위치’ 문제를 잘 해결해야 한다고 밝혔다.

2015년 6월 12일 천윈(陈云) 동지의 탄생 100주년 기념 좌담회에서 시진핑 총서기는 마르크스주의, 공산주의에 대한 신앙과 사회주의에 대한 신념은 공산당원들의 정신적인 ‘칼슘’이라고 밝혔다.

“이상신념을 공산당원의 정신적인 ‘칼슘’으로 비유한 것은 시진핑 총서기의 엄청난 정치적인 지혜를 나타냈다.” 중앙당사연구실 판공청

부주임 왕샹쿤(王相坤)은 한 글자를 지혜롭게 사용하여 추상적인 개념을 형상화하였고, 모든 사람들의 거리를 좁혔으며, 이상신념을 확고히 하는 중요성에 대한 인식을 심화하였다고 말했다.

'칼슘 부족' 의 표현은 어떤 것들이 있을까?

중국 푸동(浦东)간부학원 과학연구부 왕여우밍(王友明) 부주임은 26개 성(시, 구)에 대한 설문조사에 참가한 적이 있는데, "현재 일부 당원간부의 사상이 불순한 주요 표현"에 대하여 "이상신념의 동요"에 대한 선택이 43.57%를 차지하였다. "이는 당원간부들의 이상신념의 실질적인 상황이 낙관적이지 않다는 것을 설명한다."고 왕여우밍은 말했다. 일찍이 18기 중국공산당 중앙정치국 제1차 단체학습에서 시진핑 총서기는 "이상신념이 없고, 이상신념이 확고하지 않으면 정신적으로 '칼슘 부족' 현상이 나타나며, '구루병'에 걸린다. 현실 생활에서 일부 당원·간부들이 이런저런 문제들이 생기는 것은 결과적으로 신앙이 흐릿하고 정신이 멍하기 때문이다."고 밝힌 적이 있었다.

그러면 정신적인 '칼슘 부족'의 구체적인 표현은 어떤 것들이 있을까? 시진핑 총서기는 4가지 표현을 열거했다. 정치면에서의 변질, 경제면에서의 탐욕, 도덕면에서의 타락, 생활면에서의 부패이다.

이 4가지 표현의 관계에 대하여 왕샹쿤(王相坤)은 이렇게 분석하였다. "'구루병'[21]은 먼저 신앙이 동요하고, 신앙이 희미해지는 것에서부터 시작되며, 마르크스·레닌주의를 믿지 않고 귀신을 믿으며, 이상신념을 저속화하고, 이어서 큰 목표를 잊어버리고, 국부적인 이익과 개인적인 이익을 추구하며, 금전지상주의·명예지상주의·향락지상주의를 신봉하고, 정치적 풍랑과 시련 앞에서 방향을 잃으며, 금전 앞에서 당당하지 못하고, 색정 앞에서 '포로'가 되기 때문이다."

어떻게 정신적인 '칼슘' 을 보충할 것인가?

몸의 칼슘은 매일 보충해야 하며 정신적인 '칼슘'도 마찬가지다. 따라서 제18차 대회이래 당의 군중노선 교육실천 활동에서 '3엄3실' 주제에 대한 교육까지 또다시 "두 가지를 배우고, 한 가지를 행하는 학습교육"까지 중국공산당은 지속적으로 끊임없이 '칼슘 보충'과 '에너지 보충'을 진행했다.

'3엄3실' 주제에 대한 교육에 관하여 시진핑 총서기는 이 교육은 사상·풍기·당성에 대한 집중적인 '칼슘 보충'과 '에너지 보충'이며, 전면적인 엄격한 당 관리의 분위기가 더욱 농후해지고, 관리간부의 폿대작용이 더욱 명확해졌다고 평가하였다. 당의 군중노선 교육실천 활동에 관하여 시진핑 총서기는 활동을 통하여 많은 당원·간부들이 정

---

21) 구루병 : 구루병은 칼슘과 인의 대사 장애로 인해 뼈 발육에 장애가 발생하는 질환을 의미한다. 흉곽 모양이나 척추, 다리의 변형을 동반하는데, 구루병은 주로 비타민 D 결핍으로 발생하는 병이다. 햇빛이나 음식으로 비타민 D를 충분히 섭취하지 못하여 발생하는 병인 것이다.

신적으로 '칼슘'을 보충하였고, 진일보 적으로 "인민은 역사의 창조자이며, 우리당은 인민에서 왔고, 인민에 뿌리를 박는다는 것"을 인식하였다고 요약하였다.

"두 가지를 배우고, 한 가지를 행하는 학습교육"에 관하여 시진핑 총서기는 이를 실시할 때 많은 당원들이 마르크스주의 입장을 확고히 하고, 전당이 항상 사상·정치·행동 면에서 당 중앙과 고도의 일치를 보장해야 하고, 우리 당이 항상 이상이 있고 신념이 있는 마르크스주의 정당이 되게 해야 한다고 말했다. 왕여우밍(王友明)은 현재 국내외에서 각종 사상문화와 사회사상의 교류, 융합, 교차가 날로 빈번하고 격렬해지는 배경 하에서 확고한 이상신념은 언제나 당원간부들이 정치적 입장을 확고히 하고, 각종 유혹을 막아내는 결정적인 요소라고 여겼다.

정치 의지력

- 부흥의 길에서 정확한 방향을 지속하다 -

언급한 시간

2012년 11월 15일 당의 18기 1중전회에서

언급한 회수

시진핑 총서기의 공개 연설과 문장에서 10회 가까이 언급함.

끼친 영향

많은 당원간부들이 정확한 입장을 확고히 하고, 정확한 방향을 유지하며, 각종 정치 시련을 막아낼 수 있게 하였다.

정치 의지력은 제18차 대회이래 당의 정치생활에서 사람들의 주목을 끈 키워드이다. 18기 1중전회에서 건당 95주년대회에 이르기까지 시진핑 총서기는 일련의 중요한 회의에서 여러 차례 정치 의지력을 강조하였다. 정치 의지력은 당원간부에 대한 기본적인 정치적 요구이며, 당과 국가사업 발전에서 중요한 의미가 있다고 할 수 있다.

정치 의지력에 내포된 뜻

의지력은 원래 사람들이 객관적인 세계와 주관적인 세계를 바꾸는 과정에서 나타나는 어떤 강한 의지·집념과 도덕절개이다. 시진핑 총서기는 시대 발전과 새로운 실천을 결합하여 의지력에 새로운 내포된 뜻을 부여하고 정치 의지력에 관한 일련의 중요한 논술을 형성하였다. 일찍이 2012년 11월 중국공산당 18기 1중전회에서 시진핑 총서기는 새로 부임한 중앙지도자들에 대한 단체연설에서 우리는 반드시 항상 마르크스주의에 대한 확고한 신앙, 공산주의와 중국 특색의 사회주의에 대한 확고한 신념을 고수하여 "이로써 정치 의지력과 정치 예민성을 강화하며, 이로써 각종 위험을 막아내고, 각종 시련을 견딜 수 있는 능력을 향상시켜야 한다."고 밝혔다.

2013년 6월 시진핑 총서기는 전국 조직업무회의에서 평화로운 건설 시기 한 간부의 이상신념이 확고한지를 점검할 때, 그가 중대한 정치 시련 앞에서 정치 의지력이 있는지를 보아야 한다고 밝혔다.

2013년 12월 마오쩌동(毛泽东) 동지 탄생 120주년을 기념하는 좌담회에서 시진핑 총서기는 “정치 의지력 증강”과 “노선의 자신, 이론의 자신, 제도의 자신을 증강시키자”라는 슬로건을 함께 제시하였다.

2016년 7월 1일 거행한 중국공산당 성립 95주년 경축대회 연설에서 시진핑 총서기는 우리는 이상신념 교육을 사상건설의 전략적인 임무로 여기고, 전당이 이상추구에서 정치 의지력을 고수하며, 자발적으로 공산주의의 원대한 이상과 중국 특색의 사회주의 공통이상의 확고한 신앙자, 충실한 실천자가 되어야 하고, 전면적인 샤오캉사회 건설과 중화민족의 위대한 부흥인 중국의 꿈을 실현하는 역사과정에서 선봉과 모범작용을 충분히 발휘해야 한다고 밝혔다.

시진핑 총서기의 정치 의지력에 관한 일련의 연설을 정하면 우리는 대체적으로 이런 요약을 할 수가 있다. 정치 의지력은 바로 사상과 정치면에서 각종 방해를 물리치고, 각종 곤혹을 없애며, 정확한 입장을 지속하고, 정확한 방향의 능력을 유지하는 것이다. 새로운 시기에 당원간부의 정치 의지력은 흔들림 없이 마르크스주의와 공산주의 신앙을 고수하고, 단호하게 중국특색의 사회주의를 고수하며, 각종 잘못된 사상, 잘못한 행위와 투쟁하고, 효과적으로 각종 정치 시련을 막아내는 것으로 나타난다.

어떻게 정치 의지력을 강화할 것인가?

정치 의지력을 강화하는 것은 당의 응집력과 전투력을 향상시키는 관건이다. 전문가는 정치 의지력은 처음부터 생기는 것이 아니며, 당원간부들은 이론학습과 업무실천을 통하여 깊이 배우고, 세세히 살피며, 충실하게 실행하는 중에 끊임없이 정치 의지력을 공고히 해야 한다고 밝혔다.

시진핑 총서기는 "이론상의 성숙은 정치상 성숙의 기초이다"라고 밝힌 적이 있다. 현 시대에 각종 사상문화의 교류와 교차는 갈수록 빈번하고 격렬하며, 의식형태 영역의 투쟁은 장기적으로 또한 복잡하며 이상신념과 정치적 입장이 흔들리지 않도록 하려면, 반드시 강한 이론과 사상으로 자기를 무장해야 한다. 국방대학 마르크스주의 연구소 연구원 엔샤오펑(颜晓峰)은 정치 의지력을 강화하려면 정신적으로 '칼슘 보충'을 해야 하며, 마르크스주의 이론과 당 중앙의 치국이정의 새로운 사상과 새로운 이론을 열심히 배워서 확고한 이상의 '기둥, 신념을 견고히 하는 '밸러스트스톤'[22]이 되어 진정으로 신실하고 끈기 있으며, 성실하고 튼튼해야 한다고 생각했다.

정치 의지력은 중요한 현실적인 과제이기에 이론수양을 강화해야 할 뿐 아니라 또한 실천 중에서 반복적으로 단련하고 시련 중에서 더욱 확고히 해야 한다. 정치 의지력을 실행하는 제일 근본적인 한 가지는 바로 당 중앙과 고도의 일치를 유지하는 것이다, 중앙에서 전개하도록 요구한 업무는 지체 없이 전개하고, 중앙에서 금지하기로 결정한 사항은 주저함없이 금지해야 한다. 어떠한 방해와 어려움을 만나더라도 어떠한 부서나 개인 눈앞의 이익이 어떠한 영향을 받더라도 모두 단호하게 대국에 복종하며 흔들림 없이 중앙의 결정과 배치를

---

22) 밸러스트스톤 : (선박의 무게 중심을 위해 바닥에 넣는 돌.

관철시키고 실행해야 한다. 현재 우리는 수많은 새로운 역사적 특징을 지닌 위대한 투쟁을 진행하고 있다. 이 위대한 투쟁의 승리를 거두려면 반드시 이것과 상응하는 강한 의지력이 있어야 한다. 수많은 당원간부들은 정치 의지력 강화를 중요한 위치에 놓고 진정으로 '만번을 부딪쳐도 굳건하고 동서남북 어디서든 불고 싶은 대로 불어라" 가 되어야 하며, 중화민족의 위대한 부흥을 실현하는 과정에서 위험을 극복하고, 용감하게 앞으로 나아가 끊임없이 새로운 국면을 개척하고 새로운 승리를 거두어야 한다.

마지노선 사고(최저선 사유)

- 준비를 잘 해야 비로소 주도권을 확실하게 잡을 수 있다 -

언급한 시간

2013년초 시진핑 총서기가 어느 중요한 회의에서 "마지노선 사고"를 강조하였다.

언급한 회수

시진핑 총서기의 공개 연설과 문장에서 수 십 차례 언급됨.

끼친 영향

마지노선 사고를 항상 관통시켜야 비로소 강한 조직지도로 각 항 개혁임무가 원만하게 완성되도록 보장한다.

옛사람이 이르기를 "군자는 후환을 생각하고 예방해야 한다"고 했다. 즉 사전에 방비해야 우환이 없다는 말이다.

당의 제18차 대회 이래 시진핑 총서기는 여러 차례 마지노선 사고를 잘 운용해야 하며, 모든 일은 안 좋은 것부터 준비하고, 제일 좋은 결과를 위해 노력하여 쟁취해야 한다고 강조하였다.

마지노선 사고를 고수하는 것은 시진핑 동지를 총서기로 하는 당중앙과 전략적인 힘을 유지하는 것이고, 얽히고 복잡한 형세에 대응하는 과학적인 방법이며, 더 나아가 새로운 개혁을 추진하는 치리지혜이고, 치국이정의 새로운 사상과 실천에서 풍성하게 나타났을 뿐 아니라 전 당에서도 광범위한 공명을 일으켰다.

많은 방면에서 마지노선을 그었다.

마지노선 사고는 마지노선을 인도하는 일종의 사고방식과 심리상태이며, 발생할 수 있는 제일 나쁜 상황을 가늠하고, 또한 이런 상황을 받아들여 예견 가능한 사물의 발전에 대하여 조정을 하는 것이며, '자제심 있고' '능력이 있는 유기적인 통일'을 나타냈다.

2013년 초에 시진핑 총서기는 '마지노선 사고' 방법을 잘 운용하여 모든 일은 안 좋은 곳부터 준비하고, 제일 좋은 결과를 위해 노력하여 쟁취해야 하며, 이래야만 비로소 유비무환하고 문제가 생겼을 때 당황하지 않으며, 주도권을 확고하게 잡을 수 있다고 강조하였다.

그 후에 시진핑 총서기는 여러 차례 '마지노선 사고'와 '마지노선'이라는 단어를 사용하였으며, 치국이정에서 마지노선 사고를 운용하여 각 방면의 문제를 처리하였다.

대외적으로 국가의 핵심이익에 관계되는 문제에서 시진핑 주석은 항상 레드라인을 긋고 마지노선을 명확히 하는데 주의를 돌리고, 국가주권·안전·발전이익을 수호하는 것을 기본적인 출발점과 착지점으로 하였다. 예를 들어 2014년 3월 28일 시진핑 총서기는 독일 콜버재단에서 연설할 때, 중국은 흔들림 없이 자기의 주권·안전·발전이익을 수호할 것이며 어떤 국가도 우리가 중국의 주권·안전·발전이익에 손해를 끼치는 쓴 열매를 삼킬 것이라 바라지 말아야 한다고 밝혔다.

법률적 마지노선 방면에서 2015년 2월 2일 시진핑 총서기는 차관급 주요 고위간부들의 18기 4중전회 정신을 학습하고 관철토록 하며, 전면적으로 의법치국을 추진하는 주제 연구토론반 개학식에서 고위간부는 법률 레드라인을 넘으면 안 되고, 법률 마지노선을 건드리면 안 된다는 것을 명심해야 하며, 앞장서서 법률을 지키고 법률을 집행하며, 앞장서서 법에 근거하여 일을 처리하고, 문제가 생기면 법을 찾으며, 문제해결에 법을 이용하고, 법으로 모순을 해결하는 법치환경을 만들어야 한다고 강조하였다.

간부들의 청렴결백을 요구하는 방면에서 시진핑 총서기는 간부들의 청렴 자율의 관건은 마지노선을 지키는데 있다고 밝혔다. 사람 됨됨이·일처리·권력사용·친구 사귐의 마지노선을 지킬 수 있다면, 당과 인민이 우리에게 맡긴 정치적 책임을 지킬 수 있고, 자기의 정치생명선을 지킬 수 있으며, 정확한 인생가치관을 지킬 수 있다는 것이었다. 경제방면에서 2013년 7월 25일 시진핑 총서기는 중국공산당 중앙에서 개최한 당외 인사 좌담회에서 성적을 인정하는 동시에 우리는 맑은 머리를 유지하고, 경제운행 중의 돌출된 모순과 문제를 심각하게 인식하여 고도로 중시하며, 국제경제 형세를 심각하게 인식하고, 전면적으로 파악해야 하며, 마지노선 사고를 고수하고, 업무를 착실하게 잘해야 한다고 밝혔다.

그 외에 환경보호 방면에서 시진핑 총서기는 발전과 생태 두 개의 마지노선을 지켜야 한다고 밝혔고, 도덕문제에서 시진핑 총서기는 일부 기본 도덕규범을 법률규범으로 전환시켜 법률법규가 도덕이념과 인문관심에 더욱 많이 나타나게 하며, 법률의 강제력을 통하여 도덕작용을 강화하고, 도덕마지노선을 확보하며, 전 사회적으로 도덕수양의 향상을 추진해야 한다고 여겼다.

이런 마지노선은 노선·당풍·경제·전면적인 개혁심화·외교 등 여러 방면을 포함하고 있으며, 정치적인 깨어있음과 확고함을 충분히 나타냈음을 정리를 통해서 발견할 수 있다.

치국이정은 왜 마지노선이 필요한가?

현재 왜 마지노선 사고를 강조해야 하는가?

중국인민대학 마르크스주의학원 타오원자오(陶文昭) 교수는 시진핑 총서기가 마지노선 사고를 제시하고 중시하는 것은 우환의식을 기초로 한 객관적인 사실을 분석한 결과라고 여겼다. 즉 "주관적으로 볼 때, 우환의식은 중화민족의 깊은 전통이며, 또한 중국공산당의 분투 과정에 관통되어 있다. 현재 중국의 개혁개방 성과는 빛나고, 중국특색의 사회주의는 생기가 넘치며, 중국은 노선에 대한 자신감, 이론에 대한 자신감, 제도에 대한 자신감, 문화에 대한 자신감이 넘치고, 바로 또 이러한 상황에서 우환의식을 강화하는 것은 더욱 중요하게 보였으며, 우환의식을 구체화하면 마지노선이 형성되고, 우환의식의 논리연장은 마로 마지노선사고이다.이에 반해 객관적으로 형세분석을 해 보면, 마지노선 사고는 전혀 근거 없는 것이 아니고 이미 존재하거나 잠재되어 있는 각종 불리한 요소의 분석에 근거한 것이다. 성숙되고 깨어있는 집정자로서 불리한 요소에 대하여 더욱 충분히 가늠해야 한다."고 했던 것이다.

확실히 현재 중국경제사회 발전에서 각종 구조적이고 심층적인 모순이 갈수록 드러나고 있으며, 전면적인 개혁심화 과정에서 어떻게 위험을 통제하고 마지노선을 지킬 것이며, 국제영역에서 어떻게 국제구조의 발전변화의 복잡성, 세계경제 조정의 굴곡성, 국제모순과 투쟁의 예민성, 국제질서 경쟁의 장기성 및 중국 주변 환경 중의 불확실성을 가늠하고, 국내외 불가예측 요소를 정확히 보고, 분명하게 보며, 꿰뚫어보는 것은 각항 업무의 성공과 실패를 결정하는 전제이다.

대내외 수많은 급하게 해결을 기다리는 현실문제 앞에서, 수많은 이익충돌 앞에서 마지노선 사고를 수립하는 중요성은 두드러졌으며, 반드시 레드라인을 긋고 마지노선을 분명히 하며, 핵심이익을 수호하는 것을 출발점과 착지점으로 해야만 비로소 전진하는 길에서의 각종 위험도전을 정확히 판단할 수 있으며, 제때에 대응책을 취할 수 있는 것이다.

어떻게 마지노선 사고로 경계선을 정할 것인가?

마지노선이 명확해지면 치국이정에서 마지노선 사고를 지속하고 잘 운용해야 한다.

마지노선 사고를 지속하려면 먼저 원칙을 엄하게 준수해야 하며, 마지노선을 정확하게 그어야 할뿐 아니라, 더 나아가 마지노선에 경외심을 가져야 하며, 마지노선을 굳게 지키고 '레드라인'을 밟아서는 안 되며, 마지노선을 넘어서는 안 되고, '지뢰지역'에 들어가서도 안 된다. 타오원자오는 "마지노선이 정치면에서는 생사선이며, 정치방향에서 원칙적인 면에서 조금도 벗어나서는 안 되고, 조금도 흔들려서는 안 되며, 마지노선이 가치 면에서는 제일 낮은 기준이며, 조금도 예외 없이 지켜야 하고, 경계선을 넘어서는 안 되며, 마지노선이 발전 면에서는 제일 낮은 목표이며, 에누리 없이 완성해야 하고, 편법을 써서는 안 된다."고 분석했다. 따라서 감히 마지노선을 넘어서는 행위에 대해서는 '무관용'으로 단호하게 투쟁을 벌여야 한다.

다음으로 마지노선을 강조하는 것은 소극적인 대응을 의미하는 것이 아니라 적극적인 태도로 위험을 먼저 보고, 마지노선을 지키며, 미연에 방지를 해야만 비로소 개혁실천의 주도권을 장악할 수 있다는 것이다. 시진핑 총서기는 "우환의식을 강화하면 발전 중의 어려움, 문제와 불리한 요소를 충분히 볼 수 있고, 소극적이고 낙담하는 것이 아니라 현실에서 벗어나고 단계를 넘어 목적을 달성하기에 급급하며, 무턱대고 성급하는 잘못을 범하는 것을 피하여 진정으로 최선을 다하고 자신의 역량에 맞게 실행해야 한다."고 밝혔다.

"낮은 것을 지키고 높은 것을 얻다". "시진핑 총서기가 마지노선 사고를 제시한 것은 실질적으로 효과를 중시하는 사고이며, 적극적으로 좋은 효과를 쟁취하고, 나쁜 효과를 피하며, 나쁜 효과를 피하기 위하여 적극적으로 대응조치를 취할 뿐 아니라 동시에 또 나쁜 결과가 있을 수 있다고 해서 우리가 적극적으로 행하지 않아도 된다는 게 아니라는 것을 의미한다."고 중앙당학교 부교육장 겸 철학부주임 한칭샹(韓庆祥)은 이렇게 분석했다.

"복잡한 세상사는 다원적으로 대응하고, 북을 두드리며 배를 잘 몰도록 재촉한다." 오직 마지노선 사고를 잘 운용하고, 평안할 때 위태로움을 생각해야만 비로소 새로운 발전이념을 관철하고, 실행하는 과정에서 모순과 위험을 제때에 해결하고, 선수바둑을 잘 둘 수 있으며, 갈수록 분량 있는 '중국호'가 다른 국가들과 함께 앞 다투어 달려나가 전진할 수 있는 것이다.

담당 정신

- 담당하는 크기만큼 사업을 할 수 있다 -

언급한 시간

2013년 5월 4일 각 계층 우수청년대표단과의 좌담회에서

언급한 회수

시진핑 총서기의 공개 연설과 문장에서 100회 가까이 언급됨.

끼친 영향

국내에서 담당정신은 사람들의 마음에 깊이 새겨져 '두 개의 백년'과 '중국의 꿈'의 실현을 위하여 매우 강한 동력을 응집하였고, 국제적으로 중국이 책임을 지고 담당을 하는 대국의 이미지를 확고하게 수립하였다.

각 세대마다 그 세대의 담당이 있다. 중국 최고 지도자 시진핑 총서기는 '담당'이라는 두자를 매우 강조하였다.

그는 단계마다 책임을 지고 사람마다 담당을 해야 하며 모든 일은 사람들이 가서 관리하고, 가서 지켜보며, 가서 재촉하고, 가서 해야 한다고 생각했다. 그는 실책하면 반드시 추궁해야 한다고 강조하였다. 국내에서 간부는 '감히 담당'해야 하고, 청년은 '담당이 있어야 하며,' 개혁은 "책임담당을 강화해야 하고" 빈곤퇴출은 "군령장을 써야 한다." 국제적으로 중국은 인류사회에 대하여 "더욱 큰 담당"이 있을 것이고, 세계 각국은 글로벌 거버넌스를 위하여 "함께 담당"해야 한다. 그는 또한 정신적인 본보기를 담당하였다. 그는 담당하는 크기만큼 사업도 할 수 있으며, 책임을 지는 만큼 성과도 거둘 수 있다고 자주 말했다. '두 개의 백년'과 '중국의 꿈'의 실현은 모든 중국인들이 담당해야 한다. 인류운명공동체의 구축은 각국의 담당이 필요하다.

간부는 책임을 담당해야 하고 실책하면 반드시 추궁해야 한다.

착한 간부기준에 대하여 시진핑 총서기는 '담당정신'을 강조하였다. 2013년 6월 전국조직업무회의에서 그는 착한 간부는 "신념이 확고하고, 인민을 위하여 봉사하며, 성실근면하고, 감히 담당하며 청렴결백해야 한다."고 밝혔다.

군대의 착한 간부기준에 대하여 그는 마찬가지로 '담당'을 강조하였다. "바로 당에 충성하고, 전략을 잘 세워 싸우며, 감히 담당하고, 실적이 뛰어나며, 청렴결백해야 하는 것이다"라고 강조하였다. 그는 또 '4가지 강철'이라는 군대기준을 제시하였으며, 마찬가지로 '담당'을 논했다. 바로 "강철 같은 신앙, 강철간은 신념, 강철 같은 기율, 강철 같은 담당"을 지닌 강한 부대를 만들자는 것이다.

전국 당 학교 업무회의에서 시진핑 총서기는 또 "'4가지 강철"이라는 간부의 기준을 제시하면서 다시 한 번 담당을 강조하였다. 바로 관건은 "강철 같은 신앙, 강철 같은 신념, 강철 같은 기율, 강철 같은 담당"을 지닌 간부대오를 양성하고 만드는 데 있는 것이다.

시진핑 총서기는 "간부는 담당할 수 있어야 하며, 담당하는 만큼 사업을 할 수 있으며, 책임지는 만큼 성과를 거둘 수 있다."고 말했다. 간부가 될 생각만 하고 일을 안 하면 안 되고, 권력만 갖고 싶고 책임을 지지 않으면 안 되며, 잘되기만 바라고 노력하지 않으면 안 된다. 패기가 넘치고 열정이 넘쳐야 하며, 간부를 할 동안은 그 지역을 행복하게 해야 한다.

담당은 자발적이어야 한다. 중앙정치국 제13차 단체학습에서 그는 각급 당위원회와 정부는 책임감과 자발성을 강화하고, 위험모니터링과 방어능력을 향상시켜 자신이 담당한 업무는 확실히 책임을 지고 자발적으로 책임을 지며, 감히 담당하고 적극적으로 자발적으로 위험을 대비하고, 위험을 발견하고 위험을 제거해야 한다고 강조하였다. 담당정신은 격려가 더욱 필요하다. 시진핑 총서기는 "태도가 바르고 단호하게 나아가는 간부를 보호해야 하며, 진정으로 일을 하고 싶어 하고 일을 잘 하며, 감히 담당하고 능력 있는 우수한 간부를 각급 지도층으로 선발해야 한다."고 특별히 밝혔다.

'담당'이 부족한 간부에 대하여 시진핑 총서기는 "실책하면 반드시 추궁해야 한다"고 강조하였다. 2016년 7월 17일 「중국공산당 문책조례」가 정식으로 공표되었다. 일찍이 2015년 5월 저장(浙江)을 시찰할 때, 엄격한 당 관리라는 주제를 이야기면서 그는 바로 "능력 부족에 속하는 자는 교육을 강화하고, 실천과 단련을 강화하며, 총화와 향상을 강화하고, 담당정신이 부족한 자는 책임을 명확히 하고, 감독을 강화하며, 일하지 않는 자는 엄숙하게 비평하고, 교육하며, 엄격하게 기율을 집행하고, 문책을 해야 한다."고 강조하였다.

2016년 1월 3가지 간부로써 일하지 않는 현상에 대하여 "첫째는 능력이 부족하여 '일하지 못하고,' 두 번째는 동력이 부족하여 '일하고 싶지 않으며,' 세 번째는 담당이 부족하여 '감히 일하지 못하는 것이다.'"라고 말했다. 그는 엄격하게 당의 원칙·기율·규칙에 따라 일을 처리해야 하고, 권력을 남용하지 않고, 기율과 법을 위반하지 않으며, 또 간부에 대하여 정치적으로 격려하고, 업무적으로 지지하며, 처우면에서 보장하고, 심리적으로 관심을 주어 많은 간부들이 몸과 마음이 편하게 업무를 하게하며, 많은 간부들이 마음이 즐겁게 자신감이 넘치도록 밀고 나아가 적극적으로 일하고 감히 담당하게 해야 한다고 강조하였다.

사람마다 담당해야 하고,
모든 일에 책임지는 사람이 있어야 한다.

시진핑 총서기는 "단계마다 책임지고, 사람마다 담당해야 한다."고 강조하였다. 모든 업무특성에 따라 다 담당이 있어야 한다고 했던 것이다. 예를 들어, 지식인들은 담당이 있어야 한다. 지식인·모범 노동자·청년대표와의 좌담회 상에서의 연설에서 그는 "천하가 공평하고, 도의를 책임지는 것은 지식인들의 정이다"라고 밝혔다. 현재 당과 인민은 많은 지식인들이 이런 담당정신을 선양하는 것이 더욱 필요하다. 이것은 무거운 책임이다. 많은 지식인들은 국가지상·민족지상·인민지상의 정신을 고수하고 항상 마음에 대국을 품고 마음에 대아(大我)가 있어야 한다. 외교업무에 종사하는 자도 담당이 있어야 한다. 2013년 10월 주변에 대한 외교업무 좌담회에서 시진핑 총서기는 "주변 외교업무는 막중하며, 외교업무에 종사하는 동지들은 '헌신을 하고 감히 담당하며, 용감하게 혁신해야 하고' 더욱 적극적으로 주변에 대한 외교업무를 잘 해야 한다."고 강조하였다.

정법대오도 용감하게 담당이 있어야 한다. 시진핑 총서기는 "정법대오는 감히 담당해야 하며, 좋지 않은 풍조 앞에서 반드시 과감하게 칼을 빼들고 끝까지 투쟁해야 하며, 절대로 마음대로 하게 내버려둬서는 안 되고, 긴급하고 험난한 임무 앞에서 반드시 길을 활짝 열고 올라가야 하며, 절대로 두려워서 뒷걸음치면 안 된다."고 강조하였다. 그가 볼 때 정법종사자의 기준은 "신념이 확고하고, 인민을 위하여 법을 집행하며, 감히 담당하고, 청렴결백해야 하는 것"이다.

기율검사 감찰대오도 담당이 있어야 한다. 시진핑 총서기는 많은 "기율검사감찰간부들은 감히 담당을 해야 하고, 감히 감독하며, 감히 책임을 지고, 충성하고 깨끗하며, 담당하는 기율검사 감찰대오가 되도록 노력해야 한다."고 밝혔다.

모든 일에는 담당하는 사람이 있어야 한다.

개혁은 더욱더 '담당'해야 하는 정신이 필요하다. 중앙 전면적인 개혁심화지도소조의 제1차 회의를 개최할 때, 그는 바로 "개혁 책임담당을 강화해야 하고, 확정된 일은 정치적인 용기로 흔들림 없이 해나가야 한다."고 강조하였다. 제3차 회의에서 그는 또 "각 지역·각 부문은 감히 담당을 해야 하고, 적극적으로 개혁공격을 추진해야 하며, 사람부터 일까지 모든 일에는 사람이 가서 책임지고, 가서 주시하며, 가서 독촉하고, 가서 해야 한다."고 강조하였다. 제17차 회의에서 그는 개혁실행의 책임담당 문제를 추진해야 한다고 강조하였다. 제21차 회의에서 제시한 '개혁촉진파'의 기준은 개혁을 옹호하고, 개혁을 지지하며, 감히 담당하는 것이다.

빈곤퇴출 공격전은 담당이 필요하다. 중앙빈곤구제개발업무회의에서 시진핑 총서기는 "빈곤퇴출 공격전을 진행할수록 더욱 당의 지도를 강화하고 개선해야 한다고 강조하였다. 각급 당위원회와 정부는 반드시 믿음을 확고히 하고, 용감하게 담당해야 하며, 빈곤퇴출 책임을 어깨에 지고, 빈곤퇴출 임무를 확고히 실천해야 한다. 그는 단계마다 빈곤퇴출 공격책임서를 체결하고, 군령장을 써야 한다."고 밝혔다. 청년은 국가의 미래이며, 청년은 담당할 줄 알아야 한다. 청년세대들이 이상이 있고, 담당해야겠다는 정신이 있으면, 국가는 미래가 있고, 민족은 희망이 있으며, 우리의 발전목표를 실현하는데 끊이지 않는 강한 힘이 있을 것이다. 2013년 청년절에 각계의 우수한 청년대표들과의 좌담회에서 연설할 때, 시진핑 총서기는 이렇게 말했다. "1년 후의 청년절에 그는 현 시대의 청년들은 국가에 관심을 갖고, 인민에 관심을 가지며, 세계에 관심을 가져 사회책임을 담당하는 것을 배워야 한다."고 강조하였다.

세계를 위하여 담당하고, 세계가 함께 담당해야 한다

중국은 책임을 지고 담당을 하는 대국이다.

시진핑 총서기는 "중국은 응당 인류사회에 대하여 더욱 큰 공헌을 해야 하고, 더욱 큰 담당을 해야 한다."고 말했다.

'중국의 꿈'은 중국인민을 위한 것일 뿐만이 아니라 또한 전 인류의 진보 발전을 위한 것이다. 유엔 사무총장 반기문(潘基文)은 "중국이 지속적으로 지도력을 나타내는 것은 매우 중요한 일이다."라고 평가했었다. 최근 중국은 '일대일로', '아시아인프라투자은행'을 창건하고, 실크로드펀드를 설립하였으며, 자유무역구의 건설을 가속화했고, 중국은 '개방' 사고로 새로운 국면을 수립하였으며, 중국의 글로벌거버넌스에 대한 '중국의 담당'을 나타냈다. 현재 중국은 2016년 20개국 정상회의 개최국이라는 중임을 담당하고, 세계경제의 성장을 추진하기 위하여 더욱 큰 작용을 발휘할 것이다. 이 외에 이란핵협상, 파리기후대회, 핵 안보 정상회의 등 영역에서 중국은 마찬가지로 중요한 건설적인 작용을 발휘하였다.

중국담당은 타국의 탄복을 자아냈다. 2014년 9월 13일 시진핑 총서기는 타지키스탄 라흐몬 대통령과 회담 시 라흐몬은 "나는 중국이 중국특색의 사회주의 길을 따라 끊임없이 전진하는 것에 감탄하고 있고, 시진핑 주석이 중국이라는 대국을 이끌면서 나타낸 멀리 내다보는 탁월한 식견과 책임담당에 감탄한다."고 밝혔다. 중국의 발전은 지역과 세계에 평화로운 희망, 발전의 기회를 가져왔다.

세계문제를 해결하려면 각 나라가 함께 담당해야 한다. 중미 신형대국관계를 구축하려면 중미가 함께 담당해야 한다. 시진핑 총서기는 신형대국관계를 구축하는 것은 쌍방이 역사경험을 종합한 기초위에서 양국의 국정과 세계의 형세에서 출발하여 함께 내린 중대한 전략적인 선택이고, 양국 인민과 각국 인민의 근본적인 이익에 부합하며, 또 쌍방의 결심과 대국이 충돌하고 대항하는 전통적인 규율을 타파하고, 대국관계발전의 새로운 방식을 개척하는 정치적인 담당을 나타냈다고 강조하였다.

안전은 공통적인 담당이 필요하다. 시진핑 총서기는 2015년 11월 싱가포르국립대학에서 있은 '싱가포르 강좌'에서 연설할 때 "아시아평화를 수호하는 것은 중국과 주변 국가와의 역사책임과 공통적인 담당이다. 아시아 각국의 인민은 영원히 적이 되지 말고, 상호신뢰를 증가하며, 공통으로 아시아의 평화와 안전을 수호해야 하며, 아시아 각나라의 발전과 인민의 평안과 즐거운 삶을 위하여, 양호한 조건을 만들어야 한다."고 말했다.

경제발전은 공통적인 담당이 필요하다. 2015년 11월 아시아태평양

경제협력체 정상회담 연설에서 시진핑 총서기는 "세계경제의 험난한 격류 속에서 아시아·태평양이라는 거대한 배는 반드시 항해방향을 바로하고, 키를 잘 잡아야 하며, 아시아·태평양경제협력체는 반드시 용감하게 담당하고, 어려움 속에서 한마음으로 협력하여 글로벌 성장을 열심히 밀고 나가야 한다."고 밝혔다.

기후변화 치리는 공통적인 담당이 필요하다. 중국은 미국, 프랑스, 유럽, 인도, 브라질과 잇달라 기후변화 연합성명을 발표하였으며, 인민폐 200억 위안의 "중국기후변화남남합작기금"설립과 "세계를 위하여 본보기를 수립하자"고 선포하였다.

2015년 11월 기후변화 파리대회의 개막식에 참가했을 때, 시진핑 총서기는 파리대회는 각 나라 특히 선진국의 더 많은 공유, 더 많은 담당을 추진해야 하며, 호혜공영을 실현해야 한다고 밝혔다.

2014년 7월 브라질 국회에서의 연설에서 시진핑 총서기는 "우리는 국제적인 책임담당을 어깨에 짊어 져야 한다."고 밝혔다.

좋은 간부

-정치를 위해 제일 중요한 것은 인재 채용보다 먼저인 것이 없다-

언급한 시간

2013년 6월 전국 조직업무회의에서

언급한 회수

시진핑 총서기가 30여 차례 '좋은 간부'를 이야기했고, 수백차례 '우수 간부' '수준 높은 간부' '간부' 등을 이야기했다.

끼친 영향

각 계층, 각 지역, 각 영역의 간부들을 위하여 노력해야 할 방향을 뚜렷하게 밝혀주었다.

정치를 함에 있어서 중요함은 인재채용이 우선이다.

현재 중국은 '4가지 전면'의 전략배치를 조화롭게 추진하고 있으며, '두 개의 백년'의 분투목표와 중화민족의 위대한 부흥인 '중국의 꿈'을 실현하기 위하여 노력분투하고 있다. "위대한 투쟁, 위대한 사업은 수준 높은 간부가 필요하다." 2016년 7월 1일 중국공산당 창건 95주년 대회에서의 연설에서 시진핑 총서기는 "당과 인민이 필요한 좋은 간부를 심혈을 기울여 양성해야 하며, 제때에 발견하고 합리적으로 이용해야 한다."고 강조하였다.

그럼 무엇이 "당과 인민이 필요한 좋은 간부"인가? 어떻게 이런 좋은 간부가 될 것인가?

무엇이 좋은 간부인가?

2013년 6월 전국 조직업무회의에서 시진핑 총서기는 좋은 간부의 5가지 기준을 밝혔다.즉 "신념이 확고하고, 인민을 위하여 봉사하며, 부지런하고, 감히 담당하며, 청렴결백해야 한다."는 것이었다.

그 후 그는 여러 차례 '좋은 간부'를 언급했다. 예를 들어 2015년 12월 11일에서 12일까지 전국 당 학교 업무회의에서 시진핑 총서기는 '4철(鐵) 간부'의 기준을 밝혔다. 즉 "강철 같은 믿음, 강철 같은 신념, 강철 같은 기율, 강철 같은 담당"이었다.

시진핑 총서기의 연설을 통해 그가 볼 때 간부의 직책이 높을수록 수준이 높아야 하고, 솔선수범의 작용을 해야 한다는 것을 어렵지 않게 발견할 수 있다. 시진핑 총서기는 중앙고위층 간부 특히 정치국 위원에 대하여 매우 높은 요구를 제시하였다. 2012년 12월 15일 그는 새로 부임한 중앙고위층 간부에 대하여 연설할 때, 그들에게 "마르크스주의 정치가의 기준에 따라 자신을 엄격하게 요구해야 한다."고 했으며, "항상 인민을 마음의 제일 중요한 위치에 놓고, 당과 인민사업을 위하여 역량을 공헌해야 하는 것을 자신의 제일 높은 목표로 여기고, 중국특색의 사회주의를 고수하고 발전시키기 위하여 끊임없이 분투해야 하며, 이로써 포부와 안목을 넓히고, 이로써 정치의지력과 정치예민성을 강화하며, 이로써 각종 위험을 막고 각종 시련을 이겨낼 수 있는 능력을 향상시켜야 한다."고 요구하였다.

풍조건설 등 방면에서 시진핑 총서기는 위에서부터 아래로 시작하라고 요구하였다. 그는 "우리는 중앙정치국 상무위원회, 중앙정치국, 중앙위원회부터 시작해야 하며, 고위층 간부부터 확실히 해야 하며, 지속적으로 풍조건설을 강화해야 한다."고 말했다.

'좋은 것' 은 구체적이다

좋은 간부의 기준에 따라 시진핑 총서기는 다른 유형·다른 영역의 간부에 대하여 구체적인 요구를 제시하였다.

그는 '현위원회 서기'라는 단체를 고도로 중시하였다. 그들에 대하여 '4유'와 '4요'의 요구를 제시하였다. '4유(有)'는 "바로 항상 마음속에 당이 있고, 인민이 있으며, 책임이 있고, 경계가 있어야 한다."는 것이며, 당과 인민이 신뢰하는 좋은 간부가 되도록 노력해야 한다는 것이다. '4요(要)'는 바로 "첫 번째는 정치를 아는 사람이 되어야 하고, 두 번째는 발전의 선도자가 되어야 하며, 세 번째는 군중의 친밀한 사람이 되어야 하고, 네 번째는 팀의 리더가 되어야 한다."는 것이다.

군 간부에 대하여 그는 좋은 군 간부의 기준은 바로 "당에 충성하고, 전략을 잘 세워 싸우며, 감히 담당하고, 실적이 뛰어나며, 청렴결백해야 한다."는 것이라고 밝혔다.

민족지역의 간부에 대하여 그는 3가지 '특별'을 사용하였다. 즉 "민족지역의 좋은 간부는 원칙적인 일을 명백히 구분하는 입장이 특별히 분명해야 하고, 민족단결을 수호하는 행동이 특별히 단호해야 하며, 각 민족을 사랑하는 감정이 특별히 진실 되어야 한다."는 것이었다. 기율검찰간부에 대하여 그는 '훌륭함'을 강조하였다. 각급 당위원회, 기율위원회와 조직부문은 사상·정치·풍조·능력 면에서 훌륭한 기율검찰간부 대오를 건설해야 한다고 했다.

어떻게 좋은 간부가 될 것인가?

시진핑 총서기는 좋은 간부가 되는 것은 첫째는 자신의 노력을 통해야 하고, 둘째는 조직의 양성을 통해야 한다고 여겼다.

그는 좋은 간부가 되려면 끊임없이 주관적인 세계를 개선하고, 당성 수양을 강화하며, 품격 수양을 강화하고, 항상 당의 헌장으로 공산당원의 기준으로 자신을 요구해야 하며, 항상 자중하고 자기반성하며, 자성하고 자기격려를 해야 하며, 성실한 사람이 되고, 착실하게 일을 하며, 깨끗한 관리가 되어야 한다고 여겼다.

그는 간부의 '품성'과 '능력'을 중시하였는데, "간부들이 기층에 깊이 들어가고, 실질적으로 깊게 들어가고, 군중 속에 깊이 들어가야 하며, 개혁발전의 주 전쟁터에서 안정적인 제1선을 수호할 때, 군중을 위하여 봉사하는 최전방에서 품성을 연마하고 능력을 향상시켜야 한다."고 강조하였다.

좋은 간부가 되려면 많이 배워야 한다. 시진핑 총서기는 고위층 간부의 이론과 역사 학습을 매우 중시하였다. 이에 대하여 중앙 당 학교 부교육장이며 철학교연부 주임인 한칭샹(韩庆祥)은 시진핑 총서기가 말하는 기본이론을 배워야 한다는 것은 먼저 "마르크스주의철학과 마르크스주의 중국화의 최신 성과를 배우는 것이고, 역사를 배우는 것은 중국 근현대사와 당의 역사를 배우는 것"이라고 밝혔다.

더욱 많은 좋은 간부를 양성하려면 정확한 인재 채용의 방향을 고수해야 한다. 시진핑 총서기는 어떤 사람을 선발할 것인가는 바로 풍대이며, 그에 따른 간부 풍조가 만들어지고, 더 나아가 그에 따른 당풍이 있게 된다고 밝혔다. 그는 "전면, 역사, 변증"으로 간부를 바라보고 "일관적인 태도와 모든 업무를 중시해야 한다."고 강조하였다. 그는 "평가방법과 수단을 개선해야 하며, 발전을 평가할 뿐만 아니라 기초도 평가해야 하며, 눈에 띄는 성과만 볼 것이 아니라 잠재적인 업무실적도 봐야 하며, 민생개선·사회진보·생태 효익(效益) 등의 지표와 실적을 중요한 평가내용으로 해야 하고, 더 이상 간단하게 GDP

성장률로 영웅을 논해서는 안 된다"고 밝혔다.

어떻게 간부를 엄격히 관리하고 보호할 것인가?

간부는 엄격하게 관리하고 또 보호해야 한다. 그는 "간부를 엄격하게 관리하고, 열정적으로 간부에 관심을 기울이는 것을 결합하여 많은 간부들이 마음이 즐겁고, 자신감이 가득하며, 적극적으로 일하고, 감히 담당하도록 밀고 나아가야 한다."고 했다.

2016년 1월 시진핑 총서기는 차관급 주요 고위층 간부의 당의 18기 5중전회 정신을 배우는 주제연구토론반의 개학식에서 중요한 연설을 발표하면서 이렇게 강조하였다.

"어떻게 간부를 엄격하게 관리할 것인가? 엄격한 간부 관리를 간부대오의 모든 건설과정에서 관철 실행해야 하며, 엄격한 교육, 엄격한 관리, 엄격한 감독을 고수하고, 모든 간부들이 간부가 되려면 반드시 더욱 많은 수고를 하고, 더욱 엄격한 구속을 받아들여야 한다."고 강조하였다. 또 간부의 적극성을 충분하게 불러일으켜야 한다. 2016년 3월 7일 12기 전국인민대표 4차회의 헤이룽장(黑龍江) 대표단 심의에 참가했을 때, 그는 "많은 간부들의 적극성을 충분하게 불러일으키고, 끊임없이 업무의 정신력을 향상시켜야 한다. 간부는 리더가 되어야 하고, 일하고 싶고 일하기를 원하며, 적극적으로 일해야 하고, 또한 일할 수 있고, 일할 줄을 알며, 일을 잘해야 하고, 그 중에서 적극성이 제일 우선적이어야 한다."고 밝혔다.

그는 "풍기가 바르고 단호하게 밀고 나아가는 간부를 보호해야 하며, 진정으로 일을 하고 싶고, 일을 잘 하며, 감히 담당하고, 행실이 바른 우수간부를 각 계층의 지도팀으로 선발해야 한다."고 강조하였다.

순시

- 전통제도가 새로운 활력을 발산하다 -

언급한 시간

2013년 4월 25일 중앙정치국상무위원회 「중앙순시업무지도소조 제1차 회의 연구조치순시업무상황에 관한 보고」를 심의할 때

언급한 회수

시진핑 총서기의 공개 연설과 문장에서

끼친 영향

순시는 매우 강한 두려움을 일으켰으며, 순시를 받은 기업의 수많은 문제들이 순시를 통해 발견되었고, 또한 개선되었다.

순시의 제도화에도 깊은 영향을 일으키고 있다.

2016년 8월 18일 중앙기율위원회 감찰부의 홈페이지데이터는 현재까지 중앙 1급 순시의 총체적인 임무는 이미 거의 80%정도 완성되었다고 보여주었다. 이는 이전 10회 순시까지 포함하여 중앙 1급은 총 213개 당 조직 기관을 순시했음을 의미했다.

당의 역사상 중요한 제도로서 순시는 당의 제18차대회 이후에 다시 새롭게 왕성한 생기를 가지게 되었다. 순시가 끼친 일련의 영향들은 사람들로 하여금 인정할만한 효과를 거두었다. 또한 순시의 일련의 선진적인 방법의 제도화는 또 순시로 하여금 지속적으로 깊은 영향을 끼치는 기초를 갖게 하였다.

전면적으로 엄격한 당 관리를 추진하다

순시의 작용에 관하여 시진핑 총서기는 중앙정치국상무위원회에서 「중앙순시업무지도소조 제1차 회의 순시업무 상황에 관한 연구계획보고」를 심의할 때의 연설에서, "순시는 당의 헌장이 부여한 중요한 직책이고, 당의 건설을 강화하는 중요한 조치이며, 엄격한 당 관리와 당의 기율을 수호하는 중요한 수단이고, 당내 감독을 강화하는 중요한 형식"이라고 명확하게 밝혔다.

사실상 제18차대회 이래 순시제도는 유례없을 강도로 전면적인 엄격한 당 관리에서 대체불가한 중요한 작용을 발휘하였다.

순시 팀의 작용에 대하여 시진핑 총서기는 또 명확한 지시를 하였다. 그는 순시팀은 중앙의 '천리안'이 되어야 하고, '호랑이'와 '파리'를 찾아야 하며, 기율을 위반하고 법을 위반한 문제의 단서를 붙잡아야 한다고 밝혔다. 감독책임을 잘 실행하려면 강자와 감히 맞서야 하고, 진정으로 일찍 발견하고, 일찍 보고하여 문제의 해결을 촉진케 하고, 부패현상이 만연하는 기세를 막아야 한다고 하였다.

순시업무의 끊임없는 확장에 따라 총체적인 순시는 점차적으로 현실이 되고 있다. 비록 3년여 전에 18기 중앙의 첫 번째 순시를 시작할 때 이러한 임무는 보기에 매우 험난했지만, 2016년 상반년에 9번째 순시는 이미 완성하였고, 10번째 순시도 이미 시작했으며, 매우 빠른 속도를 유지하고 있다. 또한 당의 제18차대회 이래 중앙 순시팀은 이미 지방과 중앙기업의 모든 순시를 마쳤으며 업무효과도 뛰어났다.

순시의 수단은 매우 다양하다

이전에 중국공산당 중앙정치국 상무위원회, 중앙기율위원회서기 왕치산(王岐山)은 글을 써서 시진핑 총서기는 중앙 순시업무의 방침을 분명하게 제시하였고, 당풍청렴건설과 반부패투쟁이라는 중심에 초점을 맞춰 문제를 발견하고 두려움을 형성해야 한다고 요구하였다고 밝혔다. 방향이 명확한 이후 순시의 수단은 매우 높은 다양성을 나타냈고, 매우 실무적이었다. 예를 들어 제18차대회 이후의 첫 번째 순시가 시작되고서 바로 기조·기율·부패와 인재 선발 등 방면에서 문제를 발견하였고, 그 후에 상시적인 순시와 전문적인 순시를 상호 결합하였으며, 순시조 팀장, 순시 대상, 순시 조와 순시 대상의 관계를 고정하지 않고 세습특권을 주지 않으며, 팀장베이스를 만들어 매번 권한을 수권하였으며, '한 단계 내려가' 상황을 확인하는 등 순시의 '돌아보는 방법'도 최근 몇 차례의 순시에서 끊임없이 전개되었다.

순시의 피드백과정에서 단어사용도 매우 엄격했다. "심하게 놀고" "산을 끼면 산을 먹고 살고" "이익교환" "공공이익을 해치고, 사욕을 채우고" "'관직을 사고팔고 끼리끼리 놀고" "인재선발 문제가 두드러지는" 등의 이야기가 보기 드물게 관보에 나타나며, 국내외 여론 계에서 중국의 엄격한 당 관리의 결심을 느끼게 하였다.

"순시에서 발견한 기율을 위반하고, 법을 위반한 모든 문제단서는 모두 엄격하게 조사해야 한다. 문제가 많은 것을 두려워하지 말고, 문제가 많은 기관은 속도를 조절할 수 있다. 한 번에 일을 처리해야 하는 만큼 반드시 처리해야 한다." 시진핑 총서기는 "직급이 얼마나 높든지 간에 법률을 위반하면 모두 문책해야 하고 처리해야 하며, 그래도 하늘은 무너지지 않는다."고 말했다.

제도건설은 지속적으로 위엄을 떨친다

당의 제18차대회 이래 전면적인 엄격한 당 관리의 수많은 방법은 제도화를 통하여 굳혀지고 있으며, 순시제도는 바로 그 중의 대표이고, 순시의 '이검작용(利劍作用)'[23]과 수많은 방법은 이미 제도로 승격하였다. 그 전에 중앙정치국 상무위원회는 「중앙순시업무계획(2013-

---

23) 이검작용 : 부패, 탐욕 등을 끊어내는 작용.

2017년」을 심의 통과시켰고, 매번 순시상황 보고를 청취하였다. 또한 2015년 중국공산당 중앙위원회는 「중국공산당순시업무조례」를 인쇄 발간하였으며, 순시업무를 규범화하고 당내 감독을 강화하는 중요한 기초적인 법규가 되었다. 제18차대회 이후에 실행한 특정 순시 등의 방법은 「조례」에 포함되었다.

그 전에 시진핑 총서기는 순시는 "당내 감독의 전략적인 제도이지 임시방편이 아니다."라고 분명하게 밝혔다. 「조례」 출범 전에 그는 순시조례는 당내 법규의 중요한 구성부분이라고 명확하게 밝혔다.

중앙층면의 제도가 출범함에 따라 각 지역은 자체 상황에 따라 지역에 맞는 방법을 제도화했으며, 일련의 「중국공산당 순시업무조례」를 관철시키는 실시방법을 출범하였다.

좋은 제도도 마찬가지로 감독이 필요하다. 시진핑 총서기는 18기 중앙기율위원회 6차 전체회의에서 순시감독을 강화하고, 순시업무가 확장 발전하는 것을 추진해야 한다. 순시에서 발견한 문제와 단서는 분류하여 처리해야 하고, 통합적인 계획을 중시해야 하며, 건마다 마무리하는데 힘을 집중해야 한다고 말했다.

양학일주(兩学一做)

- 사상의 기초를 단단히 다지고 전 당의 역량을 응집시키다 -

언급한 시간

2016년 2월 중국공산당 중앙판공청은 학습교육 방안을 인쇄 발간함.

언급한 회수

시진핑 총서기의 공개 연설과 문장에서 10여 차례 언급됨.

끼친 영향

당내교육을 "관건적인 소수"에서 광범위한 당원으로 확장하고,

집중적인 교육에서 상시적인 교육으로 확장하였다.

‘양학일주(兩学一做)’는 ‘당의 헌장과 당의 규칙을 학습하고, 시리즈 연설을 학습하며 합격된 당원이 되자”는 학습교육의 약칭이다. 언급된 이후 ‘양학일주’는 시진핑 총서기의 공개 연설과 문장에서 10여 차례 나타났다. 2016년 2월 중국공산당 중앙판공청에서 인쇄 발간한 「전체 당원에 ‘당의 헌장과 당의 규칙을 학습하고 시리즈 연설을 학습하며 합격된 당원이 되자”는 학습교육을 전개하는 데에 관한 방안」에서 ‘양학일주’는 전체당원을 향하여 당내교육을 심화한 주요한 실천이며, 당내교육을 “관건적인 소수”에서 광범위한 당원으로 확장하고 집중적인 교육에서 상시적인 교육으로 확장한 중요한 조치이며, 당의 사상정치 건설을 강화하는 중요한 조치라고 밝혔다.

기초는 배우는데 있고, 관건은 행하는데 있다

‘양학일주(兩学一做)’ 학습교육은 기초는 배우는데 있고, 관건은 행하는데 있다. 2016년 4월 6일 시진핑 총서기는 ‘양학일주’ 학습교육 업무좌담회에서 문제방향을 돌출시켜야 하며, 배울 때는 문제를 가지고 학습하고, 행할 때는 문제에 대하여 고쳐야 하며, 합격의 잣대를 세워서 사람 됨됨이와 일을 처리하는 마지노선을 긋고, 당원의 선봉이 되는 형상을 수립하며, 행동으로 신앙신념의 힘을 나타내야 한다고 강조하였다.

‘양학일주’ 는 구체적으로 무엇을 배우고, 어떻게 해야 한다는 것인가? 이점에 대하여 중앙판공청에서 인쇄 발간한 학습교육 방안은 답안을 제시하였다. 당의 헌장과 당의 규칙을 배우는데 대하여 방안은 "조항별·문장별로 당의 헌장을 통독하고, 전면적으로 당의 강령을 이해해야 하며' '열심히 「중국공산당 청렴자율준칙」과 「중국공산당 기율처분조례」 등 당내법규를 학습할 것"을 요구하였으며, 시리즈 연설을 배우는데 대하여 "시진핑 총서기의 안정적인 개혁발전, 내정·외교·국방·치당·치국·치군에 관한 중요사상을 열심히 배우고, 시진핑 동지를 총서기로 하는 당 중앙의 새로운 이념, 새로운 사상, 새로운 전략을 열심히 배워야 한다"고 밝혔으며, 합격된 당원이 되는 것에 대하여 "당원들이 정치의식을 강화하도록 인도해야 하고", "밀접하게 군중과 연결하며 온 맘과 온 뜻을 다하여 인민을 위하여 봉사해야 한다."고 설명했다.

또한 주요 조치 면에서 방안은 주제학습 토론을 중심으로 하고, 혁신방식으로 당 수업을 하며, 당 지부 주제 조직 생활회를 개최하고, 민주적인 당원평가를 전개하며, 본분을 지키고 공헌하며, 지도기관과 지도간부들은 솔선수범하는 등의 6개 방면을 제시하였다.

기층을 다지고 당성을 향상시키다

왜 '양학일주' 학습 교육활동을 전개해야 하는가?

"당의 건설을 강화하는데 첫 번째 임무는 사상정치 건설을 강화하는 것이며, 관건은 당원과 간부를 잘 교육시키고 관리하는 것이다." '양학일주' 학습교육 업무좌담회에서 시진핑 총서기는 당의 제18차대회 이래 우리는 연이어 당의 군중노선 교육실천 활동, '3엄3실' 주제에 대한 교육을 전개하였고, 당원간부 특히 현급 이상 지도간부들에게 존재하는 두드러진 문제와 전면적인 엄격한 당 관리를 추진하는 데에 대하여 중요한 작용을 하였다고 밝혔다.

"사상정치 건설은 한 번에 다 할 수는 없다. '양학일주' 학습교육을 계획하는 것은 바로 당내교육을 '관건적인 소수'에서 광범위한 당원으로 확장하고, 집중적인 교육에서 상시적인 교육으로 확장하는 것을 추진하며, 많은 당원들의 마르크스주의 입장을 확고하게 하고, 전 당이 언제나 사상·정치·행동 면에서 당 중앙과 고도의 일치를 유지하는 것을 보장하며, 우리 당이 항상 이상이 있고 신념이 있는 마르크스주의 정당이 되게 하는 것이다."

시진핑 총서기는 기층은 당의 집정기초이고, 힘의 원천이라고 강조하였다. 오직 기층 당 조직이 강력하고 당원들이 해야 할 작용을 발휘해야만, 비로소 당의 근간이 견고하고 당은 전투력이 있을 수 있다. '양학일주' 학습교육을 전개하고 전면적인 엄격한 당 관리를 모든 당 지부, 모든 당원에 대해 실행해야 한다.

실제상황과 결합하고 형식이 다양하다.

'양학일주'는 어떻게 실행할 것인가?

중앙판공청 방안의 기초위에서 각 지역은 실제상황과 결합하여 형식이 다양한 학습교육활동을 전개하였다. 예를 들어 '학습' 부분에서 안훼이(安徽)성 리우안(六安)시 교통경찰대대 고속도로 5중대 소속 10명의 경찰은 주변 우수당원의 선진사례를 통하여 당의 헌장을 실행하고 시리즈 연설을 학습하는 것을 이해하고, 허난(河南)성 신샹(新乡)시 당안국은 허난대학 마르크스·레닌주의 학원의 교수를 초빙하여 "중국특색 사회주의의 3가지 자신감"을 주제로 강연을 하였으며, 산동(山东)성 린이(临沂)시 지방세무국 허동(河東)분소는 '양학일주' 암송대회 활동을 전개하였다.

'행함' 부분에서 안훼이(安徽)성 진짜이(金寨)현은 "정확한 빈곤구제"의 성과로 '양학일주'의 성과를 확인하고, 문서파일을 만들어 재확인하는 등의 조치를 통하여 정책이 '길 위에서'의 현상을 근절시키고, "마지막 1키로" 문제를 착실하게 잘 해결하도록 요구하였으며, 윈난(雲南)성 린창(临沧)시 린샹(临翔)구 난메이(南美)향은 당원을 35개 학습소조로 나누어 빈곤 호(戶)에 대하여 일대일 도움을 진행하고, 7.13만 호의 빈곤호와 "짝을 지어 친척 맺기"를 하였다.

인민을 중심으로 하다

- 초심을 잃지 않고 인민을 이롭게 하다 -

언급한 시간

2015년 10월 중국공산당 제18기 중앙위원회 제5차 전체회의에서

언급한 회수

시진핑 총서기의 공개 연설과 문장에서 여러 차례 언급함.

끼친 영향

마르크스주의의 역사유물주의관을 나타냈고, 중국공산당이 성심성의로 인민을 위하여 봉사해야 하는 근본적인 요지을 나타냈다.

"백성은 나라의 근본이요, 근본은 나라의 안녕이다." "나라를 다스리는 것은 기본이고, 백성을 이롭게 하는 것은 근본이다." 인민은 역사의 주인이고 발전을 밀고 나아가는 근본적인 힘이다.

인민에게서 왔고, 인민을 위하며, 인민을 의지해야 한다. 중국공산당은 마르크스주의 정당이며, 근본적인 목적은 성심성의로 인민을 위하여 봉사하는 것이다. 90여 년의 분투과정에서 중국공산당은 언제나 근본적인 목적을 잊지 않고 인민을 이롭게 하기 위하여 노력했다. 중국공산당 18기 5중전회에서는 "인민을 중심으로 하는 발전사상을 고수하자"고 밝혔으며, 마르크스주의 역사유물주의관을 나타냈고, 중국공산당이 성심성의로 인민을 위하여 봉사하는 근본적인 목적을 나타냈다.

"인민을 중심으로 하는 발전사상"의 핵심은 "인민을 중심으로 하는 것이다". 이에 대하여 시진핑 총서기는 여러 장소에서 강조하였다.

인민을 마음에서 제일 중요한 위치에 간직하다

"인민의 아름다운 생활에 대한 갈망은 바로 우리의 분투목표이다." 2012년 11월 15일 시진핑 총서기는 중국공산당 중앙 총서기로 당선된 후 처음으로 국내외 매체와 회견할 때, 이런 정감 있는 말로 그의 인민에 대한 감정을 표현하였다.

"'중국의 꿈'은 결국 인민의 꿈이다", '백성들이 좋은 삶을 살게 하는 것은 우리의 모든 업무의 출발점과 착지점이다", "인민을 마음에서 제일 중요한 위치에 놓아야 한다", "인민을 중심으로 하는 창작방향을 고수하자", "인민을 중심으로" 하는 것은 중국공산당 제18차대회 이래 치국이정의 이론과 실천을 항상 관통하였다고 말할 수 있다.

2015년 10월 중국공산당 18기 5중전회에서는 「중국공산당의 국민경제와 사회발전의 13번째 5년 계획에 관한 건의」를 통과시켰으며, 반드시 인민을 중심으로 하는 발전사상을 고수해야 한다고 밝혔다.

그 후에 차관급 주요 고위간부의 18기 5중전회 정신을 배우고 관철하자는 주제연구토론반, 중앙재경지도소조 제12차 회의, 중국공산당 중앙정치국 단체학습, 전면적인 개혁심화 중앙지도소조 제23차 회의, 네트워크 보안과 정보화 업무 좌담회 등 여러 중요한 회의에서 인민을 중심으로 하는 발전사상은 반복적으로 언급하였다.

인민을 중심으로 하는 발전사상은 우렁찼으며, 중국은 '십삼오계획' 시기와 더 나아가 미래의 발전을 이끌었다.

시진핑 총서기는 중국공산당 창건 95주년 대회에서 중요한 연설을 하였는데 여기서 그는

> "인민을 이끌고 행복한 삶을 창조하는 것은 우리당의 변함없는 분투목표라고 밝혔다. 우리는 인민군중의 아름다운 삶에 대한 갈망에 순응하고, 인민을 중심으로 하는 발전사상을 고수하며, 민생을 보장하고 개선하는 것을 중점으로 하고, 각항 사회사업을 보장하며, 수입 분배의 조절강도를 확대하고, 빈곤퇴출 공격전에서 싸워 이기며, 인민의 평

등한 참여, 평등한 발전권리를 보장하여 개혁발전의 성과를 더욱 많이 더욱 공평하게 모든 인민이 혜택을 받게 하고, 모든 인민이 함께 부유하는 목표를 향하여 안정적으로 나아가게 해야 한다."고 밝혔다.

분석가들은 중국공산당 18기 5중전회에서 인민을 중심으로 하는 발전사상을 제시한 것은 당의 고위설계 층에서 경제사회발전의 전 국면에 대한 가치 있는 요구이며, "인민을 중심"으로 하는 것은 새로운 발전이념의 가치핵심이라고 여겼다.

경제사회 발전의 각 단계에서 나타났다

인민을 중심으로 하는 발전사상은 중대한 이론이기도 하며 또한 중대한 실천문제이다.

시진핑 총서기는 인민을 중심으로 하는 발전사상은 추상적이고 심오한 개념이 아니며, 말로만 머물러있거나 사상단계에 멈춰있으면 안되며, 경제사회발전이 각 단계에서 나타나야 한다고 밝혔다.

사실상 인민을 중심으로 하는 발전사상을 고수하는 것은 중국공산당 창건 이래 초지일관해온 추구이며, 특히 중국공산당 제18차대회 이래 치국이정의 새로운 사상과 새로운 실천 중에서 항상 인민 위에, 민생을 중요시 하는 가치방향을 관통하였다.

예를 들어 중국공산당 제18차 대회보고는 "인민의 주체적 지위를 고수하자"라는 새로운 역사조건에서 중국특색 사회주의의 새로운 승리를 거두는 기본요구의 첫 번째 조항으로 열거하였고, '십삼오계획' 강령인 "인민의 주체적 지위를 고수하자"를 반드시 준수할 첫 번째 원칙으로 하였으며, 18기 5중전회는 '공유'를 새로운 발전이념에 포함시켰다. 중국공산당은 "4가지 전면" 전략계획을 제시하였고, 전면적인 샤오캉사회 건설은 빈곤지역과 빈곤군중을 뒤처지게 해서는 안 되며, 전면적인 개혁심화는 끊임없이 인민들의 만족감을 증강시켜 주어야 하고, 전면적인 의법치국은 인민들이 공평주의를 느낄 수 있도록 노력해야 하며, 전면적인 엄격한 당 관리는 당의 선진성과 순결성을 유지하고 끊임없이 민중과의 혈육관계를 강화해야 한다고 강조하였다. 구체적인 실천 중 혁신구동이나 활력을 불러일으키는 개혁조치이든, 아니면 도시농촌·지역 경제사회라는 두 가지 문명을 통합한 발전이든, 환경오염을 다스려 인민의 양호한 생태에 대한 기대에 순응하는 것이든, 아니면 내외연동 발전을 중요시하고 큰 케이크를 만드는 동시에 공평하게 케이크를 나누어주든 이런 것은 모두 "인민을 중심으로"하는 가치방향을 충분히 드러냈으며, "인민을 중심으로 하는 발전사상"을 고수하는 구체적인 표현인 것이다.

공유발전 이념을 깊이 관철하다

어떻게 "인민을 중심으로 하는 발전사상"을 실질적으로 실행할 것인가? 한 가지 중요한 방면과 과정은 바로 공유발전이념을 깊이 관철케 하는 것이다. 시진핑 총서기는 공유이념은 실질적으로 바로 인민을 중심으로 하는 발전사상이며, 나타내는 것은 점차적으로 함께 부유하는 요구를 실현하는 것이라고 밝혔다.

"전면적인 샤오캉사회 건설과정에서 인민을 중심으로 하는 발전사상을 고수하려면, 인민의 행복을 실현하는 것을 발전의 목적과 귀결점으로 하고, 모든 인민이 함께 건설하고 공유하는 발전 중에서 더욱 많은 만족감이 있게 해야 한다." 중국사회과학원 부원장, 학부위원 차이팡(蔡昉)은 이렇게 분석했다.

차이팡(蔡昉)이 볼 때, 발전성과를 인민이 공유하는 것으로 실현하려면, 정부가 노력하여 갈수록 더욱 충분한 공산품과 서비스를 제공해야 할뿐 아니라 필요한 격려체제를 구축해야 하며, 제일 광범위하게 인민의 지혜를 응집하고, 최대한도로 인민의 힘을 불러일으켜 진정으로 함께 건설하고 공유하도록 해야 한다고 생각했다. 인민을 중심으로 하는 발전사상은 각급 지도간부에 대하여 새로운 더욱 높은 요구를 제시하였으며, 그들이 사상 면에서 심도 있게 이해해야 할 뿐만 아니라 더 나아가 실천 중에서 적극적으로 실행하고, 착실하게 민중이 제일 관심을 가지는 교육·취업·양로·의료위생·사회보장 등 실질적인 문제를 해결해야 하며, 전면적인 개혁심화의 각항 정책조치가 진정으로 민중을 위하여 어려움을 해결하고, 민중이 혜택을 받는 조치가 되게 하며, 개혁발전의 성과가 더욱 공평하고 더욱 실질적으로 모든 인민에게 혜택이 가게 해야 한다.

역사적 사고

- 역사를 거울로 삼고 내일을 열다 -

언급한 시간

2013년 3월 1일 중앙 당학교 건교 80주년 경축대회 및 2013년 봄 학기 개학식에서

언급한 회수

시진핑 총서기의 공개 연설과 문장에서 약 30여 차례 언급함.

끼친 영향

전 당에서 역사를 중시하고, 역사를 연구하며, 역사를 거울로 삼는 양호한 교육 열풍을 불러일으켰다.

시진핑 총서기는 줄곧 역사학습과 역사적 사고의 양성을 중요시하였으며, 그는 "역사를 배우면 성패를 알 수 있고, 득실과 흥망성쇠의 교훈을 얻을 수 있다"고 말했었다. 그는 "역사를 중시하고, 역사를 연구하며, 역사를 거울로 삼으면 인류에게 어제를 이해하고, 오늘을 붙들며, 내일을 열어가는 많은 지혜를 가져다줄 수 있다"고 여겼다. 시진핑 총서기는 왜 이렇게 역사에 대한 학습과 역사적인 사고의 양성을 중시했을까? 그는 그 안에서 무엇을 보았던 것일까? 또 무엇을 얻은 것일까? 우리에게 어떤 깨달음을 주었을까?

역사를 중시하고 어제를 이해하다

시진핑 총서기는 "한 민족 한 국가는 반드시 자기가 누구이고, 어디서 왔으며, 어디로 가야 하는지를 알아야 하며, 깨달았다면 흔들림 없이 목표를 향하여 전진해야 한다."고 말했다. 그는 "역사는 최고의 선생님이며, 모든 국가가 걸어 온 발자취를 충실하게 기록하였고, 또 모든 국가의 미래 발전에 계시를 제공하였다"고 여겼다.

역사를 배우면 역사는 언제나 자신의 규율에 따라 앞으로 발전함을 알게 된다. 그는 "체르니셰프스키는 '역사의 길은 넵스키대로의 인도가 아니며, 완전히 들판에서 전진하는 것이고, 어떨 때에는 더러움도 지나고, 어떨 때에는 진흙탕도 지나며, 어떨 때에는 늪을 건너고, 어떨 때에는 밀림도 지난다.'고 쓴 적 있었다. 인류사회 발전의 역사는 어떠한 우여곡절을 만나도 역사는 언제나 자신의 규율에 따라 앞으로 발전하고, 어떠한 힘도 역사가 전진하는 바퀴를 막을 수 없다." 고 말했다. 그는 중국을 관찰하고 이해하려면 역사와 현실을 모두 봐야 하고, 물질과 정신도 모두 봐야 한다고 생각했다. 중화민족 5000여 년의 문명사, 중국인민의 근대이래 170여 년의 투쟁사, 중국공산당 90여 년의 분투사, 중화인민공화국 60여 년의 발전사, 개혁개방 30여 년의 탐색사, 이런 역사는 일맥상통하는 것이 떼어놓을 수 없다. 중국의 역사를 벗어나고, 중국의 문화를 벗어나며, 중국인의 정신세계를 벗어나고, 현재 중국의 엄청난 변혁을 벗어나면 중국을 정확하게 이해하기가 어렵다.

역사를 연구하고 오늘을 붙잡다

시진핑 총서기는 "역사를 이해하고 역사를 존중해야 비로소 현재를 더욱 잘 이해할 수 있다."고 생각했다. 그는 또 어떻게 역사를 이야기했을까?

중국고대사를 언급하면서 그는 자부심이 넘쳤으며, 그는 우리나라 역사의 흐름 속에서 수많은 선각자와 뜻있는 인사들이 추구했던 고상한 추구에 대하여 설명을 하였다. 예를 들어 공자의 "아침에 도를 들으면 저녁에 죽어도 좋다." 맹자의 "부귀에 미혹되지 않고, 비천함에 기개가 꺾이지 않으며, 위세 앞에 굴복하지 않는다." 가의(贾谊)의 "나라 일을 위해 집안일을 잊고, 공적인 일을 위해 사적인 일을 잊는다." 제갈량(诸葛亮)의 "나라를 위하여 온 힘을 바쳐 죽을 때까지 그치지 않는다." 두보(杜甫)의 "어떻게 하면 수많은 집들을 마련하여 세상의 가난한 사람들의 얼굴을 활짝 펴게 할 수 있을까? 나 하나쯤 얼어 죽더라도 좋으련만." 판중옌(范仲淹)의 "천하 만백성이 근심하기 전에 먼저 근심하고, 천하 만백성이 즐거워한 뒤에 즐거워하다." 원톈샹(文天祥)의 "자고로 죽지 않는 인생이 어디 있으랴. 충절만이 역사에 길이 남기를 바라네." 꾸옌우(顾炎武)의 "천하의 흥망에는 필부(백성)도 책임이 있다." 린저쉬(林则徐)의 "국가에 도움이 된다면 자기의 생명을 희생하더라도 감수할 것이며, 해를 입는다 해도 절대 피하지 않을 것이다." 치우진(秋瑾)의 "성패와 이익에 연연하지 않고, 피로 조국을 위하여 보답한다." 등 한 세대 한 세대의 애국지사들이 인생 중에 실천했던 것에서, 중화민족의 오랜 세월 동안 외어온 시문에서 우리는 위대한 민족정신, 고상한 사회풍조 및 치국이정의 사상정화를 명확히 볼 수가 있다.

중국의 근대사를 말할 때 그는 "나는 중국근대의 일부 역사자료를 자주 본다. 그러다가 낙후하고 고통당하는 비참한 부분을 보면 가슴이 사무친다!"고 비통하게 말했다. 그는 "역사는 최고의 선생님이며, 역사는 모든 국가가 걸어온 발자취를 충실하게 기록하였고, 또 모든 국가의 미래 발전에 대한 계시를 제공하고 있다. 1840년 아편전쟁부터 1949년 신 중국 건국까지 100여 년간 중국사회는 전쟁이 빈번하고 끊이지 않았으며, 내부전란과 외세침입이 계속 발생하였으며, 중국 인민에게 돌이키기 어려운 고난을 가져다주었다. 일본제국주의가 발동한 침략전쟁만으로도 중국군인과 인민이 3,500여 만 명이나 사망한 비극을 초래했다. 이 비참한 역사는 중국인민에게 잊지 못할 기억을 남겼다. 중국인은 역대로 "자기가 싫은 것은 남에게 강요하지 말라고" 해왔다. 중국은 평화가 필요하며, 마치 사람이 공기가 필요하고, 만물이 성장하려면 햇빛이 필요하듯이 세계 각국과 함께 세계평화를 수호해야만 중국은 비로소 자기의 목표를 실현하고, 세계를 위하여 더욱 큰 공헌을 할 수 있다."고 말했다.

중국공산당의 90여 년 분투사를 언급할 때, 그는 자부심이 넘쳤으며, "역사는 우리에게 95년간 중국이 걸어온 길, 중국인민과 중화민족이 걸어온 길은 중국공산당과 중국인민이 피와 땀·눈물로 쓴 것이며, 고난과 찬란함, 여러 곡절과 승리, 대가와 수확이 넘쳤고, 이것은 중화민족발전사에서 잊지 못하고 부정할 수 없는 웅장한 한 페이지며, 또한 중국인민과 중화민족이 앞사람을 이어받아 용감하게 전진하는 현실적인 기초이다."라고 말했다.

역사를 거울로 삼아 내일을 열다

시진핑 총서기는 "역사는 거울이며, 역사는 현실을 비추고, 또 미래도 비춘다. 역사를 알고 역사를 존중해야만 비로소 현 시대를 더욱 잘 이해할 수 있으며, 역사를 거울로 삼고 시대와 더불어 전진해야만 비로소 미래를 향해 더욱 잘 나아갈 수 있다."고 말했다.

그는 "오늘날 우리가 역사를 돌이켜보는 것은 성공 가운데서 위안을 찾기 위한 것이 아니고, 공로부(功勞簿)에 누워서 오늘날 직면한 어려움과 문제를 회피하는데 핑계를 찾기 위함은 더욱 아니며, 다만 역사경험을 종합하고 역사규율을 이해하기 위함이고, 개척하며 전진하는 용기와 힘을 강화하기 위함이다."라고 생각했다.

고대사에 대하여 그는 기나긴 역사과정에서 중화민족은 독보적인 찬란한 문화를 만들었고, 풍부한 치국이정의 경험을 쌓았으며, 그 중에 태평성대 때 사회발전진보의 성공경험을 포함하며, 또 쇠락했을 때의 사회가 불안정했던 심각한 교훈도 포함되어 있다. 우리나라의 고대는 "백성은 국가의 근본이고, 정치는 그 백성을 얻으며, 예와 법을 합하여 다스리고, 덕을 주로 하고 형벌을 보조로 하며, 정치를 하려면 사람을 먼저 얻어야 하고, 나라를 다스리려면 역사를 먼저 다스려야 하며, 정치를 하는 자는 덕으로 먼저 가신을 수양해야 하며, '편안한 때에도 항상 위험을 대비하고, 그러기 위해서는 개혁해야 한다.(民惟邦本, 政得其民, 礼法合治, 德主刑辅, 为政之要莫先于得人, 治国先治吏, 为政以德, 正己修身, 居安思危, 改易更化)는 등의 이런 모든 것은 사람들에게 중요한 계시를 줄 수 있다고 생각했다.

그는 중국인민은 '두 개의 백년"이라는 분투목표를 실현하기 위하여 노력하고 있으며, 그 중에 전면적인 샤오캉사회 건설에서의 '샤오캉' 개념은 『예기·예운(禮記·禮運)』에서 나왔으며, 중화민족이 옛날부터 추구한 이상사회의 형태라고 말했다. '샤오캉'이라는 개념을 사용하여 중국의 발전목표를 확립한 것은 중국발전의 실제상황에 부합할 뿐아니라 수많은 인민들의 이해와 지지를 쉽게 얻을 수 있었다.

혁명사에 대하여 그는 혁명의 역사에서 지혜와 힘을 얻어야 한다고 여겼다. 그는 역사는 다시 올 수 없지만, 미래는 개척할 수 있다고 말했다. "새로운 역사의 출발점에서 우리가 중국인민 항일전쟁 및 세계 반파쇼전쟁의 위대한 승리를 기념하는 것은 바로 역사를 마음에 새기고 미래를 경고하며, 전 당·전 군·전 국 각 소수민족을 동원하여 중화민족의 위대한 부흥을 실현하기 위하여 더욱 분발하고 분투하게 하기 위함이다."라고 말했다. 유명한 역사학자 멍만(蒙曼)은 역사적인 사고능력은 바로 역사를 거울로 삼아 역사를 이해하고, 오늘의 거울로 삼아 역사적인 안목으로 발전규율을 깨닫고, 전진하는 방향을 이해하며, 현실업무능력을 지도하는 것이라고 여겼다. 역사적인 사고능력을 향상시키려면 중국의 역사·당사·국사·사회주의 발전사와 세계역사에 대한 학습을 강화해야 하며, 역사경험을 심도 있게 총화하고, 역사규율을 이해하며, 역사추세를 명확히 알아야 하고, 역사에 대한 깊은 사고에서 현실의 업무를 잘 처리하고, 미래를 향하여 더욱 잘 나아가야 한다. 마오쩌동(毛澤東) 동지 탄생 120주년 좌담회에서 연설할 때 시진핑 총서기는 다시 한 번 다음과 같이 역사를 이야기했다.

> "960만㎢의 광활한 토지에 서서 중화민족의 기나긴 분투를 통해 쌓은 문화양분을 섭취하고, 13억 중국인민이 뭉친 방대한 힘을 가지고 우리는 자신의 길을 가는데 비할 수 없는 광활한 무대를 가지고 있고, 비할 수 없이 깊은 역사적 바탕을 가지고 있으며, 비할 수 없는 강한 전진의 힘을 가지고 있다."

국제관계와 중국외교

신형 국제관계

'합작공영' 의 중국방안을 찾다

언급한 시간

2013년 3월 러시아모스크바 국제관계학원에서 연설시 언급함.

언급한 회수

시진핑 총서기의 공개 연설과 문장에서 50여 차례 넘게 언급됨.

끼친 영향

합작공영을 핵심으로 하는 신형 국제관계를 창도하는 것은 국가 간의 관계를 잘 처리하고, 국제사회의 안정적인 발전을 유지하는 '중국방안'을 찾는 것이다.

당의 제18차대회 이래 '신형 국제관계"는 시진핑 총서기의 공개 연설과 문장에서 50차례 넘게 나타났다. 뒤엉키고 복잡한 국제형세 앞에서 어떻게 해야 비로소 효과적으로 글로벌 위기에 대응하고 국제평화·안보와 발전을 보장할 수 있을 것인가? 이것은 각 나라들이 고민하는 문제이다. 합작공영을 핵심으로 하는 신형 국제관계를 창도하는 것은 바로 국가 간의 관계를 잘 처리하고, 국제사회의 안정적인 발전을 유지하는 '중국방안'을 찾는 것이다.

신형 국제관계의 새로움은 '합작공영' 에 있다

"국제형세의 심각한 변화와 세계 각국이 어려움 속에서 일심협력하는 객관적인 요구 앞에서 각 나라는 응당 합작공영을 핵심으로 하는 신형 국제관계의 구축을 함께 밀고 나가야 하며, 각 나라의 인민은 응당 함께 세계평화를 수호하고, 공동 발전을 촉진해 나가야 한다." 2013년 3월 시진핑 총서기는 국가주석에 당선된 후 처음으로 순방을 시작했다. 러시아의 모스크바 국제관계학원에서 연설할 때 그는 '신형 국제관계' 라는 개념을 언급했다. 그 후부터 '신형 국제관계'라는 말은 끊임없이 각종 국제장소에서 나타났으며, 국제관계를 처리할 때 중국입장을 표현하는데 사용되었고, '중국방안'을 드러냈다.

신형 국제관계의 '새로움'은 어디에 있는 것일까? 2015년 3월 중국발전 고위급포럼에서 중국외교부장 왕이(王毅)는 연설을 통해 답안을 제시했다. "협력으로 대립을 대체하고, 공영으로 독점을 대체하며,

더 이상 제로섬게임과 승자독식을 하지 않는다."

중미 등 대국관계를 처리하는 방면에서 '신형 대국관계'는 또 대국의 충돌과 대립을 깨뜨리는 전통적인 규율과 '투키디데스의 함정'을 피한다는 뜻을 가지고 있다.

만약 '합작공영'이 신형 국제관계의 핵심이라면, 평화공존 5원칙은 더욱 정확하게 신형 국제관계의 본질적인 특징을 반영하였다.

2014년 6월 시진핑 총서기는 평화공존 5원칙 발표 60주년 기념대회에서 취지연설을 발표할 때, 평화공존 5원칙은 신형 국제관계의 본질적인 특징을 정확하게 나타냈으며, 상호 연결되고, 상호 보완하며 떼어놓을 수 없는 완전체이고, 각종 사회제도·발전수준·국가 간의 관계에 적용된다고 밝혔다.

'제로섬 게임' 은 위험한 도전에 대응할 수 없다

전통적인 국제관계에서 동맹대항, 군비경쟁의 제로섬게임을 흔히 볼 수 있다. 현재 중국은 왜 이런 형식을 초월하고, 합작공영을 핵심으로 하는 신형 국제관계를 도모할 수 있다는 것일까?

'신형 국제관계'가 언급된 배경에 관하여 왕이(王毅) 외교부장은 이렇게 소개했었다. 세계평화와 발전이 직면하고 있는 도전은 갈수록 전반적이고 종합적이며 장구성을 가지고 있어서 어떠한 나라도 독선기신(개인주의)을 할 수 없고, 또 어떤 나라도 독자적으로 판을 흔들 수 없다. 그렇기 때문에 각 나라는 어려움 속에서 일심협력하고 함께 전진해야 한다. 시대배경은 이 중국방안을 제시하는 기초를 다졌으며, 동시에 중화문명의 넓고 심오한 입신처세술은 '합작공영' 관념에 대하여 버팀목을 제공하였다. 2015년 4월 시진핑 총서기는 파키스탄 의회에서 연설할 때, 중화민족은 역대로 평화를 사랑한다는 것을 언급하면서 이렇게 말했다.

> "중국 사람은 2천여 년 전에 벌써 '나라가 비록 강해도 전쟁을 좋아하면 반드시 망한다.'는 도리를 알고 있었다. 중국인민은 '자기가 싫은 것은 남에게 강요하지 말라'라는 정신을 숭상하며, 중국은 '국강필패론'을 인정하지 않는다…"

'신형 국제관계'에 대하여 어떤 사람들은 이것은 중국이 현행 국제질서를 뒤엎으려는 전주라고 걱정을 한다. 2015년 9월 시진핑 총서기는 제70기 유엔대회에서 연설할 때, "중국은 언제나 국제질서의 수호자가 될 것이며, 합작발전의 길을 고수할 것이다. 중국은 제일 먼저 유엔헌장에 서명을 한 나라이며, 계속해서 유엔헌장의 취지와 원칙을 핵심으로 하는 국제질서와 국제체계를 수호할 것이다."라고 말했었다. 푸단대학(复旦) 국제관계학원 부원장 우신버(吴心伯)은 이것은 바로 신형 국제관계를 구축하는 것은 옛 것을 뒤엎거나 새로 시작하는 것이 아니며, 현재의 기초 위에서 개선과 보완을 하는 것임을 설명한다고 생각했다.

글로벌 파트너관계 네트워크를 구축하다

중국은 합작공영의 창도자일 뿐 아니라 더 나아가 합작공영의 착실한 실천자이다. 40여 년 전에 5만여 명의 중화아들딸들은 드넓은 아프리카초원에 와서 땀과 생명으로 1,860km의 탄잔철도(탄자니아-잠비아)를 건설하였으며, 자신이 제일 어려울 때 허리를 동여매고 아시아·아프리카·라틴아메리카의 개발도상국을 도와주었으며, 그들의 민족독립과 해방 사업을 위하여 아낌없는 지원을 하였다. 왕이(王毅) 외교부장이 말한 바와 같이 중국인민은 "자신의 경험에서 도의에 맞으면 도와주는 이가 많고, 협력해야만 비로소 공영할 수 있다."는 것을 깊이 깨달았다. 오늘날 중국친구는 세계에 널리 퍼져있으며, 멀리 있어도 마음은 연결되어 있다. 합작공영을 핵심으로 하는 신형국제관계 이념은 정치, 경제, 안보, 문화 등 대외합작의 방면에서 나타나고 있다. 정치면에서 중국은 파트너관계를 구축하는 새로운 사고방식을 도모했다. 오늘날까지 중국은 이미 70여 개 나라, 5개 지역 또는 구역과 서로 다른 형식의 파트너관계를 구축하였다.

경제면에서 중국은 함께 발전하는 새로운 장래의 전망을 열어가기 위해 노력하였다. 중국정부는 '일대일로'의 건설을 힘써 밀고 나아갔고, 투자자본이 1000억 달러인 아시아인프라투자은행을 설립하였으며, 수많은 기초시설의 개선이 시급한 국가와 지역의 수요에 부합했다. 안보면에서 중국은 각국이 안보를 공유하는 새로운 국면을 만들기 위하여 노력하였다. 오늘까지 중국은 이미 약 3만 명을 파견하여 유엔수호행동에 참여하게 하였으며, 19차 호송편대를 파견하여 아덴만에서 5,800여 척의 국제적 선박을 위하여 항행을 보호하였다.

문화면에서 중국은 서로 다른 문명이 상호 포용하고 상호 거울로 삼는 새로운 현상을 창도하고 형성하였다.

"모든 이들의 이익(凡益)을 위한 길은 시기와 함께 한다." 신형 국제관계를 구축하는 길에서 중국은 끊임없이 전진하고 있는 것이다.

친성혜용(親誠惠容)

- 이웃끼리 서로 잘되기를 바라며 함께 발전하다 -

언급한 시간

2013년 10월 주변 외교업무좌담회에서

언급한 회수

시진핑 총서기의 공개연설과 문장에서 거의 40회 가까이 언급됨.

끼친 영향

새로운 형세 하에서 중국이 평화발전의 길을 고수하는 생동적인 선언이며, 주변국과의 운명공동체를 만들기 위한 견고한 기초를 쌓았다.

중국의 전 방위적인 외교구도에서 주변외교는 가장 중요한 것이다. '친성혜용' 이라는 '넉자로 된 잠언(箴言)"은 새로운 형세 하에 중국이 평화발전의 길을 고수하는 생동적인 선언이고, 수년간 중국의 주변외교 실천의 예리한 요약이며, 중국의 새로운 중앙지도부의 외교이념의 혁신발전을 반영하였다.

선린우호는 일관적인 방침이다

2013년 10월 주변외교 업무좌담회에서 시진핑 총서기는 '친성혜용'에 대하여 구체적인 설명을 하였다.

'친'이 이야기하는 것은 "선린우호, 수망상조를 고수해야 하고, 평등·감정을 중요시하며, 자주 만나고 왕래하며, 인심을 얻고 사람들의 마음을 따뜻하게 하는 일을 많이 하여 주변 국가들이 우리에게 더욱 친절하고 더욱 가깝게 하고, 더욱 공감하고, 더욱 지지하게 하며, 친화력·호소력·영향력을 증대시키도록 해야 한다."고 설명했다.

'성'은 "성심성의껏 주변 국가들을 대하며, 더욱 많은 친구와 파트너를 얻어야 한다."는 의미라고 강조하였다.

'혜'는 '호혜호리의 원칙에 따라 주변 국가들과 협력하고, 더욱 긴밀한 공동이익 네트워크를 만들어 쌍방 이익의 융합을 더욱 높은 수준으로 향상시키며, 주변 국가들이 우리나라 발전으로 인하여 이익을 얻고, 우리나라도 주변 국가와의 동반 발전에서 이익과 도움을 얻게 하는데 있다"라고 설명했다.

'용'은 '포용하는 사상을 창도하고, 아태(아시아태평양)의 규모는 모두 함께 발전할 수 있음을 강조하며, 더욱 열린 마음가짐과 더욱 적극적인 태도로 지역의 협력을 촉진시켜야 하는 것이다"라고 말했다.

그 후부터 많은 국제장소에서 시진핑 총서기는 모두 외국친구들에게 '친성 혜용'[24]의 이념을 설명하였다. 2014년 아신(亞信)정상회담[25]에서 시진핑 총서기는 "중국은 이웃과 선하게 지내고, 이웃을 친구로 여기는 것을 고수하며, 이웃과 화목하게, 이웃과 평안하게, 이웃과 함께 부유함을 고수하고, 친·성·혜·용의 이념을 실천하여 자신의 발전을 통해 얻은 혜택이 아시아국가에 더욱 잘 미칠 수 있도록 노력할 것이다"라고 연설했다. 2015년 파키스탄의회 연설에서 그는 "(중국은) 친성혜용의 이념에 따라 주변국가와의 호혜합작을 심화하며, 자신의 발전혜택이 주변국가에 더욱 많이 영향을 끼칠 수 있도록 노력하고, 영원히 개발도상국의 믿을 수 있는 친구와 진실 된 친구가 될 것이다"라고 말했다.

"친척끼리 서로 잘되기를 바라는 것처럼 이웃끼리도 마찬가지이다." "좋은 이웃은 금과도 안 바꾼다." "먼 친척은 가까운 이웃보다 못하다." 연설에서 시진핑 총서기는 이런 중국속담을 인용하여 중국이 이웃과의 우호관계를 중요시함을 표현했으며, 마찬가지로 '친성혜용'의 주변 외교업무의 이념을 관철시켰다.

---

24) 친성혜용 : 중국 정부가 제시한 외교이념으로 친밀한 관계를 유지하고 성의를 다하며 상대방을 포용한다는 의미.

25) 아신정상회담 : 타지키스탄 수도 두샨베에서 열린 아시아 교류 및 신뢰구축회의(亞信會議·CICA)정상회담.

이웃나라에 대한 성의와 선의를 드러냈다

'친성혜용'을 제창하는 것은 주변 외교관계를 잘 처리하는 것이 중국발전에 대하여 중요한 의미가 있기 때문이다.

2013년 주변외교 업무좌담회에서 시진핑 총서기는 지리적 방위든, 자연환경이든 아니면 상호관계에서 보든 주변은 우리나라에 모두 매우 중요한 전략적 의미를 가지고 있다고 강조하였다. 2014년 8월 시진핑 총서기는 몽골 국가대후나얼(國家大呼拉尔) 연설에서 "'두 개의 백년'이라는 분투목표를 실현하려면 반드시 좋은 주변 환경이 있어야 한다."고 밝혔다. "집 앞이 태평해야 우리가 비로소 마음 편하게 착실하게 자기의 일을 잘 할 수 있다."는 말처럼 말이다.

2014년 전국 '양회'기간에 왕이(王毅) 외교부장은 기자회견에서 친성혜용을 제시한 주변 외교이념은 바로 진일보 적으로 중국이 이웃나라에 대한 성의와 선의를 보여주기 위함이며, 주변국가와 함께 운명공동체를 만들기를 원한다고 밝혔다. "이것은 중국주변에 대한 선린정책의 새로운 발전이며, 또 중국의 개방과 포용의 마음을 나타낸 것이다."

"중국은 전통적으로 이웃 간의 정을 중시했으며, 현재 '친성혜용'으로 주변이념을 해석하고, 중국과 주변의 관계를 진일보 적인 감정 수준으로 향상시켜 '정'으로 중국과 주변의 이익, 책임과 운명 등 3가지 방면의 공동체 의식을 연결하여 만들었다."고 외교학원 수하오(苏浩) 교수는 '친성혜용' 외교이념이 단순한 "이익을 주로 하는 이익구동"의

'호혜공영'을 초월한 것이며, 중국의 전통문화의 지혜를 돌출시킨 것이라고 평했다.

'친성혜용' 을 실질적으로 깊게 가야 한다

중국은 '친성혜용'의 제창자일 뿐 아니라 또한 이 이념의 실천자이다. 이를 위해서는 첫째 자주 만나고 많이 왕래해야 한다.

시진핑 총서기가 국가 주석에 취임한 이후 첫 순방국은 러시아였으며, 그 후 한국, 몽골, 파키스탄, 인도, 싱가포르 등 주변 국가들을 방문하여, 이웃 국가들과가까움을 나타냈다. 2014년 중몽(중국–몽골)우호교류해, 2015년과 2016년 중한(중국–한국)양국은 상호 '관광의 해'를 정했는데 이런 활동은 모두 중국인민과 이웃나라의 국민 간에 더욱 많은 교류와 소통이 있도록 하였다.

둘째, 진심으로 사람을 대하고 약속은 꼭 실천해야 한다. '일대일로' 제창부터 연선의 수많은 국가들과 건설프로젝트 합작을 전개하기까지, 아시아인프라투자은행개설을 제안하는 것으로부터 이 은행이 개업운영하기까지 겨우 2년 정도의 시간이 걸리는 동안 중국이 국제장소에서 제시한 수많은 제안은 모두 성의로 가득 찬 것이었으며, 또한 이런 '성실함'은 구체적인 실천으로 나타났다.

호혜호리 합작공영의 예로 중러(중국–러시아) 간에 거액의 천연가스합작협의를 체결할 때도, 중국과 말레이시아 간에 산업시범구를 만들었을 때도 중국은 착실하게 주변국가와 함께 기초시설 건설, 에너지·산업원 발전 등 영역의 '호혜합작"을 추진하였다. 모든 강을 받아들이는 바다의 포용력은 매우 넓다. 복잡한 남해의 정세 앞에서 중국은 직접적으로 당사국과 역사적 사실을 존중하는 기초 위에서 국제법에 근거하여 담판과 협상을 통하여 여기에 관련된 논쟁을 해결할 것을 적극적으로 제안하였다. 주변 국가발전의 절박한 필요 앞에서 중국은 자신의 발전을 주변 국가발전과 더욱 긴밀하게 결합시키기를 원했고, 주변국가들이 중국발전의 '쾌속열차' '무임승차'에 편승하여 모두가 함께 행복한 삶을 살게 되기를 환영했던 것이다.

운명공동체

- 세계 공영은 중국의 방략(方略) -

언급한 시간

2013년 3월 모스크바 국제관계학원에서 연설했을 때

언급한 회수

시진핑 총서기의 공개 연설과 문장에서 70여 차례 언급됨.

끼친 영향

3여 년간 주변국가에서 뿌리를 내렸을 뿐 아니라, 또한 줄기가 자라고 잎이 자라 전 세계가 그 안에 참여하게 하였다.

"중국은 언제나 세계평화의 건설자, 글로벌 발전의 공헌자, 국제질서의 수호자이며, 각 나라와의 이익교차점을 확장하여 합작공영을 핵심으로 하는 신형 국제관계를 구축하고, 인류운명공동체와 이익공동체를 형성하는 것을 추진하기를 원한다." 이는 2016년 7월 1일 중국공산당 창건 95주년 대회 연설에서 시진핑 총서기가 한 말로 중국이 인류운명공동체를 선도하고 구축하려는 결심을 재차 설명하였던 것이며, "각 나라가 공유하는 백화원을 건설하는 것"을 제창하는 계가가 되었다. 2013년 3월 23일 시진핑 총서기는 모스크바 국제관계학원에서 연설을 할 때, 처음으로 국제장소에서 세계를 향하여 "운명공동체"라는 개념을 제시했으며, 그것은 시진핑 총서기를 총서기로 하는 중국공산당 중앙위원회가 인류의 미래발전에 대한 "중국의 전략"이었다.

지역운명공동체는 끊임없이 뿌리를 내린다

지역 차원의 운명공동체는 세계 차원의 운명공동체를 구축하는 출발점이며, 중국이 주변국가와 지역과의 조화로운 관계를 만드는데서 먼저 나타났다. 2013년 10월 3일 시진핑 총서기는 인도네시아 국회에서 중요한 연설을 발표할 때, 중국은동맹 운명공동체를 건설하는 5가지 방략을 제시했다. 즉 신용을 지키고 화목할 것, 합작 공영, 바라보며 서로를 도와주기, 마음이 서로 통하게 할 것, 개방하여 포용할 것(讲信修睦, 合作共赢, 守望相助, 心心相印, 开放包容) 등이었다. 이번 연설은 운명공동체 이념을 처음으로 중국과 동맹 관계에 있는 국가들에게 표현한 것이었다. 이러한 기초위에서 '운명공동체'는 중국 주변 외교업무의 지침이 되기 시작했다. 2013년 10월 24일에서 25일까지 주변외교 업무좌담회가 개최되었고, 시진핑 총서기는 우리나라 주변외교업무는 친, 성, 혜, 용의 이념을 돌출시켜야 하며, 운명공동체 의식이 주변국가에 뿌리를 내리게 해야 한다고 강조하였다. 2014년 11월 28일에서 29일까지 중앙 외사업무회의가 개최되었다. 시진핑 총서기는 새로운 형세 하에 끊임없이 외교전략 구도를 확장하고 심화시키기 위한 요구를 제시하였고, 주변 운명공동체를 만들고, 주변국과의 호혜합작과 상호소통을 심화할 것을 강조하였다.

3여 년 간에 중국·아시아 운명공동체, 중국·아프리카 운명공동체, 중국·라틴아메리카 운명공동체, 중국·아랍운명공동체 더욱 많은 지역 차원의 운명공동체는 끊임없이 뿌리를 내리고 있다.

인류운명공동체는 '노선도' 가 있다

2015년 9월 28일 시진핑 총서기는 제70기 유엔대회 중요한 연설을 할 때, 합작공영을 핵심으로 하는 신형 국제관계를 구축하고, 인류운명공동체를 만들 것을 강조하였다. 그는 5가지를 주장했다. 평등하게 대하고, 상호 양해하는 파트너관계를 구축하고, 공평주의와 함께 건설하고, 공유하는 안보구도를 만들며 개방혁신과 호혜포용의 발전과 미래를 도모하고, 화이부동(서로 달라도 조화를 이루는 것)과 겸수병

축(兼收并蓄, 모두 받아들이는 것)의 문명교류를 촉진하며, 자연을 존경하고 숭배하며, 녹색발전의 생태체계를 구축해야 한다. 이것은 중국이 세계 각국과 함께 인류 운명공동체로 나아가는 것을 위해 제시한 '노선도'였다. 사실상 정치와 외교방면의 뜻을 제외하고, 인류 운명공동체이념은 문화·생태·인터넷 거버넌스 등의 영역에서 운용되고 있다. 2014년 3월 27일 시진핑 총서기는 파리 유엔교육과학문화조직의 본부에서 연설할 때, 현재 인류는 서로 다른 문화, 종족, 피부색, 종교와 서로 다른 사회제도로 구성된 세계에서 생활하고 있으며, 각 나라 인민은 네 안에 내가 있고, 내 안에 네가 있는 운명공동체를 형성하였다고 강조하였다. 2015년 11월 30일 시진핑 총서기는 파리 기후대회의 개막식에서 연설할 때, "기후변화에 대응하는 전 세계의 노력은 하나의 거울이며, 우리에게 미래의 글로벌 거버넌스 방식을 생각하고 탐색하게 하며, 인류운명공동체를 건설하고 추진하는데 귀중한 계시를 주었다."고 강조했다. 2015년 1월 16일 시진핑 총서기는 제2기 세계 인터넷대회의 개막식에서 기조연설을 발표할 때, 각 나라는 응당 사이버공간의 운명공동체를 함께 구축하고, 사이버공간의 상호소통과 공유와 함께 다스리는 것을 추진해야 한다고 강조하였다.

실천으로 전 세계의 공감대를 얻다

2014년 3월 28일 시진핑 총서기는 독일 콜버재단에서 연설을 발표했다. 그는 중화민족의 민족정신을 설명할 때, 중국은 "화목을 귀하게 여긴다(以和为贵)" "서로 달라도 조화를 이루다(和而不同)" "전쟁을 평화로 바꾼다(化干戈为玉帛)" "나라가 태평하고 백성이 살기가 평안하다(國泰民安)" "천하태평" "천하대동(天下大同)" 등의 이념이 대대로 전해져 내려왔다고 밝혔다. 확실히 바로 이런 정신추구들이 운명공동체가 서방의 문명교류사상과 다른 중국의 특색, 중국의 기세, 중국의 면모가 있게 하였다. 이처럼 "다르지만 조화를 이루다"는 것에 대한 강조는, 운명공동체가 전 세계 범위 내에서 광범위한 공감대를 얻게 하였다. 브라질국회에서 "중라(중국-라틴아메리카)운명공동체" 개념은 시진핑 총서기가 "지금까지 박수를 제일 많이 받은 외국지도자"가 되게 하였으며, 시진핑 총서기는 아시아보아포럼 2015년 회의에서 "아시아운명공동체"구축을 제시하였고, 외국매체에서 "아시아 단결의 기회"로 평가받았다. 인류운명공동체로 나아가는데 중국은 더욱 더 큰 책임을 지고 감당을 하는 실천자이다. 2013년 10월 중국은 아시아투자은행건설에 대한 제안을 했으며, 오늘날 이미 57개 창립회원국이 있다. 연선에 있는 60여 개 나라, 44억 인구에 미치는 '일대일로' 전략 제안으로부터 강한 지진이 발생한 에콰도르에 첫 번째로 인도주의적 지원을 제공하는데 까지 큰 외교 전략이든 아니면 구체적인 국제사무든 중국은 실질적인 행동으로 각 나라와 손을 잡고 인류운명공동체의 위대한 꿈을 실천하고 있으며, 함께 발전하고, 함께 번영을 도모하고 있다.

정확한 의리관

- 새로운 시대 중국외교의 깃발 -

언급한 시간

2013년 3월 시진핑 총서기의 아프리카 방문기간

언급한 회수

시진핑 총서기의 공개 연설과 문장에서 약 40여 차례 언급됨.

끼친 영향

중국 외교의 우수한 전통을 계승하였으며, 중국이 평화발전을 고수하고,

합작공영을 향해 확고히 추구함을 나타냈으며,

새로운 시대 중국 외교의 깃발이 되었다.

오늘날 각 나라의 이익은 이전과 비교할 수 없을 만큼 긴밀하게 교차되어 있으며, 각종 글로벌 문제는 갈수록 돌출되고 있고, 세계는 갈수록 운명이 서로 연결된 '지구촌'이 되고 있다. 세계 제2경제 대국으로서 중국외교가 어떤 이념을 가지고, 어떻게 자신의 발전과 세계의 공동 발전과의 관계를 처리하는가 하는 문제는 중국의 국제형상에 관계되는 일일뿐만 아니라 또한 세계의 평화와 발전에도 영향을 미치는 일이다.

중국공산당 제18차대회 이후 시진핑 총서기는 정확한 의리관을 제시하였다.

중국외교부장 왕이(王毅)는 정확한 의리관은 중국외교의 우수한 전통을 계승한 것이며, 중국특색 사회주의국가의 이념을 나타낸 것이고, 새로운 시기에 중국외교의 깃발이 된다고 밝혔다.

의를 우선으로 하는 대국품격을 나타냈다.

2013년 3월 시진핑 총서기는 아프리카 방문기간에 처음으로 정확한 의리관을 언급하였다.

그해 10월 신 중국 탄생 이후 처음으로 주변외교 업무좌담회가 개최되었다. 시진핑 총서기는 "이익의 공통점과 교차점을 찾고, 정확한 의리관을 고수하며, 원칙을 지키고, 우정을 지키며, 도의를 지켜 개발도상국에 최선을 다하여 도움을 줘야 한다."고 강조하였다.

그 후에 국제친구들을 만나든, 중국의 외교업무직원 앞에서든 시진핑 총서기는 모두 "정확한 의리관"을 자주 언급했다. "정확한 의리관을 고수하고, 영원히 개발도상국의 믿을 수 있는 친구와 진정한 파트너가 되어야 한다." "정확한 의리관을 고수하고, 의와 이익을 함께 하며, 의를 우선으로 한다." "정확한 의리관을 고수하며, 의와 이익을 동시에 고려하고, 신의를 지키고, 우정을 지키며, 정의를 높이 들고, 도의를 수립해야 한다." 이러한 논술은 중국이 사회주의국가로서 책임을 지는 대국의 이념과 품격을 잘 나타내고 있다. 그러면 무엇이 '의'이고 무엇이 '이익'인가? 양자 간에는 어떤 관계가 있는 것인가?

2013년 9월 외교부장 왕이(王毅)는 인민일보에서 「정확한 의리관을 고수하고, 책임을 지는 대국의 작용을 적극적으로 발휘하자」라는 문장을 발표했을 때, 시진핑 총서기의 "정확한 의리관"에 대한 중요한 논술을 인용했다.

> "'의'가 반영한 것은 우리의 이념이며, 공산당원, 사회주의 국가의 이념이다. 이 세계에서 일부 사람들은 잘 살고, 일부 사람들은 매우 힘들게 사는데 이것은 좋은 현상이 아니다. 진정한 즐거움과 행복은 모두가 함께 즐겁고 함께 행복한 것이다. 우리는 전 세계가 함께 발전하기를 희망하며, 특히 수많은 개발도상국이 빨리 발전하기를 희망한다. 이익은 바로 호혜공영의 원칙을 준수하며, 내가 이기고 네가 지는 일은 하지 않고, 윈-윈을 해야 하는 것이다. 우리는 빈곤한 나라에 힘이 닿는 데까지 도와줘야 할 의무가 있으

며, 어떨 때에는 심지어 의리를 중시하고 이익을 가볍게 여기며, 이익을 버리고 의리를 취해야 하며, 절대로 이익만 추구하고 지나치게 따져서는 안 된다."

의와 이익이 균형을 이루어 합작 공영을 실현하다

왜 정확한 의리관을 고수해야 하는가?

"현재 경제글로벌화 지역일체화는 빠르게 발전하고 있으며, 서로 다른 나라와 지역은 네 안에 내가 있고, 내안에 네가 있으며, 하나가 영광을 누리면 모두가 영광을 누리고, 하나가 손해를 입으면 모두가 손해를 입게 된다. 이는 우리가 국제관계를 처리할 때 반드시 과거의 제로섬사고를 버려야 하며, 너는 적게 나는 많이, 남에게 손해를 끼치고 자기의 이익만 도모해서는 안 되며, 네가 져야 내가 이기듯이 한 집에서 독식해서는 더더욱 안 된다. 오직 '의'와 '이익'을 함께 고려해야 비로소 '의'와 '이익'을 함께 얻을 수 있으며, 오직 '의'와 '이익'이 균형을 이루어야 비로소 '의'와 '이익'이 공영할 수 있는 것이다."라고 2014년 7월 시진핑 총서기는 한국 국립서울대학에서 연설할 때 정확한 의리관을 고수해야 한다는 뜻과 의미를 강조하였다.

외교학원 원장 친야칭(秦亚青) 교수는 근대 이래 서방국가의 주도하에 "이익지상" "오직 영원한 이익만 있을 뿐 영원한 친구는 없다"는 등의 서방이념은 국제관계의 불변의 법칙으로 여겨졌다고 생각했다. 각 나라는 권리와 이익을 다투고 동맹으로 대항하며 따라서 전쟁이 빈번하게 발생했다. "정확한 의리관을 고수하는 것을 제시함으로 해서 중국은 세계평화를 수호하는 중요한 역량임을 표명하였으며, 중국이 평화발전의 길을 고수하는 결심과 대국 간의 전쟁비극을 해결하는 이 역사숙명의 소원을 나타냈다."

역사의 교훈과 현실적 필요성 외에 도의와 책임을 중시하는 것은 또 중국의 우수한 전통문화의 중요한 내용이다. 공자는 "군자는 의로움을 최상으로 여긴다(君子义以为上)를 강조하였고, 묵자는 '의는 곧 이익이다(义, 利也)"라고 하였다. 맹자는 "사는 것도 내가 원하는 것이고, 의 또한 내가 원하는 것이다(生亦我所欲也, 义亦我所欲也)라고 하면서 그렇기 때문에 "두 가지를 동시에 취할 수는 없는 것이니 목숨을 버려서라도 의는 취해야 한다."고 주장했다. 이러한 관점은 의를 우선으로 한 것일 뿐만 아니라, 또 의와 이익의 균형을 중시한 것이었다. 의를 중시하고 이익을 가벼이 하며, 의를 먼저 따지고 이익을 나중에 따지며, 이익을 얻는 데 도리를 지키는 것은 중화민족의 천 년 간 일관된 도덕준칙과 행위규범이라고 말할 수 있다.

의를 중시하고 이익을 가벼이 하는 것은 책임 지는 것을 부각시켰다

정확한 의리관을 고수하는 것을 말로만 해서는 안 되며 실천으로 나타나야 한다. 중국은 수 십 년간 항상 정확한 의리관을 실행하는 것을 고수해 왔다. 1960~70년대에 중국은 수 만 명의 기술자들을 아프리카 대륙에 파견하여 탄·잠(탄자니아—잠비아)철로를 건설하였으며, 그중에 수 십 명이 이를 위해 소중한 생명을 바쳤다. 반세기 전 중국은 대외원조 의료팀을 파견하기 시작하였으며, 지금까지 아시아, 아프리카, 라틴아메리카 66개 국과 지역에 2만3천 명의 의료대원을 파견하였고, 진료환자는 누계 2억7천만 명이며, 지원을 받은 나라국민의 칭찬을 받았다.

개혁개방이래 종합적인 국력이 끊임없이 증강하면서 중국은 과거보다 더욱 적극적으로 대외원조를 전개하였고, 국제적 책임을 담당했다. 1997년 아시아금융위기가 기승을 부릴 때, 중국은 어려움을 극복하고, 인민폐가치가 하락하지 않도록 노력하여 관련 국가와 지역이 위기를 극복하는데 소중한 힘을 제공하였으며, 2008년 소마리아 해적이 창궐했을 때, 중국은 함대를 파견하여 수호행동에 참여했으며, 지금까지 이미 19회 항해수호편대를 아덴만에 파견하여 5,800여 척의 국제선박을 위하여 항해를 수호하고 보호하였다.

후진국의 채무를 면해주고 200억 위안 인민폐의 "중국 기후변화 남남 협력기금"을 설립한다는 것을 선포하였으며, 600억 달러를 제공하여 아프리카 '10대 협력계획"을 지원하였고, 정확한 의리관을 가지고 중국은 국제사무에서 책임과 담당을 지고 있음이 더욱 부각되었다.

아시아인프라투자은행

- 발전기회에 공헌하고 글로벌 거버넌스를 완벽히 하다 -

언급한 시간

2013년 10월 2일 인도네시아 공식 방문 시

언급한 회수

시진핑 총서기의 공개 연설과 문장에서 약 60여 차례 언급함.

끼친 영향

세계경제 구도의 조정과 변화의 추세에 순응하였으며, 글로벌경제거버넌스 체계가 더욱 공정하고 합리적이며 효율적인 방향으로 발전하도록 밀고 나아가는데 도움이 되었다.

2016년 1월 16일 2년여 간의 준비를 거쳐 아시아인프라투자은행은 정식으로 오픈하였다. 계획에 따라 아시아투자은행의 첫 번째 대출은 그해 안에 허가를 낼 것이며, 대출예정금액은 15억에서 20억 달러이다. 그 후 5년에서 6년간 매년 대출금은 100억에서 150억 달러에 이를 것으로 예상했다.

중국이 제안하여 설립한 첫 번째 다자금융기구로서 아시아투자은행은 희망을 가득 실은 배이며, 이 배는 아시아와 세계인을 위하여 더욱 많은 발전기회를 만드는 동시에 또 글로벌 경제거버넌스 체계가 더욱 공정하고 합리적이며 효율적인 방향으로 발전하도록 밀고 나아가고 있다.

제안에서 현실로 바뀌다

시계바늘을 2013년 10월로 돌이켜보면, 시 주석은 동남아로 순방을 떠났으며, 그는 자카르타에서 인도네시아 수실로 대통령과 회담할 때 처음으로 아시아투자은행을 건립하자는 제안을 하였다. "현 지역의 상호연결 건설과 경제일체화 과정을 촉진시키기 위하여 중국은 아시아 인프라 투자은행을 건설할 것을 제안하며, 동남아국가를 포함한 개발도상국의 인프라건설을 위하여 자금지원을 제공하기를 원한다." 새로운 아시아인프라투자은행은 해외 다자개발은행과 합작하여 상호 보완하고 함께 아시아경제가 지속적으로 안정하게 발전도록 촉진케 할 것이다. 7일간의 방문기간 중 연설·회담·회견에서 정상회담에 참가와 기자회견까지 시진핑 총서기의 여러 차례 소개 하에 아시아투자은행은 초보적으로 틀을 잡아갔다.

그후 27개월, 800여 일간 아시아투자은행은 어려운 길을 걸어갔다. 21개국이 건설계획비망록에 서명하면서 57개 창립회원국이 잇달아 의향서를 체결하기까지, 아시아투자은행 협정 체결에서 정식으로 오픈할 때까지 중국은 관련된 국가들과 5번의 다자협상을 진행하였으며, 쌍무협상을 무수히 하였고, 8번의 건설계획 수석담판대표회의를 개최하였으며, 마침내 아시아투자은행이라는 제안을 현실로 바꾸었다. 아시아투자은행 은행장 진리췬(金立群)의 소개에 따르면, 현재 57개 회원국 외에 또 30개 나라가 아시아투자은행 가입을 신청하고 있다. 이제 막 힘차게 발전하고 있는 아시아투자은행은 회원 수가 설립한지 이미 반세기가 거의 다 되어가고 있는 아시아개발은행을 뛰어넘을 전망이다.

개방포용원칙을 고수하다

아시아투자은행은 왜 이렇게 환영을 받는가? 진리췬은 오늘날 글로벌경제규모, 아시아의 경제규모가 대단히 크므로 기존의 국제다자금융기구는 이미 각 나라의 인프라건설 등 방면의 수요를 완전하게 만족시킬 수 없었다고 밝혔다.

2008년 글로벌경제위기 이후 많은 개발도상국은 인프라융자, 건설방면에서 많은 어려움을 격고 있다. 세계은행·아시아개발은행의 예측에 의하면, 2010년에서 2020년까지 아시아지역의 매년 인프라건설 자금은 8,000억 달러가 부족하며, 아시아투자은행은 바로 이러한 배경 하에서 시대에 순응하여 생겨났다. 시진핑 총서기가 아시아태평양 경제합작기구(APEC) 정상과 상공회의소 자문이사회대표와의 회담에서 이야기한 것처럼 인프라와 상호연결 건설은 경제발전의 기초적인 문제에 영향을 끼치며, 또 지역경제 일체화의 중요한 수단이다. 아시아인프라투자은행을 설립한 것은 천시(天時, 하늘의 도움이 있는 시기), 지리, 인화(人和, 여러 사람이 화합하는 것)가 그렇게 되게 한 것이다. 아시아투자은행 57개 회원국에는 구역 내 회원국만 있을 뿐 아니라 동시에 많은 구역 외의 회원국도 있다. 시진핑 총서기는 한국 국립서울대학에서 연설할 때, "우리는 구역 외의 국가들이 적극적으로 아시아 발전협력에 참여하는 것을 환영하고, 관련 국제기구들이 아시아발전을 위하여 적극적으로 작용을 발휘하는 것을 환영하며, 아시아의 더욱 좋은 발전에 유리한 각종 지역성, 다지역성 결제무역에 개방적인 태도를 취한다.

모든 아시아의 평화와 발전을 위하여 긍정적인 에너지를 공헌하는 염원과 행동에 대하여 우리는 모두 적극적인 태도를 취할 것이다."라고 말했다. 아시아투자은행은 바로 이런 개방포용의 원칙을 고수하였고, 두 팔을 벌려 세계 친구들이 중대한 일을 함께 하는 것을 환영하였으며, 따라서 각 나라의 신뢰와 지지를 얻었다.

건설적인 중국공헌

“어진 사람의 일 처리 원칙은 반드시 천하를 이롭게 하는 것이다(仁人之所以为事者, 必兴天下之利)”라는 말처럼 개혁개방이래 중국의 경제사회발전은 세계은행·아시아개발은행 등 다자개발은행 및 기타 일부 국가의 금융지지를 받았다. 종합국력이 끊임없이 증강함에 따라 중국도 국제발전 사업을 위하여 힘에 닿는 데까지 공헌을 하고 싶은 경지이다. 시진핑 총서기는 아시아투자은행 개업식에 축사를 할 때, 중국은 국제발전 체계의 적극 참여자이고 수익자이며, 또한 건설적인 공헌자라고 말했다. 아시아투자은행 설립을 제안한 것은 바로 중국이 더욱 많은 국제적 책임을 감당하고, 기존의 국제경제 체계를 완성하는 것을 촉진하며, 국제공산품의 건설적인 행동을 제공하는 것이며, 모두의 호혜공영을 실현하는 것을 촉진하케 는데 유리하다.

중국은 흔들림 없이 아시아투자은행의 운영과 발전을 지지할 것을 약속하였으며, 제 때에 자본금을 납부하는 것 외에 또 은행이 곧 설립할 프로젝트 특별기금 5000만 달러를 출자하여 선진국에 빚진 인프라 프로젝트 준비를 지원하는데 사용할 것이다. 아시아투자은행 제안자로서 중국은 출자뿐이 아니라 또 지혜도 내어 대국의 품격을 부각시켰다. 지역성 다자개발은행으로서 아시아투자은행이 등장하게 된 것은 글로벌 다자개발성 금융의 전체적인 역량을 뒤엎는 게 아니라 보충하고 강화한 것이다. 진리췬이 볼 때 브레턴우즈체제 회원국의 하나로인 중국이 제안하여 설립된 아시아투자은행은 기존의 국제다자금융기구 체제에 대한 진일보 적인 완성이다. 시진핑 총서기가 말한 것처럼 아시아투자은행의 정식 설립 및 운영은 글로벌 경제거버넌스 체계의 개혁을 완성한다는 중대한 의미가 있는 것이며, 세계경제구도의 조정과 변화의 추세에 순응하고, 글로벌 경제거버넌스 체계가 더욱 공정하고 합리적이며, 효율적인 방향으로 발전하도록 밀고 나아가는데 도움이 된다.

후기

후기

중국공산당 제18차 대회 이래 중국이 거대한 변화가 생긴 데에는 나름대로의 이유가 있다. 시진핑 총서기 동지를 핵심으로 하는 당 중앙은 일련의 새로운 이념, 새로운 사상, 새로운 전략을 제시하였기 때문이다. 이런 '새로움'은 일련의 키워드로 요약할 수 있다. 예를 들면, '중국의 꿈', '두개의 백년', '3엄3실', '4가지 전면', '5대 발전 이념', '뉴노멀', '공급측 개혁', '운명공동체', '신형 대국관계', '일대일로', '아시아인프라투자은행', '호혜공영', '정확한 의리관' 등이 그것이다. 이러한 키워드를 이해하는 것은 중국내정과 외교를 이해하는 지름길이다. 따라서 이런 키워드를 보여주는 것은 바로 중국 치국이정의 새로운 실천을 보여주는 것이라 할 수 있다.

인민일보 해외판은 특별히 「키워드 학습」이라는 책을 편집하였으며, 취지는 시진핑 총서기의 중요한 연설(문장) 중의 키워드에 대하여 정리를 하고, 이런 키워드 뒷면에 있는 '무엇인가?' '왜?' '어떻게?' 등의 문제를 이해하자는 것이다.

이 책은 인민일보 해외판 "시진핑 총서기의 치국이정의 키워드" 시리즈 문장 51편(대부분은 신문 원고)을 수록하였으며, 총술·전면적인 샤오캉사회 건설·전면적인 개혁심화·전면적인 의법치국·전면적인 엄격한 당 관리·국제관계와 중국외교 등 6개 부분으로 나뉜다.

인민일보사 편집위원회, 해외판 총편집장 왕수청(王樹成)의 통일된 조치하에 해외판 부총편집장 왕용푸(王咏賦), 리젠싱(李建興), 정젠(鄭劍) 및 편집위원 정훙선(鄭紅深) 등은 이 책을 세심하게 편집하였고, 기자부 엔빙(嚴冰) 주임, 천전카이(陳振凱) 부주임이 계획하였으며, 기자부 부주임 에샤오난(葉曉楠), 루페이파(陸培法), 인샤오위(尹曉宇), 저우야팅(邹雅婷), 판쉬타오(潘旭涛), 류샤오화(劉少華), 차이이페이(傑逸扉), 리전(李贞), 스창(石畅), 쑨이(孙懿), 선멍저(申孟哲), 류야오(刘峣), 펑쉰원(彭训文), 루저화(卢泽华), 왕잉(王瑩) 등 기자부와 총편집실 두 개 부서의 동료들이 원고를 쓰는 것을 책임졌고, 판쉬타오(潘旭涛)는 도표제작을 책임졌다. 이 외에 장광사오(张廣昭) 등도 일부분 문장을 쓰는데 참여했다. 이 책의 편집과정에서 저우쥔 차이이페이는 많은 소통과 조직적인 업무를 진행했다.

원고를 쓰는 것과 편집 출판과정에서 수많은 중요한 문헌과 권위적인 관점을 참고하였으며, 이들에게 감사를 드립니다. 수준의 한계로 부족한 점이 있으니 많은 지도편달을 바라마지 않는다.